novum pro

J. E. ÜBERACKER

Spiegelwanderer

novum pro

Bibliografische Information
der Deutschen Nationalbibliothek:

Die Deutsche Nationalbibliothek
verzeichnet diese Publikation in
der Deutschen Nationalbibliografie.
Detaillierte bibliografische Daten
sind im Internet über
http://www.d-nb.de abrufbar.

Alle Rechte der Verbreitung,
auch durch Film, Funk und Fernsehen,
fotomechanische Wiedergabe,
Tonträger, elektronische Datenträger
und auszugsweisen Nachdruck,
sind vorbehalten

Gedruckt in der Europäischen Union
auf umweltfreundlichem, chlor- und
säurefrei gebleichtem Papier.

© 2022 novum Verlag

ISBN 978-3-99131-534-6
Lektorat: Hannah Lackner
Umschlagfotos: Alexlibris,
Liliia Kanunnikova, Mikeaubry,
Mia Stendal | Dreamstime.com
Umschlaggestaltung, Layout & Satz:
novum Verlag

www.novumverlag.com

*Für meine Mama,
die mir gezeigt hat, dass es nie
einen Grund gibt, Angst zu haben;
die mir gezeigt hat,
was wahre Stärke bedeutet
und die immer an mich geglaubt hat.*

Ich vermisse dich.

PROLOG

Der Lärm meiner auf dem vereisten Waldboden aufstampfenden Füße hallte viel zu laut in meinen Ohren nach. Meine Lunge brannte und der stechende Schmerz in meiner Seite steigerte sich ins Unerträgliche. Dennoch wurde ich nicht langsamer, ja, versuchte meine Schritte sogar noch zu beschleunigen. Trotz des Rauschens in meinen Ohren konnte ich sie hinter mir hören, und sie waren schneller als ich. Geborene Jäger. Aber ich konnte nicht langsamer werden. Denn wenn sie mich einholten, würde ich sterben. Schlimmeres noch als der Tod selbst würde mich erwarten! Denn die Bestrafung für meine Tat wäre keine einfache Hinrichtung. Nein, der Tod war für Verbrecher, wie ich es war, viel zu human. Sie würden mich vernichten. Meine Seele zerstören. Dann gab es keinen Weg mehr nach vorne und keinen zurück. Ich wäre wie ausgelöscht. Unwiderruflich und auf ewig. Dabei hatte ich von Anfang an gewusst, welche Strafe mich erwarten würde. Gewusst, dass es wohl unweigerlich in meiner Exekution enden würde ... und dennoch hatte ich es versuchen müssen! Für meine Freunde und Familie. Für mich selbst. Nicht nur für die Spiegelwanderer, sondern für alle Menschen. Denn ich war die Einzige, die die ganze Wahrheit kannte. Mir war es unbegreiflich, wie derartig mächtige Wesen, wie die Wanderer es waren, auf der einen Seite zu den klügsten und weisesten Geschöpfen dieser Erde zählten und dabei so blind für das Offensichtliche sein konnten! Ich hoffte, dass den anderen meine Rebellion die Augen öffnen würde. Dass sie verstehen würden, dass man sich nicht grundlos zum Widerstand entschloss. Dass sie einsehen würden, dass ich die Wahrheit gesagt hatte! Es war ein Schuss ins Blaue gewesen und doch hatte ich es versuchen müssen.

Ich wusste nicht, wie lange ich schon rannte. Die Zeit schien jegliche Bedeutung verloren zu haben. Aber ich spürte meine Verfolger weiterhin dicht hinter mir. Der Dunkelheit wegen konnte ich die Bäume vor mir nur schwer ausmachen, bereits einige Male wäre ich beinahe gegen einen von ihnen geprallt. Äste schlugen mir ins Gesicht, schnitten mir die Hände auf und verfingen sich in meinen langen Haaren. Ich konnte Blut auf meinen Lippen schmecken. Lange würde ich dieses Tempo nicht mehr durchhalten können. Irgendwann würde ich mitten im Lauf kollabieren oder von einem unnachgiebigen Baumstamm abgefangen werden. Welch leichte Beute ich doch war! Ich konnte kaum mehr atmen, sah dunkle Flecken vor meinen Augen tanzen und dennoch trieb mich die Angst voran. Wenn ich wüsste, dass mich nur der Tod erwarten würde, ich wäre längst zusammengebrochen und hätte mich von ihnen gefangen nehmen lassen. Aber etwas noch Schlimmeres wartete auf mich. Und diese Angst ließ mich auch den nächsten Hügel erklimmen. Panisch sah ich mich nach einem Versteck um, aber durch den Vollmond über mir konnte ich nur abgefrorene Sträucher erblicken. An einem warmen Sommertag hätte ich mich wohl in ihrem Gestrüpp und Gewirr aus Ästen und Blättern gut verstecken können, in ihrem jetzigen Zustand boten sie mir hingegen keinerlei Zuflucht. Furcht ergriff mich und ich konnte nicht mehr atmen. Schweiß rann in meine Augen, aber auf einmal konnte ich vor mir Lichter erkennen. Ein Jahrmarkt! Die bunt blinkende Willkommensreklame strahlte mir entgegen, aber ich war noch zu weit entfernt, um irgendeinen Lärm zu hören. Oder wurde er lediglich von dem Dröhnen in meinen Ohren übertönt? Dahinter nahm ich die Anfänge einer weit auslaufenden Stadt wahr. Verzweifelt versuchte ich, weiterzulaufen. Nur den Hang hinab und querfeldein durch den Wald. Hätte ich den Rummel erst einmal erreicht, wäre ich sicher. Die Jäger würden mich nicht vor den Augen hunderter Menschen überfallen und gegen meinen Willen fortzerren. Schließlich mussten sie, mehr als alles andere, unentdeckt bleiben. Könnte ich es durch den Wald schaffen, wäre es für mich ein Leichtes, einen Spiegel zum Springen zu finden.

Spätestens wohl im Spiegelkabinett, welches es an einem Ort wie diesen auf jeden Fall geben musste. Dann würden sie mich nicht weiterverfolgen können. Dann wäre ich in Sicherheit. Ich war bereits den halben Hang hinabgelaufen, da löste sich ein Stein unter meinem Schuh und ich stürzte in die Tiefe. Ich spürte, wie Zweige unter mir brachen und die scharfen Kanten der Felsen schmerzhaft über meine Haut schnitten. Ich wollte schreien, aber der Sturz presste mir jegliche Luft aus den Lungen. Verzweifelt versuchte ich, mich mit meinen Händen abzubremsen, doch es war aussichtslos! Schließlich verfing ich mich in einem abgestorbenen Dornengestrüpp, das mich vor einem Baum abfing und mir so das Leben rettete. Kurz wurde mir schwarz vor Augen und ich konnte meinen linken Arm nicht mehr spüren. Dennoch zwang ich mich aufzustehen. Meine Beine schmerzten bei jedem Schritt und ich musste all meine Willenskraft aufwenden, um nicht umzuknicken. Ich konnte nicht aufgeben, nicht jetzt. Ich musste nur mehr ein klein wenig länger durchhalten. Ich würde es schaffen. Ich musste es schaffen. So schnell ich nur konnte, lief ich durch den Wald. Durch das spärliche Mondlicht schaffte ich es immer wieder, wie durch ein Wunder, den Bäumen vor mir auszuweichen. Das Dröhnen in meinen Ohren wurde immer lauter. Mein Kopf schien platzen zu wollen und meine Lunge schmerzte beim Atmen. Ich strauchelte, konnte mich aber abfangen und lief weiter. Meine Verfolger konnte ich nach wie vor in meiner unmittelbaren Nähe spüren. Verzweifelt versuchte ich die Lichter des Rummelplatzes zwischen den Ästen der Bäume auszumachen. Ich lief in die richtige Richtung, aber wie weit war es noch bis zu meiner sicheren Zufluchtsstätte? Wie gerne hätte ich einfach aufgegeben. Mich zu Boden sinken lassen, zusammengerollt und schlafen gelegt.

Endlich erspähte ich den bunten Lichtschimmer wieder. Er war ganz nahe, ich hatte es fast geschafft!

„Elies!", schrie jemand hinter mir. Ich erkannte die Stimme auf Anhieb. Dean. Mein Mentor, der nie an mich geglaubt hatte, es immer für einen Fehler gehalten hatte, dass die Spiegelwanderer mich zu einer der ihren gemacht hatten. Er hielt mich für zu schwach, zu leicht ablenkbar und zu nachgiebig. Was für eine Genugtuung wäre es für ihn, wenn genau er es wäre, der mich dem Ältestenrat ausliefern könnte. Aber was für eine Genugtuung wäre es für mich, wenn ich es tatsächlich bewerkstelligen würde, ihm zu entkommen! Dieser Gedanke gab mir neue Kraft und ich schaffte es tatsächlich, noch schneller zu laufen. Ich war nicht schwach und das würde Dean heute auch erkennen, wenn ich ihm erst einmal entwischt war.

Die Lichter wurden immer heller und langsam drang sogar der Lärm des Rummelplatzes bis zu mir durch. Die kalte Luft war erfüllt von dem Lachen kleiner Kinder, dem Kreischen aus der Achterbahn, der Zufriedenheit alter Leute und dem schüchternen Lächeln Frischverliebter. Wie durch ein Wunder hatte ich den Waldrand erreicht. Nur mehr wenige Meter auf freiem Feld trennten mich von dem bunten Gewusel, das mir Sicherheit bieten würde. Ich spürte die Jäger knapp hinter mir. Deans Zorn schlug mir in Wellen nach, sodass ich kurz strauchelte. Ohne langsamer zu werden, rannte ich an der Kassa vorbei und sprang über die Absperrung, an der die Tickets kontrolliert wurden, hinweg. Das wütende Geschrei des Ticketkontrolleurs nahm ich nur am Rande wahr und tauchte augenblicklich in der Menschenmenge unter. Natürlich fiel ich sofort auf. Mein Gesicht und meine Hände waren blutig geschürft. Waren alle Besucher an einem derart kalten Tag mit dicken Jacken oder zumindest Pullovern und warmen Stiefeln ausgestattet, hatte ich lediglich eine dünne Weste über meiner Bluse an, die meine Narben verdecken sollte. Ich war verdreckt, kleine Zweige hingen in meinen verfilzten Haaren und ich musste entsetzlich nach Schweiß und nasser Erde stinken. Viele wichen mir angewidert aus, andere stieß ich achtlos zur Seite. Ich sah mich panisch nach einem Spiegel um. Einer gut reflektierenden Fläche. Irgendetwas, das mir einen Sprung ermöglichen würde. Jemand stieß mit Zuckerwatte gegen mich, ein alter Mann fluchte und eine junge Mutter zog ängstlich ihr Kind aus dem Weg. Ich lief weiter. Drückte mich durch die Masse an Menschen. Die Jäger verfolgten mich weiterhin. Sie hatten sich jetzt aufgeteilt, um so einen größeren Bereich abzudecken. Ich drehte mich im Kreis, suchte nach einem Schlupfloch. *Ich konnte doch nicht so weit gekommen sein, nur um jetzt ergriffen zu werden!* Endlich erblickte ich das, wonach ich die ganze Zeit gesucht hatte: *Macy's miracle mirrors*. Ein Spiegelkabinett. Die Ticketverkäuferin schrie empört in ihrem kleinen Ticketkämmerchen auf und kreischte nach dem Sicherheitsdienst, als ich einfach hineinlief. Ich stieß die Leute, die mir den Weg durch den engen Korridor versperrten, achtlos zur Seite. Nur aus den Augenwinkeln sah ich, wie sie schmerzhaft zu Boden gingen. Ich folgte dem Gang, lief um eine Ecke. Dann um eine weitere. Endlich kamen die ersten Spiegel in Sicht. Ich war gerettet! Durch das Wissen meinem Ziel so nahe zu sein, setzte ich zu einem finalen Sprint an. Ich hörte einige Besucher ängstlich aufschreien, aber ich nahm von ihnen nicht weiter Notiz. Ich lief direkt auf einen großen Spiegel zu und zögerte nicht, als ich mich selbst in der Spiegelung erblickte. Wurde nicht langsamer, indessen ich meinem Spiegelbild immer näherkam. Ich stieß mich vom Boden ab und schloss die Augen, dachte an mein Ziel und sprang durch den Spiegel.

Auf der anderen Seite rollte ich mich gekonnt vom Boden ab und blieb fürs Erste sitzen. Plötzlich überkam mich eine schreckliche Müdigkeit. Ich ließ mich nach hinten gleiten und blieb erschöpft liegen. Ich war zu dem Ort gesprungen, an dem alles begonnen hatte. Der Boden unter mir und die Wände um mich herum waren schwarz verkohlt. Das Dach war geziert von vereinzelten Löchern. Manche nur faustgroß, andere so riesig, dass ein ganzes Klavier durchgepasst hätte. Der Vollmond schimmerte mir durch eines der Löcher freundlich entgegen. Wie einen alten Freund schien er mich zu begrüßen, als wäre er glücklich darüber, dass ich entkommen war. Stöhnend setzte ich mich auf. Es war zu kalt, um in der Ruine des abgebrannten Hauses, das einst mein Zuhause gewesen war, zu übernachten. Ruß hing an mir und meiner zerrissenen Kleidung. Mir war schwindelig und mein Kopf schmerzte, doch langsam konnte ich wieder frei atmen. Keuchend zog ich mich an dem Rahmen des Spiegels hoch. Er hatte als einziger den Brand unbeschadet überstanden. Nichts aus meiner Vergangenheit oder einstigen Heimat war mir sonst geblieben. Alles war vernichtet worden. Doch wenn ich an Zuhause dachte, dachte ich stets an diesen Spiegel. Kurz betrachtete ich mich in ihm. Ich sah schrecklich aus, angewidert senkte ich meinen Blick. Wie ich es gelernt hatte, schloss ich die Augen, legte meine Hand auf die Spiegelfläche und ließ mich von ihm leiten. Ich sah einen großen Ballsaal, dessen Decke eine einzige riesige Spiegelfläche war, voller tanzender Gäste; einen Ballettsaal, dessen eine Längsseite auch einen einzigen Spiegel bildete und das Innere eines Kleidungsgeschäftes. Das war alles nicht das, wonach ich suchte. Hotelzimmer. *Nein, zu öffentlich.* Da! Ein leeres Haus! Die Familie, die es bewohnte, musste auf Urlaub sein. Alle Fensterläden waren geschlossen, aber ein kleiner Berg voller Post, größtenteils nur Werbereklame, häufte sich auf dem Esstisch der geräumigen Küche und zeigte, dass doch hin und wieder jemand vorbeikommen musste, um nach dem Rechten zu sehen. Ich öffnete meine Augen und blickte direkt in eines der Schlafzimmer. Ich nahm meine Hand von dem Spiegel, sie hinterließ einen blutigen Abdruck auf der Oberfläche. Ohne zu zögern, schritt ich durch.

Ich trat in das Schlafzimmer, dessen Reflexion ich zuvor bereits gesehen hatte. Hinter mir war ein riesiger Schrank mit Spiegeln angebracht. Hier konnte ich fürs Erste untertauchen; neue Kraft sammeln und meine Wunden versorgen. Ich musste die Ruhe genießen, denn schon bald würde die Verfolgung weitergehen. Die anderen Spiegelwanderer würden ihre Jagd auf mich niemals aufgeben.

KAPITEL 1

Elies

Alles begann mit dem schrecklichsten Tag ihres Lebens. Es war weit nach Mitternacht, als die Feuerwehr und die Rettungswagen mit kreischenden Sirenen vor ihrem Haus hielten. Das Quietschen der abbremsenden Reifen erfüllte die kalte Nachtluft. Elies' zerschundener Körper lag auf der Auffahrt, die Druckwelle des explodierenden Fensters hatte sie einige Meter nach hinten geschleudert. Die Sanitäter fanden sie mehr tot als lebendig. Elies konnte ihre Augen nicht öffnen, egal, wie sehr sie sich anstrengte. Aber sie nahm die Stimmen und Geräusche um sich herum wahr. Sie hörte die Menschen, spürte jedoch nichts. Alles schien wie in Watte gepackt.
Fühlt sich so Sterben an?
Eisiger Wind blies ihr ins Gesicht, gleichzeitig war ihr entsetzlich heiß wegen des brennenden Gebäudes in ihrer unmittelbaren Nähe. Übelkeit überkam sie, aber in diesem Moment war sich Elies sicher, dass heute nicht der Tag war, an dem sie sterben würde. Zu viel Kraft war in ihrem Körper verblieben, der sie krampfhaft versuchte, am Leben zu halten. Sie wurde auf eine Trage gehoben und mit einem Rettungswagen in das nächste Krankenhaus gebracht. Die Sirenen hallten viel zu laut in ihren Ohren nach. Ihre Augen konnte sie noch immer nicht öffnen, aber sie nahm das helle Licht um sie herum wahr. Die Sanitäter sprachen zu ihr, aber Elies konnte die Worte nicht verstehen. Etwas Spitzes fraß sich in ihren Arm. Langsam wurde alles dunkel. Kurz keimte Panik in ihr auf, aber schon bald spürte sie nichts mehr.

Als Elies wieder zu sich kam, konnte sie sich an nichts erinnern. Ihr gesamter Körper schmerzte, die Kopfschmerzen waren je-

doch am schlimmsten. Sie musste einige Male blinzeln und nur langsam wurde ihre Sicht wieder deutlich. Ein weißer Raum. Sehr steril gehalten. Jemand hustete, sie war hier nicht alleine. Erst nach einigen Minuten konnte sie wieder klar denken und erkannte, dass sie in einem Krankenhauszimmer lag, zusammen mit fünf weiteren Patienten. Insgesamt waren es sechs Betten. Ob alle belegt waren, konnte sie nicht sagen.
Elies versuchte sich zu bewegen, aber ihr Körper wollte einfach nicht gehorchen. Nur mühsam schaffte sie es, den Kopf zur Seite zu drehen. Auf dem kleinen Nachttischchen neben ihr stand eine Schnabeltasse mit Flüssigkeit. Als Elies versuchte danach zu greifen, überkam sie ein Schwindelanfall und sie musste für einige Momente ihre Augen schließen. Als sie sie wieder öffnete, erkannte sie einen Krankenpfleger, der mit gelangweilter Miene ihre Vitalfunktionen inspizierte. Er roch nach Desinfektionsmittel und Zigarettenrauch. Übelkeit breitete sich in Elies aus und die Bilder vor ihren Augen verschwammen langsam, bis sie in einen traumlosen Schlaf glitt.

Als Elies das nächste Mal zu sich kam, war es tiefe Nacht. Dicke Regentropfen klopften gegen die großen Fenster des Krankenhauses. Das Zimmer war von leisem Schnarchen erfüllt. Hin und wieder hustete jemand. Aber Elies fühlte sich besser. Ihr gesamter Körper schmerzte immer noch, besonders ihr Kopf, dessen unnachgiebiges Pochen sie beinahe um den Verstand brachte. Aber immerhin konnte sie sich endlich aufsetzen. Sofort griff sie nach der Schnabeltasse und trank diese in einem Zug aus. Der ungesüßte Früchtetee schmeckte bitter auf ihrer Zunge und trotzdem hätte sie gerne noch mehr davon gehabt. Auf dem Tischchen neben ihr standen zwei kleine Blumensträuße in Plastikvasen und ein kleiner brauner Teddy, der ein Herz mit der Aufschrift *Get well soon* in den Armen hielt.

Das war die Umgebung, in der Elies die nächsten zwei Wochen verbringen sollte. Hin und wieder besuchten sie Arbeitskollegen, was den ganzen Aufenthalt einigermaßen erträglich machte. Natürlich kam auch Elies' Mutter vorbei, die wie immer ihr kleines Tablet bei sich trug. Da Elies' gesamter Besitz im Feuer vernichtet worden war, wollte sie sofort online nach neuen Kleidungsstücken, Schuhen und was ihre Tochter sonst noch brauchen könnte, suchen. Ebenso regelte sie alles mit der Versicherung. Elies war unsagbar dankbar dafür, sie selbst hätte nicht einmal gewusst, wo sie anfangen sollte.

Jeden Tag kam der gleiche Arzt zu ihr; erkundigte sich nach ihrem Zustand und erzählte ihr für fünf Minuten von Gott und der Welt. Wenn er lachte, bewegte sich sein dicker Bauch so schnell auf und ab, dass es aussah, als würden die Knöpfe des weißen Kittels, den er trug, jeden Moment aufplatzen. Immer, wenn er ihre Wunden betrachtete, versicherte ihr Doktor Dickbauch (sie hatte sich erst gar nicht die Mühe gemacht, sich seinen Namen zu merken), was für ein Glück sie gehabt hatte, überhaupt noch am Leben zu sein. Sie hatte an beiden Unterarmen, dem Bauch und den Beinen starke Verbrennungen. Der Arzt mutmaßte, dass sie ihre Arme wohl zum Schutz emporgerissen haben musste, als es zur Explosion gekommen war. Die Narben würden nie ganz weggehen.

Elies hörte dem Arzt zu, wenn er mit ihr sprach, ließ sich von den Erzählungen ihrer Arbeitskollegen berieseln, wenn sie sie besuchten und auch denen ihrer Eltern, gab aber immer nur einsilbige Antworten. Zu mehr sah sie sich nicht imstande. Tagsüber starrte sie die weiße Decke über sich an. Für andere mochte es vielleicht so aussehen, als würde sie angestrengt nachdenken, doch Elies blickte lediglich dem Weiß entgegen. Manchmal stellte sie sich schlafend, wenn Besuch kam, nur um in Ruhe gelassen zu werden. Sie aß wenig, meist nur den Schokoladenpudding, den es immer als Dessert zum Abendessen gab. Nachts konnte sie nicht schlafen, starrte in die Dunkelheit hinein und lauschte dem Schnarchen, Seufzen und Husten der anderen Patienten. Als sie zum ersten Mal in dem sterilen Zimmer aufgewacht war, hatte sie sich an nichts erinnern können und hatte der Krankenschwester nur lose zugehört, als diese von einem Brand gesprochen hatte. Elies hatte es nicht verarbeiten können, hatte es nicht verstanden. Zu Beginn hatte sie sich gefragt, wo Matt war. Doch jedes Mal, wenn sie an ihn dachte, überkam sie ein fürchterlicher Schmerz, der sie nicht mehr atmen ließ. Es war kein Schmerz, der von ihren Verletzungen herrührte. Diese Qualen waren tief in ihrer Brust verankert, an ihr Herz gekettet. Als Elies in diesem Moment an Matt dachte, war es, als würde etwas tief in ihr zerspringen. Als wäre ihr Herz zerbrochen. Für einen Moment war sie orientierungslos und Panik keimte in ihr auf. Dann fiel ihr alles wieder haargenau ein. Sie wusste, was geschehen war und dieses Wissen nahm ihr den Atem. Sie sprach nicht über das, was passiert war. Mit niemandem. Einmal hatten ihre Eltern gefragt, ob sie sich an irgendetwas erinnern konnte, doch ein Blick von Elies hatte sie verstummen lassen. Sie wusste, dass sie demnächst von der Polizei Besuch bekommen würde. Dann müsste sie ihnen erzählen, was passiert war. Dann gäbe es keinen Weg daran vorbei. Immerhin war ein Mensch gestorben. Nicht irgendein namenloser Mensch, sondern jemand, den Elies gekannt hatte. Der Tote war Matt. Ihr Matt. Aber war er überhaupt noch *ihr* Matt? Nach allem, was zwischen ihnen vorgefallen war? Was an jenem Abend geschehen war? Spielte es überhaupt noch eine Rolle? Er war tot und es gab nichts, was Elies daran ändern konnte. Tot und vermutlich schon längst begraben.

Nur nachts, wenn alle anderen Patienten in ihrem Zimmer schliefen und Elies sicher war, dass sie noch als Einzige wach war, erlaubte sie sich, an ihn zu denken. Natürlich hatte sie um ihn geweint, vermisste ihn schrecklich; und doch gab es einen Funken in ihr, der ihr sagte, dass Matt genau das bekommen hatte, was er verdient hatte. Als ihr zum ersten Mal dieser Gedanke gekommen war, hatte sie sich schrecklich schuldig gefühlt. Sie hatte die Fäuste gegen ihre Augen gedrückt und hätte am liebsten laut aufgeschrien. Sogar im Tod schaffte es Matt noch, ihr wehzutun. Sie versuchte, so selten wie nur möglich an ihn zu denken. Elies schlief wenig, sprach fast nichts mehr und schaffte es nicht einmal mehr den Leuten, die sie besuchten, in die Augen zu blicken. Sie überließ sich ganz dem Schmerz. Dem süßen und zugleich bitteren Schmerz, der nun den Mittelpunkt ihres Lebens bildete. Und so ging es über Tage hinweg. Bis die Polizei kam.

Sie kamen zu zweit. Eine ältere Polizistin, die Elies Fragen stellte und ein junger Polizist, vielleicht etwas jünger als Elies selbst, der alles mitschrieb. Die Polizistin stellte sich und ihren Kollegen vor, aber kaum hatten die Namen ihren Mund verlassen, hatte Elies sie schon wieder vergessen. Drei der anderen Betten in dem Krankenzimmer waren zurzeit verwaist, nur die beiden übrigen waren belegt. Eines von einer Frau, die nicht älter als vierzig sein konnte und das zweite von einer kleinen, weißhaarigen Dame, die schon auf die Neunzig zugehen musste. Sie sah immer wieder neugierig zu ihnen hinüber und versuchte angestrengt, zuzuhören. Doch Elies war zu erschöpft, um sich über das alte Klatschweib zu ärgern. Inzwischen war ihr alles gleichgültig geworden. Nichts schien mehr eine Rolle zu spielen. Die Polizistin erzählte Elies, dass in der Zwischenzeit der Mordverdacht gegen sie fallen gelassen worden war. Die Obduktion hatte eindeutig bewiesen, dass Matt in den Flammen gestorben war. Außerdem hatten die polizeilichen Untersuchungen ergeben, dass das Feuer im Wohnzimmer, im hinteren Teil des Erdgeschosses, ausgebrochen war. Man vermutete, dass es Elies bis zur Haustür und so ins Freie geschafft hatte. Matt hingegen war von den Flammen in den ersten Stock getrieben worden, wo er schließlich gestorben war. Nach den Zeugenaussagen der Nachbarn hatte das gesamte Haus in nur wenigen Minuten zur Gänze in Flammen gestanden. Alles, was Elies zu tun hatte, war es, diese Annahmen zu bestätigen. Und das tat sie. Sie erzählte, dass sie und Matt den Kamin im Wohnzimmer angeheizt hatten. In einem Moment der Unachtsamkeit hatte der Teppich davor Feuer gefangen. Die Flammen hatten sich in einem rasanten Tempo ausgebreitet. Die Hitze war unerträglich gewesen und der Rauch hatte ihre Augen tränen lassen. Wie durch ein Wunder hatte es Elies zur Haustür und damit ins Freie geschafft. Die Druckwelle des berstenden Fensters hatte sie erwischt und mit sich gerissen; und das war das Letzte, an das sich Elies erinnern konnte. Jedenfalls war es das, was sie der Polizistin erzählte. Es war keine Lüge, aber auch nicht die gesamte Wahrheit. Elies hatte der Polizistin nicht erzählt, was zuvor zwischen ihr und Matt vorgefallen war. Wie sie sich innerhalb der letzten Wochen und sogar Monate nur noch gestritten hatten. Ständig war er eifersüchtig gewesen! Auf jeden männlichen Arbeitskollegen. Er hatte sie nicht einmal auf Firmenfeste gehen lassen wollen und war sogar schrecklich eifersüchtig auf Elies' besten Freund gewesen, den sie schon seit dem Kindergarten kannte und der seit acht Jahren glücklich verheiratet war und drei Kinder hatte. Sie hatte wegen Matt sogar den Kontakt zu ihm abgebrochen. Immer wieder hatte Matt versucht sie einzuengen, er hatte in seiner Paranoia sogar ihr Handy kontrolliert. All dies hatte Elies noch irgendwie weggesteckt. Sie hatte sich eingeredet, dass er sich nur der Liebe wegen so verhielt. An jenem Abend, der ihr letzter gemeinsamer werden sollte, hatte sie schließlich die bittere Wahrheit herausgefunden. Sie hatte es nicht beabsichtigt gehabt, hatte es nie darauf angelegt, ihn so zu kontrollieren, wie er es mit ihr tat. Sie hatte lediglich ein Rezept googeln wollen. Weiter nichts. Matt hatte sich gerade in dem Badezimmer, welches direkt an ihr Schlafzimmer im ersten Stock anschloss, geduscht, während seine Kleidung, inklusive seines Telefons, achtlos auf ihrem Bett gelegen hatte. Elies hatte ihr eigenes Handy in ihrer Tasche in der Küche vergessen und deswegen, ohne weiter darüber nachzudenken, nach Matts gegriffen. Es war nur eine kleine Nachricht gewesen, die den Stein ins Rollen gebracht und damit ihr Leben zerstört hatte. *Oder war es bereits davor vorbei gewesen?* Denn Matt betrog sie. Und wie der Nachrichtenverlauf vermuten ließ, bereits seit einer ganzen Weile. Elies hatte die Nachrichten bis über zwei Monate zurückverfolgt, weiter war sie nicht gekommen. Sie schienen überhaupt nicht mehr zu enden. Es blieb kein Spielraum für Missinterpretation. Die Nacktfotos und liebevollen Nachrichten nach ihren regelmäßigen Treffen waren eindeutig. Elies' Hände hatten so stark gezittert, dass sie das Smartphone nicht länger hatte halten können. Wie hatte sie sich nur so von ihm täuschen lassen können? Matt war nur wenige Minuten zuvor nach Hause gekommen. Nach der Arbeit war er noch mit Freunden in einem Pub gewesen. Wie schon so oft hatte er ein Bier zu viel gehabt. Er war eben aus der Dusche gekommen, als er Elies schwer atmend auf dem Bett sitzend fand; sein Handy war ihr bereits aus der Hand gerutscht gewesen und in den Bettlaken gelandet. Doch als sie aufblickte und ihn anstarrte, sah sie weder Angst noch Bedauern, dass sie hinter sein Geheimnis gekommen war. Alles, was sie in seinen Augen gefunden hatte, war Wut gewesen. Wut darüber, dass sie ungefragt sein Handy genommen hatte. Als auch ihr schließlich der Kragen geplatzt war und sie ihm all die Dinge an den Kopf warf, die sie seit Wochen am laufenden Band hinuntergeschluckt hatte, war die Situation eskaliert. Matt hatte in diesem Zustand nicht mehr mit sich reden lassen. Er hatte Sachen zu Boden geworfen und Elies so laut angeschrien, dass ihr die Ohren davon geschmerzt hatten. Er hatte sich selbst als das Opfer angesehen, dessen Privatsphäre verletzt worden war. Darauf, dass er sie betrogen hatte, war er gar nicht eingegangen. Als wäre diese Tatsache nicht existent gewesen. Als sich Matt schreiend vor ihr aufbaut hatte, hatte Elies für einen kurzen Moment Angst durchzuckt, immerhin war er einen ganzen Kopf größer als sie gewesen und wesentlich stärker. Ohne länger auf sein Gebrüll zu hören, hatte Elies kehrt gemacht und war die Treppe hinunter geeilt. Heiße Tränen waren über ihr Gesicht gelaufen. Erst im Wohnzimmer hatte er sie eingeholt. Das Feuer im Kamin war das Erste gewesen, das sie gemacht hatte, als sie von der Arbeit nach Hause gekommen war. Matt hatte sie am Ellbogen festgehalten und herumgerissen, sodass sie ihn hatte ansehen müssen. Sein Gesicht war rot und vor Wut ganz verzerrt gewesen. Erst in diesem Moment hatte Elies erkannt, wie hässlich Matt war. Er war eifersüchtig, gehässig und manchmal so schrecklich gemein zu Leuten gewesen, die ihm nie etwas getan hatten, dass ihr davon ganz schlecht geworden war. Er hatte sich immer für etwas Besseres gehalten und geglaubt, dass er allein der wichtigste Mensch auf der Welt wäre. Erst da hatte Elies sein wahres Gesicht erkannt. Und obwohl sie so viele glückliche Jahre miteinander verbracht hatten, war Elies für einen Moment von sich selbst enttäuscht gewesen, dass sie Matts Hässlichkeit und Grausamkeit nicht schon früher bemerkt hatte. Oder hatte Elies diese Erkenntnis zuvor nur verdrängt und ignoriert? Elies hatte sich erneut umgedreht und hatte gehen wollen. Sie hatte Matt einfach stehen lassen wollen. Sie hatte aus diesem verdammten Haus hinauswollen. Egal wohin, Hauptsache weg von ihm. Doch Matt hatte erneut nach ihr geschnappt und ihren Oberarm so fest gedrückt, dass ihr ein Schmerzensschrei über die Lippen gekommen war. Elies hatte versucht, sich loszureißen, aber Matt hatte sie nicht gehen lassen. Zum ersten Mal in ihrem Leben hatte Elies sich gegen Matt zur Wehr gesetzt. Dann war sie jedoch gestolpert und im selben Moment hatte Matt, überrascht von ihrer Gegenwehr, ihren Arm losgelassen. Blindlings war Elies in Richtung des Kamins gefallen. Sie hatte sich noch rechtzeitig abgefangen, um nicht in den Flammen zu landen, aber der kleine Teppichvorleger war dabei so ungünstig weggerutscht, dass er binnen eines Herzschlages lichterloh brannte. Das Feuer hatte sich rasend schnell über dem Teppichboden ausgebreitet und schon nach wenigen Sekunden war Matt, der auf der einen Seite des Kamins gestanden hatte, von Elies getrennt gewesen, die auf der anderen Seite zu Boden gegangen war. Die Feuerwand war bereits so hoch gewesen, dass Matt nicht hindurchgekommen war. Sein einziger Fluchtweg hatte die Treppe hinauf in den oberen Stock geführt. Der Rauch hatte in Elies' Augen gebrannt und sie hatte nur schwer Luft bekommen. Hustend hatte sie sich hochgezogen und war aus dem Raum gestolpert, dessen Wände und Decke bereits Feuer gefangen hatten. Der Rauch wurde so stark, dass sie nach Luft ringend wieder zu Boden gegangen war. Mit letzter Kraft hatte sie es zur Haustür geschafft. Als Elies sie aufgezogen hatte, war ihr ein kalter Wind entgegengekommen. Endlich hatte sie wieder atmen können, doch der Luftzug hatte das Feuer nur noch stärker angefacht. Sie war durch die Tür gestürzt, die Hitze der Flammen noch immer im Rücken. Erst im Gras des Vorgartens war sie erschöpft liegen geblieben. Ihre Hände hatten begonnen zu zittern, als sie auf das brennende Gebäude vor sich geblickt hatte. *Matt. Wo war er? Hatte er es hinausgeschafft?* Elies hatte in dem Moment, als sich das Feuer derart rasant ausgebreitet hatte, an nichts denken können. Sie hatte nur reagiert und sich selbst gerettet. Die Wut über den Streit von vorhin war auf einmal wie weggeblasen gewesen, ja, es galt in diesem Moment an Wichtigeres zu denken. Elies hatte nicht einmal mehr ihren schmerzenden Arm gespürt, all ihre Sorgen hatten Matt gegolten. Verzweifelt hatte sie seinen Namen geschrien, doch keine Antwort erhalten. Das berstende Holz im Inneren des Feuerschlundes hatte alles übertönt. Die Hitze war kaum auszuhalten und es war unvorstellbar gewesen, dass in dieser Flammenhölle jemand überleben hätte können. Elies hatte versucht aufzustehen, ihr gesamter Körper hatte vor Angst, Schmerz und Hitze gezittert. Sie war den Vorgarten entlanggestolpert, ständig Matts Namen rufend. Doch sie hatte ihn nirgendwo entdecken können. Die Panik war immer schlimmer geworden, hatte ihr die Brust zusammengeschnürt und sie wanken lassen. Die Hitze war so unerträglich gewesen, dass sich Elies einige Schritte von dem brennenden Haus weg Richtung Straße bewegt hatte. Ihr Blick war die Fassade des Hauses emporgeschweift, hinauf zu dem oberen Stockwerk. Verzweifelt hatte sie versucht etwas auszumachen, doch außer den allgegenwärtigen Flammen war nichts zu erkennen gewesen. Tränen waren über Elies' Gesicht gelaufen und hatten ihre Sicht vernebelt, aber dann hatte sie ein Huschen an einem der oberen Fenster wahrgenommen. Sie hatte geblinzelt und versucht, klarer zu sehen. Der beißende Rauch in der kalten Nachtluft hatte dies beinahe unmöglich gemacht. Doch, da war der Schatten erneut gewesen! Es war Matt! Elies hatte ihn ganz deutlich erkannt. Sein Gesicht war zu einer schmerzhaften Grimasse verzerrt gewesen und sein Mund zu einem lautlosen Schrei geöffnet. Es hatte ausgesehen, als würde er brüllen, wie er nur Minuten zuvor noch Elies angefahren hatte.

Jedoch hatte sie keinen Ton vernommen, außer dem Knacken und Brausen des Feuers. Rauch hatte die oberen Zimmer erfüllt und Matt war immer schwieriger auszumachen. Er hatte seine Arme erhoben und mit den Fäusten wütend auf die Fensterscheibe eingeschlagen. Nein, es war keine Wut gewesen, sondern Todesangst. Seine Haut war bereits unnatürlich dunkelrot verfärbt und schien aufzuplatzen. Elies hatte etwas tun wollen, musste etwas tun! Doch die Angst hatte ihren Körper erstarren lassen. Alles, was sie getan hatte, war zu dem Fenster hinaufzustarren. Ohne es zu bemerken, hatte sie einige Schritte auf das Haus zugemacht und war der brennenden Front erneut gefährlich nahegekommen. Dies war der Anblick gewesen, der Elies nachts verfolgte: Matts letzte Augenblicke. Immer, wenn sie die Augen schloss, sah sie seinen bereits verbrennenden Körper, das Gesicht zu einer hässlichen Fratze verzogen. Der Mund war zu einem Schrei aufgerissen gewesen, aber es war kein Ton herausgekommen. Immer, wenn Elies die Augen schloss, sah sie den Mann vor sich, den sie mehr als alles andere geliebt hatte, der sie betrogen und ihr Herz gebrochen, ja ihr ganzes Selbst zerrissen und zerstört hatte, wie er Todesqualen litt und vergeblich versuchte, um sein Leben zu kämpfen. Elies hatte nie gesehen, wie Matt zugrunde gegangen war. Ob sein ganzer Körper in Flammen aufgegangen, oder ob er zuerst erstickt war. Das Letzte, an das Elies sich erinnern konnte, war ein lauter Knall. Splitterndes Glas und eine Druckwelle, die sie meterweit mitgerissen hatte, bis sie auf der Auffahrt zum Liegen gekommen war. In weiter Entfernung hatten Sirenen aufgeheult, ihr Körper hatte sich angefühlt, als würde er in Flammen stehen, Elies hatte Blut in ihrem Mund geschmeckt und dann war sie umfangen von Dunkelheit gewesen.

Aber das war es nicht, was sie den Polizisten erzählte. Es ging weder sie noch sonst jemanden an, wie sehr Matt sie verletzt hatte, dass er sie sogar angegriffen hatte. Das Feuer war ein Unfall gewesen und so auch Matts Tod, alles andere waren Details, die Elies für sich behalten wollte.

Die Polizistin starrte Elies durchdringend an. Fast so, als wüsste sie, dass ihre Erzählung nur ein kleiner Teil der ganzen Geschichte war. Doch Elies hielt ihrem Blick stand. Es war zweifelsfrei bewiesen, dass der Brand ein Unfall gewesen war, der zu dem tragischen Tod eines Menschen geführt hatte. Keine mögliche Vertuschungsaktion mit der, wie zuvor einige Polizisten vermutet hatten, Elies den Mord an Matt verbergen hatte wollen. Die Polizistin beließ es dabei. Ihr jüngerer Kollege hatte von dem Blickwechsel der beiden Frauen nichts mitbekommen.

Dies war Elies' letzte Nacht in dem weißen, sterilen Krankenzimmer. Nach der Morgenvisite eröffnete ihr Doktor Dickbauch, dass er sie auf eine andere Station verlegen wollte, in der sie für einige weitere Tage zum psychologischen Monitoring bleiben sollte. Danach stand es ihr frei zu gehen. Er sprach mit ihr wie mit einem kleinen Kind und Elies hasste in diesem Moment alles an ihm. Seine quietschende Stimme, seinen wabbelnden Bauch und die bunten Krawatten. Jeden Tag trug er eine andere und sah damit aus wie ein Clown in einem weißen Kittel. Allerdings musste sich Elies eingestehen, dass seine Argumentation durchaus nachvollziehbar klang. Sie hatte seit Tagen nicht ordentlich gegessen, konnte kaum schlafen und sah niemanden in die Augen. Teilweise antwortete sie nicht einmal mehr auf einfache Fragen. Für jeden musste es so wirken, als hätte sie das Feuer, ihre eigenen Verletzungen, die nie ganz verheilen würden, und der Tod ihres Partners emotional in Mitleidenschaft gezogen. Also ging es für eine Woche zum Monitoring auf die psychologische Station. Dabei wollte Elies nur von Gott und der Welt in Ruhe gelassen werden.

Eine Krankenschwester packte die Geschenke, die Elies von ihren Eltern und Arbeitskollegen bekommen hatte, behutsam ein, verfrachtete Elies in einen Rollstuhl, legte ihr eine wollene Decke über und schob sie langsam auf ihre neue Station. Lediglich eine matte Glasscheibe, auf der mit schwarzen Buchstaben „Psychologische Abteilung" stand, trennte diese Station von den anderen. Überraschenderweise war es nicht unangenehm in ihrer neuen Umgebung. Die Wände des Korridors waren in einem hellgrünen Ton gehalten, der an die Wiese eines ausgeblichenen Gemäldes erinnerte. Hin und wieder standen kleinere und größere Vasen mit frischen Blumen auf Tischchen verteilt. Es gab mehrere Zimmer. Bei den meisten waren die Türen geschlossen, doch einige standen offen und die Patienten konnten sich frei bewegen. In einer Art Gemeinschaftsraum saßen ein paar Leute zusammen. Einige lachten laut über etwas, das im Fernsehen lief. Eine andere Frau, nicht älter als Elies selbst, saß beim Fenster. Sie hatte eine große Stoffpuppe an sich gedrückt und weinte bitterlich. Niemand schien sonderlich Notiz von ihr zu nehmen.

„Das ist nur Alice", erzählte ihr die Krankenschwester, die ihren Rollstuhl schob, flüsternd, als sie Elies' Blick bemerkte, „sie ist ganz harmlos, weint aber leider die meiste Zeit. Sagt immer, jemand hätte ihr Kind weggenommen, dabei hat sie nie eines gehabt."

Die Schwester schüttelte mitleidig den Kopf, aber Elies fand dennoch, dass sich jemand zu ihr setzen und versuchen sollte, sie zu beruhigen.

Elies kam in ein kleines Zimmer, in dem nur drei Betten standen. Alle waren leer und sie konnte sich eines aussuchen. Sie nahm das beim Fenster, von welchem aus sie den kleinen Garten des Krankenhauses überblicken konnte. Einige Leute spazierten umher. Als die Krankenschwester gegangen war, rollte sich Elies in ihrem Bett zusammen und schloss die Augen. Wieder sah sie Matts verzerrtes Gesicht vor sich. Sie fühlte sich schuldig. Nicht für seinen Tod selbst, aber dafür, dass ein kleiner Teil von ihr froh darüber war, endlich von ihm getrennt zu sein. Losgekommen zu sein. Er hatte sie so lange unterdrückt. Sie hatte sich stets nach ihm gerichtet und nach einer Zeit waren ihr die Opfer, die sie für ihn erbracht hatte, überhaupt nicht mehr aufgefallen. Als hätte sie nur für ihn gelebt. Elies versuchte, sich auf das Weiß der Zimmerdecke zu konzentrieren.

Sie versuchte, alles andere auszublenden, doch das bitterliche Weinen der Frau im Aufenthaltsraum brachte sie zur Verzweiflung. Am liebsten hätte Elies einfach mitgeweint. Stattdessen stand sie auf und ging langsam zur Tür. Vorsichtig blickte sie hinaus, noch immer saß Alice allein beim Fenster und niemand sah so aus, als würde er sich an ihrem Geflenne stören oder versuchen, die Frau zu trösten. Also tat Elies einige Schritte aus ihrem Zimmer hinaus. Dann tat sie noch weitere. Schließlich stand sie vor der Frau. Diese hörte für einen Moment auf laut zu schluchzen, hob den Kopf und sah Elies mit ihren großen, runden Augen an. Dicke Tränen rannen über ihre Wangen. Elies starrte sie für einen Moment an. Sie wusste nicht, was sie tun oder sagen sollte.

„Hallo Alice."

Noch immer starrte die etwa gleichaltrige Frau Elies an, ohne ein Wort zu verlieren. Seufzend zog sie einen zweiten Stuhl zu sich und setzte sich Alice gegenüber.

„Eine hübsche Puppe hast du da", Elies versuchte sie anzulächeln, aber es wollte ihr nicht so ganz gelingen. Wann hatte sie selbst eigentlich das letzte Mal von Herzen gelacht? Es wollte ihr einfach nicht einfallen.

Alice hatte hellbraune, lange Haare, die ihr strähnig ins Gesicht fielen. Eine letzte Träne lief über ihre Wange, ohne dass sie sie wegwischte. Aber immerhin hatte sie aufgehört zu weinen.

„Wollen wir ein Spiel spielen?", fragte Elies freundlich, doch aus Alice war kein Wort herauszubekommen. Stattdessen nickte sie. Als sich Elies nach Spielen umsah, musste sie feststellen, dass sowohl das Schachbrett als auch die Dominosteine gerade in Verwendung waren. Als sie nach dem Mensch-Ärgere-Dich-Nicht Spiel greifen wollte, schnappte es ihr ein etwa fünfzehnjähriger Junge vor der Nase weg. Blieb nur mehr ein Puzzle, das nachlässig in ein schmutziges Säckchen gestopft war. Es war kein Bild dabei, sodass man nicht wusste, was am Schluss herauskommen würde. Aber es würde groß werden. Elies schätzte es auf etwa tausend Teile. Als sie sich damit wieder Alice zuwandte, hatte sich diese bereits an den großen Tisch gesetzt und deutete aufgeregt auf den Platz neben sich. Zum ersten Mal sah Elies eine Art Lächeln auf ihrem Gesicht. Die Puppe hatte den Platz rechts von Alice erhalten.

Die beiden Frauen hatten wohl bereits zwei Stunden gearbeitet, als Elies aufblickte. Ein Mann hatte ihre Aufmerksamkeit auf sich gezogen. Er hatte sie schon länger beobachtet, doch es war ihr erst jetzt aufgefallen. Als er schließlich dabei ertappt wurde, ruhte sein Blick noch einen Moment zu lang auf Elies, bevor er sich umdrehte und langsam den Gang entlangging. Er musste wohl ein Besucher sein. Er war nur wenig größer als Elies selbst, hatte dunkelbraune Haare, die wirr von seinem Kopf abstanden. Er trug eine dunkelgraue Anzughose mit einem passenden Gilet und ein weißes Hemd darunter.

Wen er hier wohl besucht hatte? Alice zupfte an Elies' Weste, um ihre Aufmerksamkeit zurückzugewinnen, schließlich galt es noch einiges an Arbeit zu investieren, bevor ihr Puzzle fertig sein würde.

Am nächsten Tag bekam Elies Besuch von ihren Arbeitskollegen. Sie versuchten aufmunternd zu klingen, jedoch zuckten ihre Blicke immer wieder unruhig zwischen den anderen Patienten dieser Abteilung und Elies hin und her. Zähneknirschend schickte Elies sie schließlich nach Hause, ihr war ohnehin nicht nach Gesellschaft.

Außerdem musste sie mit einem Psychologen sprechen. Er hatte blasse Lippen, die er anhaltend zu einem dünnen Strich zusammenpresste und kalte, graue Augen. Der Mann hatte keinen Bartwuchs und schütteres Haar, obwohl er noch nicht sehr alt zu sein schien. Er führte sie in ein kleines Büro, nahm auf einem gepolsterten Sessel Platz und deutete auf die kleine Bank gegenüber von ihm. Lange starrte er sie wortlos an, schien sie zu studieren. Nervös rutschte Elies auf ihrem Platz herum, wich seinem stechenden Blick aus und sah stattdessen aus dem Fenster. In ihren Augen hatten diese Sitzungen nicht sonderlich viel Sinn. Der Psychologe fragte Elies nie direkt nach jenem Abend, sondern vermehrt über ihr alltägliches Leben. Ihre Arbeit, Hobbys, nur nicht zu tiefgründig. Nur einmal sprach er gezielt ihre Gefühle bezüglich Matt und dessen Tod an. Mehr als dieselbe Geschichte, die sie bereits der Polizistin erzählt hatte, erfuhr er aber auch nicht. Elies war von der gesamten Situation frustriert und auch der Psychologe schien unzufrieden zu sein. Nach einer weiteren mühevollen Sitzung ging Elies in den kleinen Garten des Krankenhauses. Sie brauchte dringend frische Luft, um wieder einen klaren Kopf zu bekommen. Trotz der Kälte herrschte ein buntes Treiben. Vor allem ältere Leute drehten in Begleitung ihrer Kinder und Enkel kleinere Runden. Elies setzte sich auf eine schmale Holzbank, die zwischen zwei abgestorbenen Rosensträuchern stand. Die Sonne war bereits dabei unterzugehen und Elies' Atem bildete kleine Wölkchen in der kalten Luft. Für einen Moment schloss sie die Augen und atmete tief durch. Sie musste sich wieder zusammenreißen. Ihr Leben in geregelte Bahnen bringen und nach vorne blicken. Sie konnte nicht ewig so vor sich hinvegetieren, wie sie es die letzte Zeit getan hatte. Nächste Woche wurde sie aus dem Krankenhaus entlassen. Dann würde sie sich die Ruine, die einst ihr zu Hause gewesen war, persönlich ansehen. Ihre Mutter hatte sie bereits vorgewarnt, dass nichts mehr zu retten wäre. Alles war verbrannt und zerstört worden. Unwiederbringlich verloren. Elies hatte sich noch keine Gedanken darüber gemacht, doch vermutlich würde sie in der Zwischenzeit, bis sie eine neue Wohnung gefunden hatte, wieder bei ihren Eltern einziehen. Sie wollte auch Matts Grab besuchen. Sie musste mit ihm abschließen. Ihre Beziehung war schon lange vorüber gewesen, damals hatte sie es sich nur noch nicht eingestehen wollen. Diese ganzen Streitereien waren bereits der Anfang vom Ende gewesen.

Mit geschlossenen Augen genoss Elies die Kälte um sich herum. Es war Zeit für einen Neuanfang.

„Es war sehr freundlich von Ihnen, Alice für eine kurze Zeit von ihrem Elend abzulenken. So glücklich habe ich sie seit langem nicht mehr gesehen."

Elies sah auf. Ein Mann war vor sie getreten. Die Strahlen der untergehenden Sonne blendeten sie, sodass sie etwas brauchte, um die Gestalt vor sich richtig einordnen zu können. Es war derselbe Mann, der sie vor ein paar Tagen mit Alice beobachtet hatte. Seitdem hatte sie ihn bereits einige weitere Male gesehen, doch immer nur aus der Ferne. Seine kurzen, dunkelbraunen Haare standen erneut zerzaust von seinem Kopf ab. Es sah nicht ungepflegt aus, die wuscheligen Haare passten irgendwie zu ihm. Über seiner braunen Anzugjacke trug er nichts, Elies war hingegen in einen dicken Schal eingewickelt, der ihr halbes Gesicht verdeckte. Hätte sie eine Mütze gehabt, hätte sie diese auch noch aufgesetzt, so kalt war es an diesem frühen Abend. Doch dem Fremden vor ihr schien die Kälte nicht im Geringsten etwas auszumachen.

„Darf ich mich setzen?", fragte er und deutete neben Elies auf die Bank. Sie rutschte etwas beiseite, um ihm Platz zu machen. Als er sich setzte, wandte er sich wieder zu ihr. Elies blickte aber weiterhin nach vorne.

„Arbeiten Sie hier oder besuchen Sie jemanden?", fragte sie, ohne ihn dabei anzusehen.

„Ein bisschen von beidem", antwortete er achselzuckend und lehnte sich an der Sitzbank zurück.

„Alice ist schon sehr lange hier", begann er zu erzählen, „das Puzzle, das ihr letztens gemacht habt, habe ich bereits drei Mal mit ihr aufgebaut. Die Ärzte sind darum bemüht, einen Heimplatz für sie zu finden."

Elies drehte sich leicht in seine Richtung und versuchte, ihn unauffällig zu mustern. Er hatte irgendetwas an sich, das sie faszinierte. Oder waren es schlicht seine graublauen Augen? Sie wirkten nicht unangenehm stechend wie die des Psychologen, aber doch so, als könnten sie direkt in die Seele eines Menschen blicken. Er wirkte so selbstsicher und hatte gleichzeitig etwas Sensibles an sich. Er drehte sich Elies zu und für einen Moment verlor sie sich in seinem Blick. Dann streckte er ihr seine Hand entgegen und stellte sich als Niko vor.

„Niko, und weiter?", fragte Elies.

„Einfach nur Niko", erwiderte er schmunzelnd.

Seit diesem ersten richtigen Aufeinandertreffen waren einige Tage vergangen, übermorgen würde Elies aus dem Krankenhaus entlassen werden. Inzwischen hatte sich eine rege Freundschaft zwischen ihr und Niko entwickelt. Oft saßen sie mit Alice zusammen und bauten ein Puzzle oder spielten Mensch-Ärgere-Dich-Nicht, manchmal spazierten sie durch den Garten. Der erste Frost hatte bereits eingesetzt und die Tage wurden immer kälter. Einmal war Elies ausgerutscht und wäre fast zu Boden gestürzt, hätte Niko sie nicht aufgefangen. Er setzte sich zu ihr, wenn es Mittag- oder Abendessen gab, er sorgte dafür, dass sie endlich wieder vernünftig aß und unterhielt sich mit ihr. Oft aber saßen sie auch nur schweigend nebeneinander und Elies war dankbar für seine Gesellschaft, die nichts Erzwungenes an sich hatte. Obwohl Niko ihr nur wenig über sich selbst erzählte, schaffte er es, dass Elies ihm sehr viel von sich erzählte. Da sie noch immer nicht gerne mit ihrem Psychologen sprach, erzählte sie Niko von ihren Albträumen, von der Wut und Trauer. Darüber, dass sie so verwirrt über ihre eigenen Gefühle war und, dass sie Angst hatte, was die Zukunft für sie bereithielt. Dass sie sich fragte, ob sie überhaupt eine Zukunft hatte. Dies alles erzählte sie ihm, obwohl er nie aktiv danach fragte, oder sie dazu drängte, sondern einfach, weil er ihr zuhörte, wenn sie über etwas reden wollte und wenn nicht, einfach schweigend bei ihr saß. Elies konnte in seinen graublauen Augen sehen, dass sie ihm vertrauen konnte. Dass er ihr helfen wollte, aber auch, dass er es verstand, wenn ihr einmal nicht nach einem Gespräch der Sinn stand.

Es war der Abend vor Elies' Entlassung, als sich Niko zu ihr in das Krankenzimmer schlich. Die Besuchszeit war schon lange überschritten und unweigerlich fragte sie sich, wie er es geschafft hatte, nicht hinausgeworfen zu werden. Die anderen beiden Betten in dem Krankenzimmer waren zurzeit belegt. Eines von einer Frau, die vielleicht um die zwanzig war und bereits schlief und zum anderen von einer älteren Dame, die ihr Bett nie verließ und alles um sich herum ignorierte. Sie sah nicht einmal auf, als Niko die Zimmertüre öffnete und Elies zu sich auf den Gang hinauswinkte. Ohne zu zögern, kam sie seiner Aufforderung nach. Etwas war heute anders, sie spürte es ganz deutlich. Nikos Haare waren noch unordentlicher als sonst und seine Augen leuchteten vor Aufregung. Als Elies nach dem Grund seiner Erregung fragte, gab er nur kryptische Satzbruchstücke als Antwort von sich. Elies eilte ihm hinterher und musste sich hüten, um Niko nicht zu verlieren, so schnell lief er durch die verwaisten Korridore des Krankenhauses.

„Wo willst du mit mir hin?", fragte Elies und als sie noch immer keine deutliche Antwort erhielt, schrie sie laut: „Niko!", und blieb einfach stehen.

„Heute kann ich es dir endlich zeigen!", rief er lediglich über seine Schulter hinweg und zog sie an der Hand weiter, als er hinzufügte: „Na komm schon!"

Widerwillig setzte sich Elies abermals in Bewegung und folgte ihm im Laufschritt nach. Niko führte sie in ein Zwischenstockwerk, in dessen Gang ein kaputter Kaffeeautomat stand. Ohne abzubremsen wollte er sie zu den Toiletten ziehen.

„Niko!", rief sie entrüstet und riss sich von seiner Hand los. „Ist das dein Ernst? So hätte ich dich wirklich nicht eingeschätzt!"

Wütend starrte sie ihn an, doch er blinzelte nur verdutzt und schien für einen Moment nicht zu verstehen, was das Problem war. Bis es ihm dämmerte. „Elies bitte, für was für eine Art Mann hältst du mich?"

Amüsiert grinste er über Elies' entrüstete Miene. Wieder streckte er seine Hand nach ihr aus: „Vertraust du mir?"

Und als Elies ihm ihre Hand reichte und sich von ihm weiterführen ließ, war dies der Anfang von ihrer Reise ins Kaninchenloch.

KAPITEL 2

Nikola

Natürlich nahm sie seine Hand. Sie nahmen immer seine Hand. Seitdem er diesen Job übernommen hatte, war ihm noch kein möglicher Kandidat abgesprungen. Niemand würde sich freiwillig entgehen lassen, was er ihnen zu bieten hatte. Natürlich war es schlussendlich die Entscheidung des Ältestenrates, ob jemand aufgenommen wurde oder nicht, doch Nikos Einfluss war nicht zu unterschätzen. Und so führte er Elies in die Toilettenanlage und versperrte die Türe hinter ihnen. In den letzten Tagen hatte er sie besser kennen gelernt. Er mochte sie, es wäre eine Schande, wenn sie sich ihnen nicht anschließen würde! Zu Beginn war sie noch skeptisch (besonders, als er die Tür verriegelte) und wurde immer argwöhnischer, je mehr er ihr erzählte. Fast schon ärgerlich stellte er fest, dass Elies alles für einen schlechten Witz hielt, aber er konnte es ihr auch nicht verübeln, immerhin hatten sie sich auf einer psychiatrischen Station kennengelernt. Also atmete er tief durch, setzte sich auf die Ablagefläche des Waschbeckens und begann ganz am Anfang.

Niko war ein Spiegelwanderer. Die Spiegelwanderer waren eine Gruppe von Personen, die es schon seit jeher gab und auch immer geben würde. Allein ihrer Notwendigkeit wegen. Die Wanderer waren eine Gemeinschaft aus Mitgliedern, die außergewöhnliche Fähigkeiten besaßen und sich dem Kampf gegen das Böse verschrieben hatten. Er erklärte Elies, dass es auf der Erde bestimmte Orte gab, die nur von bestimmten Personen auf eine gewisse Art und Weise durch bestimmte Portale betreten werden konnten. Einer dieser Orte war das Reich der Spiegelwanderer. Es gab nur einen einzigen Zugangspunkt, da genau kontrolliert wurde, wer sich in ihrem Territorium aufhielt. Niko erzählte Elies, dass ihr Reich im Inneren wie ein riesiges Schloss wirkte.

Es bestand aus verwinkelten Gängen, kleinen Räumen und großen Hallen. Jedoch gab es kein Außen. Lediglich ein Innen. Unter den Wanderern gab es eine Hierarchie, der der Ältestenrat vorstand. Der Rest von ihnen war in Gruppen aufgeteilt, sodass jeder der Arbeit nachgehen konnte, für die er am besten geeignet war. Niko beispielsweise war ein Anwerber. Er suchte ständig neue Kandidaten, die passend dafür wären, um sich ihren Reihen anzuschließen. Jedoch konnte nicht jeder einer von ihnen werden. Es gab bestimmte Bedingungen, die erfüllt werden mussten und diese waren sowohl an den Körper als auch an die Seele gebunden. Doch darauf wollte Niko nicht genauer eingehen. Es war doch für ihn selbst schon verwirrend. Am besten sollte Helena Elies später alles genau erklären. Die wichtigste Untergruppe innerhalb der Spiegelwanderer, erklärte Niko, waren die Jäger. Schrecklich gefährlich und dazu ausgebildet, bis zum Tod zu kämpfen. Nun kam Niko zu dem Teil, der die meisten Kandidaten normalerweise zurückschrecken ließ. Denn natürlich wurde an dieser Stelle immer gefragt, gegen wen die Jäger denn überhaupt kämpfen sollten? Doch Elies stellte keine einzige Zwischenfrage, sie ließ Niko einfach erzählen und hörte mit großen Augen zu. Ob sie ihm glaubte oder nicht, konnte er an ihrem Blick allein noch nicht ablesen. Niko erzählte ihr, dass jeder Spiegelwanderer durch reflektierende Oberflächen an einen beliebigen Ort springen konnte. Dies war eine Fähigkeit, die alle Wanderer besaßen. Des Weiteren hatten einige von ihnen noch spezielle weitere Kräfte. Er erzählte ihr von Empathen und Telepathen und solchen, die zu geistigen Höchstleistungen fähig waren, oder zu körperlichen Glanzleistungen. Andere konnten Portale zu geheimen Orten öffnen und vieles mehr. Er erzählte Elies aber nicht, dass er selbst empathische Fähigkeiten besaß. Darauf würde sie selbst noch früh genug kommen und er wollte sich diesen Spaß nicht entgehen lassen. Elies hatte sich alles ruhig angehört, doch für viel mehr als eine gute Geschichte hielt sie das Ganze nicht.

Zeit für eine kleine Demonstration, dachte Niko süffisant grinsend. Immerhin hatte er genau deshalb diesen Ort ausgewählt. Nicht nur, weil nachts hier nie jemand entlangkam, sondern auch, weil die gesamte gegenüberliegende Seite der Waschbecken aus einem riesigen Spiegel bestand. Der perfekte Ort für eine kleine Vorführung.

„Sag Elies, kennst du die Eisdiele im Einkaufszentrum?", fragte Niko mit unschuldiger Stimme.

„Natürlich", antwortete Elies, immerhin gab es dort das beste Eis der Stadt, aber was spielte das für eine Rolle?

„Gut, was sind deine Lieblingssorten?"

Verwirrung spiegelte sich in Elies' Zügen wider: „Was hat das mit ... irgendetwas zu tun?"

Doch Niko reagierte nicht auf die Frage, blickte sie stattdessen nur erwartungsvoll an.

„Vanille und Schokolade", antwortete sie schließlich.

„Vanille und Schokolade?", Niko sah sie überrascht an. „Ich hätte etwas Ausgefalleneres erwartet."

Er sprang von der Ablagefläche, auf der er es sich einstweilen bequem gemacht hatte, ging zu dem riesigen Spiegel an der gegenüberliegenden Wand und legte eine Handfläche auf diesen: „Gib mir fünf Minuten, warte und staune."

Er zwinkerte Elies noch ein letztes Mal zu, dann schloss er die Augen und konzentrierte sich. Anschließend machte er einen Schritt nach vorne und war verschwunden. Jedenfalls sah es für Elies so aus. Denn sie war mit einem Schlag alleine in dem Waschraum. Von Niko war keine Spur zu sehen. Denn dieser kam ohne den geringsten Zeitunterschied in der Eisdiele an. Was für ein Glück, dass genau neben dem Eingang ein riesiger Spiegel hing. Wie oft hatte Niko diesen Weg schon benutzt, um sich auch nachts, wenn die Diele schon lange geschlossen hatte, selbst zu bedienen. Hätte der Ältestenrat davon Wind bekommen, hätte er bestimmt eine saftige Strafe bekommen. Er wäre für einige Zeit vielleicht sogar in den Kerker geworfen worden. Es war ein Glück für ihn, dass niemand davon wusste. Mit einigen schnellen Schritten war er hinter dem Tresen und bediente sich in großen Mengen an dem Eis. Nach einem zweiten Blick, um sich zu vergewissern, dass er alles so hinterlassen hatte, wie es bei seiner Ankunft gewesen war, eilte Niko mit zwei Bechern

Eiscreme zu dem Spiegel im Eingangsbereich zurück. Vor seinem inneren Auge stellte er sich den Waschraum des Krankenhauses vor, in dem Elies auf ihn wartete und schritt ohne zu zögern durch den Spiegel.

Ein erschrockener Aufschrei ließ auch Niko merklich zusammenzucken und beinahe hätte er die Becher mit Eis fallen gelassen.

„Wie hast du das gemacht?", wollte Elies sofort wissen. Ihre Augen waren weit aufgerissen, sie wirkte neugierig und war doch fast ängstlich in eine Ecke zurückgewichen.

„Aber das ist doch ...", sie starrte auf den Becher mit dem Eis, den Niko ihr in die Hand drückte, „aber wie ... Ich meine, das geht doch nicht ... Das ist doch nicht möglich. Aber, doch ..."

„Danke", nuschelte sie schließlich. Nachdem sie einige Sekunden auf das Eis in ihrer Hand gestarrt hatte, setzte sie sich neben Niko auf die Ablagefläche und schleckte vorsichtig daran.

„Das ist wirklich echtes Eis ...", stellte sie nach einigen Augenblicken immer noch verdutzt fest, „Und das heißt, alles, was du mir vorher erzählt hast, ist wahr?"

Mit offenem Mund starrte sie in den Spiegel und musterte Nikos Spiegelbild, versuchte dieses Wissen zu verarbeiten. Kühle Eistropfen liefen über ihre Hand, als sie sich wieder umwandte. War das alles eben wirklich passiert, oder wurde sie verrückt? Ein stechender Schmerz breitete sich langsam in Elies' Kopf aus. Fühlte es sich so an, wenn man seinen Verstand verlor?

„Ist doch eine gute Geschichte für einen Film", lachte Niko, während er sie beobachtete.

„Das bleibt noch abzuwarten", erwiderte Elies nachdenklich und richtete ihren Blick auf ihn, „aber jetzt erzähl mir, wie du das gemacht hast. Du hast gesagt, jeder von euch kann durch Spiegel gehen?"

„Ja, deswegen auch der Name Spiegelwanderer", erklärte Niko schmunzelnd. Ihm schien das Ganze eine Menge Spaß zu machen.

„Jeder von uns kann durch Spiegel an andere Orte gelangen, aber es gibt Regeln. Beispielsweise muss die Fläche, durch die du gehst, also dein Anfangs- und Endpunkt, groß genug für dich sein. Du kannst also nicht einfach durch einen Handspiegel oder dergleichen springen. Spiegel eignen sich grundsätzlich am besten, da man durch sie problemlos und mit der geringsten Anstrengung gehen kann. Aber unter Umständen funktionieren reflektierende Gegenstände wie Fernsehbildschirme oder klare Gewässer auch, aber ich würde es dir eher nicht empfehlen. Ich bin einmal in einem Möbelladen durch einen Kasten gesprungen, dessen Front schwarz glänzend war und im Licht stark reflektierte. Auf der anderen Seite habe ich mich gefühlt als hätte man mich in einen Mixer gesteckt. Ich konnte mich danach zwei Wochen nicht bewegen, ohne dass sich alles um mich herum gedreht hat. Dasselbe Problem haben wir auch bei schmutzigen Flächen. Theoretisch kann man mit genug Konzentration und Willensstärke überall durchspringen, aber es fordert seinen Tribut. Angenehm ist es auf keinen Fall."

Elies hatte ihren halb aufgegessenen Becher zur Seite gestellt und starrte für einige Momente stumm vor sich hin, als würde sie nach den passenden Worten suchen.

„Aber wie wird man eine von euch?", fragte sie schließlich, „Ich meine, warum erzählst du mir das alles?"

Ah, des Pudels Kern, dachte Niko, *da will es aber jemand gleich ganz genau wissen.*

„Elies, du bist nicht auf den Kopf gefallen", erwiderte Niko, „du kannst dir denken, warum ich dir das alles erzähle."

Auffordernd sah er sie an, bis sie wegblickte und leise, aber mit fester Stimme, antwortete: „Du willst, dass ich eine von euch werde. Aber warum ich?"

Niko sah ihr fest in die Augen: „Weil ich glaube, dass du eine von uns sein sollst. Du bist ein Mensch, Elies, aber du könntest so viel mehr sein. Es braucht viele Faktoren, um ein Spiegelwanderer zu werden. Deine seelische Verfassung ist von Bedeutung und da ist auch die biologische Komponente. Du musst es im Blut haben, denn wenn du eine von uns wirst, wird sich dein gesamtes Leben verändern. Genauso wie du selbst und dein Körper. Alle Spiegelwanderer waren zu Beginn ihres Lebens gewöhnliche Menschen, aber eine der ältesten von uns ist heute über 600 Jahre alt. Wenn du diesen Weg gehen willst, wird er dich von den Menschen wegführen. Du würdest ein Spiegelwanderer werden."

„Sagtest du eben 600 Jahre?", Elies starrte Niko mit weit offenem Mund an.

Achselzuckend murmelte er nur etwas wie „Langlebigkeit".

„Willst du mir damit sagen, ich hätte es im Blut, eine von euch zu werden?"

Niko kratzte den letzten Rest Eis aus seinem Becher: „Sonst würden wir jetzt nicht hier sitzen."

Lange sagte Elies nichts, versuchte das Gehörte zu verarbeiten und starrte Nikos Spiegelbild dabei unablässig an.

„Aber wie kann ich es im Blut haben?", fragte Elies schließlich, „niemand aus meiner Familie ist wie du. Wir sind alle ganz normal, gewöhnlich. Nichts Besonderes. Bist du sicher, dass du dich nicht in mir geirrt hast?"

„Elies, ich irre mich nie", unbeirrt griff Niko nach ihrer Hand, „Es können ganze Generationen übersprungen werden oder auch ganz spontan auftreten. Für mich ist es dasselbe unlösbare Rätsel wie für dich. Eine Freundin von mir arbeitet in der Forschungsabteilung und versucht seit über 100 Jahren diesem Geheimnis auf die Spur zu kommen. Ich kann dir nicht sagen wie oder warum. Nur, dass es so ist."

„Aber du hast von weiteren Faktoren gesprochen", ergänzte Elies, „Du sagtest, eine weitere Bedingung wäre an meine Seele gebunden?"

„Ja", Niko atmete hörbar aus, „du brauchst eine zerbrochene Seele."

Erschrocken sah Elies auf und zog ihre Hand vorsichtig aus Nikos. *Eine zerbrochene Seele.* Sie wusste genau, was er meinte. Ein zerrissenes Herz, ein zersplittertes Selbst ... Man musste sich in seinem Schmerz verloren haben, tief in den Abgrund geblickt und doch überlebt haben. Elies wusste, wovon Niko sprach. Ohne genauer darüber nachzudenken, fragte sie ihn, was ihm widerfahren war, doch Niko zuckte spürbar zusammen. Elies bereute ihre Frage sofort. Das war wirklich kein Thema, das man mit Leuten teilte, die man erst seit wenigen Tagen kannte.

„Das ist eine Geschichte für ein anderes Mal", meinte er leise und fuhr sich mit der Hand durch seine ohnehin schon wirr abstehenden Haare. Kurze Zeit war es still zwischen ihnen, jeder war in seine eigenen Gedanken vertieft.

„Also zusammenfassend habe ich eine Art Magie in mir und bin emotional so kaputt, dass ich für eure Gruppe attraktiv bin", resümierte Elies mit rauer Stimme.

„Aber es ist nicht nur das", versicherte Niko ihr. „Dich würde wundern, wie viele mögliche Kandidaten es gibt! Grundsätzlich werden nur nach Erlaubnis des Ältestenrates neue Mitglieder angeworben. Aufgrund der Langlebigkeit müssen wir darauf achten, dass es nicht zu viele von uns gibt, denn vor allem anderen müssen wir unauffällig und von den Menschen unentdeckt agieren. Das können wir nur, wenn unsere Zahl überschaubar bleibt."

„Ist es uns erlaubt, nach passenden Kandidaten Ausschau zu halten", fuhr Niko fort, „liegt es im Handlungsbereich des Anwerbers, somit meiner Wenigkeit, eine passende Person zu finden. Also glaube ja nicht, ich spreche einfach jeden x-Beliebigen auf der psychiatrischen Abteilung an. Nein, du bist mir aufgefallen, als du dich um Alice gekümmert hast."

Auf Elies' fragenden Blick hin fuhr Niko fort: „Dir ging es selbst schlecht. Du hattest dich selbst schon fast aufgegeben und warst am Ende deiner Kräfte. Und doch hat dich Alice bitteres Weinen so berührt, dass du handeln musstest. Die meisten anderen in der Abteilung blenden sie so gut es geht aus. Benutzen Kopfhörer, gehen in andere Zimmer oder schreien sie an, schlagen sie sogar. Aber du hast dich einfach zu ihr gesetzt. Selbst, wenn du sie nicht beruhigen hättest können, wolltest du es doch versuchen. Da es kein anderer tat, musstest du es tun. Du hast nicht lange darüber nachgedacht, ob du sie beruhigen kannst, oder was andere dabei über dich denken könnten. Du hast einfach aus deinem Herzen heraus gehandelt."

„Meinst du nicht", fragte Elies leise und wandte ihren Blick ab, „dass du da etwas zu viel hineininterpretierst? Immerhin hätte jeder versucht, ihr zu helfen."

Fast hätte Niko laut aufgelacht: „Du sprichst den Menschen eindeutig zu viel Gutes zu. Wie oft habe ich Leute dabei beobachtet, wie sie Alice beschimpften und anschrien, schlugen und auslachten! Die Welt hat zu wenig gute Menschen. Jeder ist zu sehr mit sich selbst beschäftigt. Manche haben sich vielleicht im Nachhinein Gedanken darüber gemacht, dass sie gerne geholfen hätten, aber nur die wenigsten Menschen handeln auch wirklich. Elies, es sind die kleinen Dinge, die zeigen, wer wir wirklich sind. Kleine, selbstlose Nichtigkeiten, die einen selbst nicht anstrengen, aber für andere alles bedeuten. Daran erkennt man unseren wahren Wert in der Welt."

Niko sah sie direkt an und wieder hatte Elies das Gefühl, seine graublauen Augen könnten direkt in ihre Seele blicken: „Elies, ich habe dich ausgesucht, weil ich an dich glaube. Ich denke, dass du als Spiegelwanderin viel Gutes tun könntest."

Es gab noch so viel, das Niko Elies erzählen wollte, was sie wissen musste, bevor sie eine Entscheidung treffen konnte. Sie musste genau wissen, auf was sie sich einließ, wenn sie eine von ihnen werden wollte. Denn war diese Entscheidung erst einmal getroffen, war sie nicht mehr zu ändern. Einmal zugestimmt, war die Bestätigung nicht wieder zurückzunehmen. Doch Niko spürte deutlich, dass Elies mit der Flut von Informationen zu kämpfen hatte. War einmal die Mauer des rationalen Denkens eingerissen, so war es zu Beginn schwer, damit umzugehen. Eigentlich wollte er es für heute auf sich beruhen lassen, aber er spürte eine wilde Entschlossenheit in Elies, mit der sie ihn aufforderte, weiterzuerzählen.

„Was ist eure Aufgabe? Warum gibt es euch überhaupt?", Elies entschied sich schließlich für diese Fragen.

„Die Spiegelwanderer stellen das Gleichgewicht der Erde her", erklärte Niko und Elies fragte sich, wie vielen Menschen er dies wohl schon erzählt hatte. „Es gibt das Böse und das Gute, beides hält sich gegenseitig in Schach. Wir sind es, die die Menschen vor der Dunkelheit schützen."

„Ja, aber vor was genau beschützt ihr uns? Was lauert da draußen in der Finsternis?"

Die einfachere Frage würde wohl eher lauten, was dort draußen nicht lauert, dachte sich Niko.

„Fast alle eurer Gruselgeschichten haben einen wahren Kern", setzte er an, „In jeder Geschichte steckt ein Funken Wahrheit und doch sieht die Realität meist ganz anders aus. Es ist wahr, es gibt Dämonen, Werwölfe, Geister und noch vieles mehr. Aber würdest du beispielsweise auf einen Dämon treffen, würdest du ihn niemals als solchen erkennen. Und das, obwohl Dämonen für Menschen die größte Bedrohung darstellen. Aber nicht alle sind gefährlich. Wie auch bei den Spiegelwanderern haben manche stärkere Kräfte und andere sind wiederum so schwach, dass sie fast als Menschen durchgehen könnten. Auch die ganzen Geschichten von Besessenheit sind reiner Humbug! Dämonen besitzen einen eigenen Körper, doch viele von ihnen waren früher einmal Menschen. Die Horrorgeschichten, dass sie es auf die Seelen der Menschen abgesehen hätten, stimmen jedoch, denn sie ernähren sich von ihnen. Ein Mensch ohne Seele fällt in eine Art Koma. Eine Reise ohne Wiederkehr für den Körper, denn der Lebensfunke wurde ihm dann beinahe unwiederbringlich entrissen. Alles, was zurückbleibt, ist eine leere Hülle. Manche Dämonen sind klug und entsorgen ihre Opfer gekonnt, sodass es für die Jäger manchmal gar nicht so leicht ist, auf ihre Fährte zu kommen."

„Kommen diese Dämonenangriffe häufig vor?", fragte Elies, denn sie konnte nicht glauben, dass derartige Geschehnisse vor den Menschen verborgen bleiben konnten.

„Öfter als uns lieb ist."

„Aber wie können diese Angriffe den Menschen denn nicht auffallen? Ich meine, irgendjemandem muss doch einmal ein Muster aufgefallen sein?", fragte Elies erstaunt und ein kalter Schauer überkam sie.

„Und erneut traust du den Menschen zu viel zu, Elies", erwiderte Niko bitter. „Was die Menschen nicht wahrhaben wollen, sehen sie einfach nicht und bleiben so blind für das Offensichtliche."

„Niko, wie alt bist du eigentlich?", wollte Elies mit einem Mal von ihm wissen.

Erstaunt über die Frage starrte Niko sie einen Moment zu lange an: „Fast einhundert. Warum fragst du?"

„Dafür, dass du erst knappe hundert bist, bist du ziemlich zynisch, was uns Menschen angeht. Besonders, wenn man bedenkt, dass du selbst einmal einer warst!"

„Ich habe meine Gründe dafür", antwortete Niko, ging jedoch nicht weiter darauf ein.

Kurz war es still zwischen ihnen, dann fragte Elies zögernd: „Du hast gesagt, dass ihr nur auf Befehl eures Rates neue Leute anwerben dürft, damit ihr nicht zu viele werdet, richtig?"

Auf ein Nicken Nikos hin, fuhr sie fort: „Warum dann gerade jetzt? Was ist passiert, dass ihr neue Leute für eure ... Aufgabe sucht?"

Lange sah er Elies schweigend an, doch es gab keinen Grund zu lügen. Würde sie eine von ihnen werden, musste sie die gesamte Wahrheit erfahren.

„Einige von uns sind verschwunden. Nicht nur Jäger, die getötet oder von Dämonen verschleppt wurden, sondern auch Anwerber, Wissenschaftler, Ärzte und sogar ein Ratsmitglied. Unsere Zahl ist gefährlich gering geworden. Wir wissen nicht, was aus ihnen geworden ist. Wissen nicht, wer dahintersteckt. Einige vermuten die Dämonen, doch der Ältestenrat ist anderer Meinung. Ihrer Erfahrung nach steckt ein hohes Maß an Organisationstalent und Befehlstreue dahinter, wenn man so viele Spiegelwanderer ohne die geringste Spur verschwinden lassen kann und das trauen sie den Dämonen nicht zu. Unterm Strich wissen wir es aber nicht. Alles, was ich dir sagen kann, ist, dass unser Leben in letzter Zeit deutlich gefährlicher geworden ist. Aber ein gewisses Risiko hat ja schon immer bestanden. Immerhin ist es keine leichte Aufgabe. Jeden Tag treten wir aufs Neue gegen das an, was die Dunkelheit mit sich bringt, kämpfen jeden Tag erneut um die Seelen Unschuldiger. Jedes Mal, wenn wir durch ein Portal schreiten, ist es ein kalkuliertes Risiko. Das ist der Preis, den wir für unsere Fähigkeiten zahlen. Langlebigkeit, die Möglichkeit durch Spiegel zu gehen und sonstige Fertigkeiten. Alles im Leben hat eben seinen Preis."

„Du scheinst damit sehr leichtfertig umzugehen", gedankenverloren stellte Elies ihren Eisbecher ab.

„Ich habe mich damit abgefunden", erwiderte Niko, „Es hat keinen Sinn über vergossene Milch zu weinen."

„Was würde mich erwarten, wenn ich mich euch anschließen würde? Könnte ich weiterhin meine Familie sehen? Könnte ich ein normales Leben führen?"

„Elies, du wirst nie mehr ein normales Leben führen können", Niko lächelte sie traurig an, wissend. „Nicht nach alldem, was du erlebt hast. Was du gesehen hast und ich dir erzählt habe. Nach der heutigen Nacht wird nichts wieder so sein, wie es zuvor war, egal wie du dich entscheidest."

Elies nickte und starrte nachdenklich zu Boden.

„Aber das heißt nicht, dass sich dein Leben zum Schlechteren verändern würde", wandte Niko ein und fuhr fort: „Denk an die vielen Leute, denen du helfen könntest. An die Fähigkeiten, die auf dich warten und an die Langlebigkeit. Was du alles erleben könntest."

„Aber was ist der Preis dafür?", Elies sah auf.

Wieder griff Niko nach ihrer Hand und drückte sie leicht, sie zog sie nicht zurück: „Du würdest dich zu etwas verpflichten, das größer ist als du. Bedeutender, als du es dir jetzt vorstellen kannst. Du wirst alle, die du liebst, verlieren. Deine Familie wird lange tot sein, aber dein Körper wird um keinen Tag gealtert sein. Die Zeit wäre für immer auf deiner Seite. Aber es gibt noch einen weiteren Tribut, der zu bezahlen ist und dieser muss mit Blut beglichen werden, denn Langlebigkeit ist kein billiges Geschenk. Der Preis dafür ist ein Teil deiner Seele. Du wirst den Unterschied nicht sofort merken. Vermutlich wird es dir selbst nie auffallen, da du dann einfach schon an die Leere gewöhnt bist. Aber über die Jahre hinweg werden auch deine Gefühle schwinden und vielleicht wirst du irgendwann nichts mehr empfinden. Keine Liebe oder Zuneigung, aber auch keinen Hass oder Angst. Du wirst dich an all diese Emotionen erinnern und auch nach ihnen handeln können, aber du wirst den Schmerz nie mehr so frisch, kalt und unbarmherzig in dir fühlen, wie jetzt als Mensch."

„Aber es sind genau diese Gefühle, die uns menschlich machen."

„Wir sind aber keine Menschen, Elies, wir sind Spiegelwanderer."

Vorsichtig stieg Elies von ihrem Platz und ging einige Male im Waschraum auf und ab. Niko fühlte, was in ihr vorging. Er konnte ihre Gedanken und Gefühle gut nachvollziehen, war er doch vor fast hundert Jahren vor derselben Wahl gestanden, wie Elies heute. Jedoch war es für ihn damals eine leichte Entscheidung gewesen. Die Möglichkeit, dem Schmerz zu entrinnen und nichts mehr zu fühlen, hatte er ohne weiter darüber nachzudenken, sofort ergriffen. Ihn hatte nichts zurückgehalten. Elies war jedoch anders, Niko konnte es fühlen, er spürte, was in ihr vorging. Sie wollte diese Möglichkeit ergreifen. Es gab so viel Neues zu lernen, so viele Rätsel zu entschlüsseln und so viel zu sehen, so schrecklich viel zu erleben. Und sie wollte weg. Sie hatte ihre eigenen Dämonen, vor denen sie fliehen wollte. Immerhin war jeder Spiegelwanderer, als er noch ein Mensch gewesen war, vor irgendetwas davongelaufen.

„Aber, wenn ich mich entscheide, eine von euch zu werden, werde ich nie selbst eine Familie haben."

Dies ließ Niko aufhorchen, er erkannte die Sehnsucht in Elies. Er spürte den Zweifel, ob es das alles auch wirklich wert war, aber auch die Angst, als sie an Matt dachte. Sie wandte sich von ihm ab, aber er wusste, dass sich ihre Augen mit Tränen füllten.

„Ich habe nie gesagt, dass es eine leichte Entscheidung wäre."

„Warum hast du dich entscheiden, einer von ihnen zu werden?", fragte Elies.

Erneut zuckte Niko merklich zusammen. Lange suchte er nach den richtigen Worten: „Nachdem meine Seele zerbrochen war, hatte ich nichts mehr im Leben. Ich hatte alles verloren.

Als mich Jonathon fand, bot er mir die Möglichkeit, den ganzen Schmerz und die Schuld hinter mir zu lassen. Also habe ich zugestimmt. Aber es dauert Jahrzehnte, manchmal sogar Jahrhunderte, bis dein Herz zu Stein wird und du nichts mehr fühlst. Obwohl dies der Preis ist, den wir schlussendlich alle bezahlen müssen, geht es bei manchen schneller und bei anderen langsamer. Es gibt auch Ausnahmefälle, denn manche Wanderer verlieren ihre Menschlichkeit nie."

Dabei dachte er an Helena, aber auch sie hatte dafür zahlen müssen, doch war dieser Preis von einer ganz anderen Art gewesen.

„Aber was bleibt einem, wenn man nichts mehr fühlt?", verlangte Elies zu wissen, „was macht das Leben denn dann überhaupt noch lebenswert?"

„Elies, es ist nicht so, dass du überhaupt nichts mehr fühlst", versuchte Niko ihr zu erklären. „Manches wirst du abgeschwächt empfinden, wie Trauer oder Schmerz. Es ist wahr, anderes wirst du nach einer Zeit nicht mehr fühlen, vielleicht auch keine Liebe, aber Freundschaft und Zusammenhalt wird dir bleiben. Anderes wirst du auch weiterhin empfinden, so wie jetzt auch. Es ist kein schlechtes Leben, nur ein anderes."

„Wenn du noch einmal vor derselben Entscheidung stehen würdest, welche Wahl würdest du treffen?"

„Elies, ich kann dir diese Entscheidung nicht abnehmen."

„Ich weiß, ich weiß!", rief sie aufgebracht. „Aber ich möchte von dir wissen, ob du deine Entscheidung bereust."

Niko brauchte einige Momente, wusste nicht, wie er seine Gedanken am besten ausdrücken sollte.

„Ich hatte gute Gründe für meine Entscheidung und ich glaube, würde man mich heute vor dieselbe Wahl stellen, würde ich mich gleich entscheiden. Du musst verstehen, Elies, ich war kein guter Mensch. Ich war arrogant und selbstverliebt. Ich hielt mich für etwas Besseres und ließ es auch andere spüren. Aber ich habe dafür bezahlt. Sehr teuer sogar. Hätte Jonathon mich nicht gefunden, ich weiß nicht, was aus mir geworden wäre. Aber er hat mich vor die gleiche Wahl gestellt, vor die ich dich

jetzt stelle. Jonathon gab mir die Möglichkeit Gutes zu bewirken. Buße zu tun und meine Fehler wiedergutzumachen. In den letzten hundert Jahren habe ich mich verändert. Ich bin endlich zu einer Person geworden, auf die ich stolz sein kann. Ich habe die Möglichkeit bekommen, so viel Gutes zu tun und schlussendlich ist es dieses Wissen, das mich weitermachen lässt. Das mir die Kraft gibt, jeden Tag aufs Neue mein Bestes zu geben."
Für Niko war es damals wahrhaftig eine leichte Entscheidung gewesen. Natürliche hatte es aber auch Augenblicke gegeben, an denen er sie bereute, doch was für einen Sinn machte es, der Vergangenheit nachzutrauern? Aber fürs Erste galt es abzuwarten, wie Elies' Entscheidung ausfallen würde.

„Und? Wie ist es gelaufen?", Niko hörte Helenas Stimme hinter sich und wurde langsamer, sodass sie ihn einholen konnte. Er war erst vor wenigen Minuten in das Reich der Spiegelwanderer zurückgekehrt. Es war bereits mitten in der Nacht und er hatte nicht erwartet, dass noch jemand wach sein würde, aber offenbar hatte auch Helena lange gearbeitet, denn sie trug noch immer den weißen Kittel, auf den sie vehement bestand, wenn sie arbeitete, über ihrem knielangen, dunkelblauen Kleid.

„Ich bin mir nicht sicher", gestand Niko, als sie nebeneinander den Korridor entlanggingen. Und dies war keine Ausrede, denn er wusste tatsächlich nicht, wie sich Elies entscheiden würde. Zu sprunghaft waren ihre Gefühle gewesen. Er wusste, wie aufgeregt sie gewesen war, als er sie in das Geheimnis der Spiegelwanderer eingeweiht hatte. Auch verstand sie, dass ihre beiden Situationen gänzlich unterschiedlich waren und doch half es ihr zu wissen, dass Niko seine Entscheidung, ein Spiegelwanderer zu werden, nicht bereute. Noch nie war es vorgekommen, dass Niko nicht einschätzen konnte, ob sich ein von ihm ausgesuchter Kandidat ihnen anschließen würde oder nicht. Niko konnte es nicht sagen und dieses Unwissen machte ihn nervös. Schließlich war er ein Empath. Es war seine Aufgabe, zu wissen, was in Leuten vorging. Das flackernde Licht der Kerzenhalter, die in regelmäßigen Abständen an den Wänden angebracht waren, erhellte ihnen den Weg. Helenas Absätze klapperten auf dem steinernen Boden, doch das Geräusch hatte etwas Beruhigendes für Niko. Helena wischte sich eine dunkle Haarsträhne aus dem Gesicht und sah Niko prüfend von der Seite an: „Was ist denn passiert? Du warst doch Feuer und Flamme für ... wie war nochmal ihr Name? Elsie, Emma? Es war doch irgendetwas mit E, oder?"

„Elies", verbesserte Niko sie. „Ich denke noch immer, dass sie hervorragend zu uns passen würde, aber ich bin mir einfach nicht sicher, ob sie es genauso sieht. Sie hätte die Möglichkeit, das Leben vieler Menschen zum Besseren zu verändern, aber irgendetwas hält sie zurück. Blinder Glaube an ein besseres Leben, an eine gute Zukunft als gewöhnlicher Mensch. Ich weiß es nicht ..."

„Sie ist jung, in diesem Alter glaubt jeder, dass die Welt offen vor einem liegt, dass man nur darauf zulaufen und danach greifen muss", versuchte sie ihn zu beruhigen. „Lass sie eine Nacht darüber schlafen. Im ersten Moment scheinen die Nachteile die Vorteile manchmal aufzuwiegen."

„Ich denke, dass Elies ihre Menschlichkeit nicht aufgeben will."

„Du erklärst das mit der Menschlichkeit ja auch immer viel zu steif!", Helena schüttelte leicht den Kopf. „Das schreckt doch jeden erst einmal ab, so wie du das erzählst!"

Schmollend wandte sich Niko von ihr ab.

„Nikola, bitte, du bist ein guter Anwerber, ein beherzter Redner und sehr gut im Überzeugen. Sie wird sich uns anschließen", aufmunternd berührte sie leicht seinen Arm.

„Sie hat mich sogar gefragt, wie meine Seele zerbrach", berichtete ihr Niko, woraufhin Helena überrascht eine Augenbraue nach oben zog und ihn skeptisch anblickte.

„Und hast du es ihr erzählt?"

„Natürlich nicht!", herrschte Niko sie an. „Du weißt genau, dass ich nie darüber rede. Die Einzigen, die die ganze Wahrheit über mich wissen, sind du und Jonathon und so soll es auch bleiben!"

Zähneknirschend marschierte er weiter und ließ Helena einige Schritte hinter sich zurückfallen.

„Und hat Elies dir erzählt, was sie zerbrochen hat?", wollte Helena wissen, als sie ihn wieder eingeholt hatte. Kurz schwieg

Niko, er wollte keine zu persönlichen Einzelheiten weitergeben. Immerhin hatte Elies ihm alles im Vertrauen erzählt, weil er ihr Freund war und sie sicher gewesen war, dass er sie nicht verurteilen würde. Er hatte buchstäblich gespürt, wie es ihr auf den Bruchstücken ihrer Seele gebrannt hatte, wie sie mit jemandem darüber hatte sprechen wollte, aber nicht konnte. Weder mit ihren Eltern, ihren Arbeitskollegen, die sie immer seltener besucht hatten, bis schließlich niemand mehr gekommen war, oder dem Psychologen, den sie einfach nicht ausstehen konnte, und bei dem sie trotzdem jeden Tag eine Sitzung hatte. Doch mit Niko hatte sie gesprochen. Natürlich hatte sie auch ihm nicht alles erzählt. Niko wusste, dass es immer Einzelheiten gab, die die Menschen für sich behielten. Niemandem weitererzählten, nicht einmal ihren engsten Vertrauenspersonen. Dennoch hatte es ihm viel bedeutet, dass Elies ihm die wichtigsten Teile ihrer Geschichte anvertraut hatte. Aber es war Helena, die fragte. Kein anderer Spiegelwanderer als Helena. Niko wusste, dass sie neugierig war, aber nie etwas weitererzählen würde. Er selbst war einer der wenigen, der ihre Geschichte kannte. Er wusste, mit welchen Dämonen sie noch immer zu kämpfen hatte und, dass diese sie nie loslassen würden. Für Helena gab es kein Entkommen. Vielleicht war sie genau deswegen eine so gute Zuhörerin und versuchte immer, allen Wesen zu helfen. Sie sah nirgendwo nur das Böse, nicht einmal, wenn sie direkt in die Finsternis blickte. Selbst dann konnte sie irgendwo das Licht entdecken. Niko war sich sicher, dass Elies und Helena gut miteinander auskommen würden.

„Sie hat mir ihre Geschichte erzählt", beantwortete Niko schließlich ihre Frage.

Neugierige, neugierige Helena, dachte sich Niko, als sie ihn weiterhin erwartungsvoll ansah.

„Es hat mit einem Mann zu tun."

Matt. Elies hatte Niko alles über ihn erzählt. Sogar, wie sie sich kennengelernt hatten und wie sie sich zu lange von ihm blenden gelassen hatte.

Helena stöhnte laut auf.

„Es hat doch immer mit Männern zu tun", murrte sie laut vor sich hin.

„Oder mit Frauen", ergänzte Niko und für einen Moment hingen beide ihren eigenen Gedanken nach. Schließlich fragte Helena, was mit Elies' Mann passiert war.

„Das, was mit allen Menschen schlussendlich passiert. Er ist gestorben."

„Aber er verfolgt sie noch immer", ergänzte Helena.

„Ja, aber es ist keine Liebe, die sie an ihn bindet."

Sie waren bei einer großen, hölzernen Doppeltür angekommen, an der sich Niko verabschiedete.

Helena drückte aufmunternd seine Hand: „Du wirst sehen, sie wird sich für uns entscheiden."

„Ich hoffe es. Gute Nacht, Helena", Niko schloss die Türe hinter sich und starrte für einen Moment in die Dunkelheit seines Zimmers. Noch lange machte er sich Gedanken über Elies. Sie hatte alles, was man brauchte, um ein Spiegelwanderer zu werden. Vielleicht könnte sie sogar eine Jägerin werden? Er war immer schon gut darin gewesen, die Kandidaten mit dem größten Potential ausfindig zu machen. Niko wusste nicht, was ihn derart an ihr faszinierte, war sie doch wie so viele vor ihr, die er angeworben hatte. Aber dennoch ...

Jonathon hatte einmal zu Niko gesagt: „Hör mir gut zu, Nikola, wünschen darf man sich alles. Ob es in Erfüllung geht oder nicht, das steht in völlig anderen Sternen, aber wünschen darf man sich alles!"

Und daran hielt Niko fest. Er hoffte, dass sich Elies entscheiden würde, eine von ihnen zu werden, obwohl ihn das dumpfe Gefühl nicht losließ, dass er vergeblich hoffte. Aber wie Jonathon bereits gesagt hatte, wünschen durfte man sich alles.

Der nächste Morgen kam für Niko viel zu früh. Am liebsten hätte er noch eine Stunde geschlafen. Oder zwei. Oder auch zehn. Schlaf schien generell etwas zu sein, wovon er in letzter Zeit zu wenig bekam. Sich den Traumsand aus den Augen reibend, zog er die schwere Türe zu seinen Zimmern hinter sich zu.

„Ah, Nikola! Viel zu spät dran, wie immer! Aber gut, dass ich dich heute noch erwische!"

Richard. Niko würde jeden anderen Ratsdiener Richard vorziehen. Besonders am frühen Morgen. Und zu spät war er schon gar nicht! Höchstens fünf Minuten. Vielleicht auch zehn. Niko atmete tief durch, schluckte den aufkeimenden Hass gegen Richard so gut es ging hinunter, drehte sich ihm entgegen und lächelte ihn übertrieben freundlich an: „Und dabei schien es gerade ein guter Vormittag zu werden. Was kann ich für dich tun, Richard?"

„Der Rat verlangt heute eine Entscheidung", wie immer kam er sofort auf den Punkt. Wenigstens etwas Gutes an ihm, denn auch er wollte so wenig Zeit wie nur möglich in Nikos Nähe verbringen.

„Natürlich, sie ließen es mir bereits gestern ausrichten", damit drehte er sich um und wollte sich mit raschen Schritten entfernen. Die Flammen der Kerzen, die den Gang erhellten, flackerten, als Niko vorbeieilte. Er war noch nicht hinter der nächsten Ecke verschwunden, da hatte ihn Richard erneut eingeholt und stellte sich ihm in den Weg.

„Ich meine es ernst, Nikola. Der Rat verlangt eine Entscheidung oder es wird auch über deine Position nachgedacht werden. Erinnere dich, was mit dem letzten Anwärter passiert ist!"

Unweigerlich zuckte Niko zusammen. Natürlich wusste er, was mit Zachary passiert war. Er würde es niemals vergessen können. Schließlich war Zachs Tod seine Schuld gewesen. Er hatte zu lange an demselben Ort nach passenden Menschen gesucht. War unvorsichtig und nachlässig geworden. Er war, ohne weiter darüber nachzudenken, aus reiner Bequemlichkeit, durch Spiegel an öffentlichen Plätzen gesprungen. Hätte er damals doch nur besser nachgedacht, besser aufgepasst. Zach könnte heute noch am Leben sein. Doch damals schien keine Gefahr von den Dämonen auszugehen. In der Welt der Menschen schien alles ruhig zu sein. Die scheinbare Sicherheit hatte Niko unvorsichtig werden lassen. Aber natürlich waren genau dadurch Dämonen auf ihn aufmerksam geworden. Niemals könnten sie ihre Gier derart zügeln und einen so dummen und unvorsichtigen Spiegelwanderer, wie Niko es damals gewesen war, einfach an ihnen vorbeispazieren lassen, ohne ihn anzugreifen. Immerhin präsentierte er sich ihnen auf dem Silbertablett, denn Spiegelwanderer leuchteten für Dämonen wie ein Feuerwerk am Nachthimmel. Und so waren die beiden Dämonen Niko gefolgt und er hatte sie direkt zu Zach geführt. Verschlangen Dämonen die Seelen von Spiegelwanderern, gab ihnen das enorme Kraft. Doch auch die Seele eines Menschen, der schon bald ein Spiegelwanderer werden sollte, konnte sie für mehrere Wochen versorgen. Geifernd waren sie hinter Niko nach. Hatten ihren Part perfekt gespielt. Er hatte ihre Präsenz erst bemerkt, als es bereits zu spät war. Sofort hatte sich einer von ihnen auf Niko gestürzt, während der andere auf Zachary losgegangen war. Er hatte nicht den Hauch einer Chance gehabt. Niko wird nie den entsetzten Ausdruck auf seinem Gesicht vergessen, als ihm klar wurde, was dieses Wesen mit ihm anstellte. Aber Niko hatte ihm nicht helfen können, hatte er doch genug mit seinem eigenen Gegner zu tun. Als er um sein Leben kämpfte und versuchte, sich mit nichts als seinen bloßen Händen zu verteidigen, hatte er Zach mit schmerzverzerrter Stimme seinen Namen rufen gehört. Er hatte ihn angefleht, ihm zu helfen. Es war reines Glück gewesen, dass Niko den spitzen Dolch in seiner Jacke zu fassen bekommen hatte. Ohne zu zögern, hatte er ihn dem Dämon in die Brust gebohrt. Niko war damals in schiere Raserei verfallen. Der Dämon hatte schon lange tot in seiner eigenen Blutlache gelegen, doch Niko hatte immer weiter auf ihn eingestochen. Wieder und immer wieder, bis der Dämon schließlich zu Staub zerfallen war. Und als sich Niko auf den zweiten Dämon stürzte, hatte dieser nicht den Hauch einer Chance gehabt. Seine Augen hatten silbern geleuchtet, ein Zeichen dafür, dass er erst kürzlich eine Seele verschlungen hatte. Niko hatte ihm den Dolch direkt in sein Herz gestoßen. Er hatte es geschafft. Niko hatte überlebt. Sein Anzug war blutverschmiert gewesen, das Dämonenblut hatte sich mit seinem eigenen vermischt, doch er hatte seine Wunden nicht gespürt. Er hatte sich freudig zu Zach umgewandt, hatte ihm sagen wollen, dass sie es geschafft hatten. Dass sie die Dämonen besiegt hatten. Aber Zachs blassgrüne Augen hatten ihm nur leblos entgegen gestarrt. Anklagend. *Das ist dein Werk!*, hatten sie ihn angeschrien.

Obwohl Zachs Tod bereits Monate her war, brannte die Erinnerung in Niko, als ob es gestern gewesen wäre. Kälte breitete sich in ihm aus und er versuchte das Bild, das sich vor seinem inneren Auge manifestiert hatte, wieder abzuschütteln. Er konnte spüren, wie Richard es genoss, ihn damit verletzen zu können, besonders, da Richard Zachs Leben ebenso gleichgültig war wie das von Niko. Er wusste nicht, wie alt Richard tatsächlich war, doch er schätzte ihn auf gut über 300 Jahre. Das Reich der Spiegelwanderer hatte er seit mindestens der Hälfte dieser Zeit nicht mehr verlassen. Ihm lag weder etwas an den Menschen noch an den meisten anderen Wanderern. Was sich derjenige dabei gedacht hatte, der ihn angeworben hatte, war Niko schleierhaft. Richard respektierte niemanden, außer sich selbst. Und vielleicht noch den Rat. Dabei wusste jeder, dass er sich nur als Ratsdiener auftat, um seine eigenen Ziele zu verfolgen. Als ob die Spiegelwanderer nicht größere Probleme hätte, als dass auch noch in ihren eigenen Reihen Intrigen gesponnen wurden. Ohne einen Funken Reue wünschte sich Niko, dass Richard als Nächster verschwinden würde. Wer auch immer für das mysteriöse Verschwinden der Spiegelwanderer verantwortlich war, sollten die sich doch mit Richard herumschlagen.

„Du weißt genauso gut wie ich, dass wir dort draußen immer auf Dämonen treffen können", verteidigte er sich nun und holte zum Gegenangriff aus. „Ach, warte, das habe ich ja ganz vergessen. Du hast deinen fetten Hintern ja seit über hundert Jahren nicht mehr von hier wegbewegt. Du hast also keine Ahnung, was sich in der Welt der Menschen abspielt."

Richards Kopf war purpurrot angelaufen, seine plumpen Hände waren zu Fäusten geballt. Er wollte etwas darauf erwidern, allerdings ließ ihm Niko keine Gelegenheit dazu. Schnell umrundete er Richard und eilte davon. Erst zwei Korridore später verlangsamte er seine Schritte.

Was für ein toller Start in den Tag, dachte Niko verdrießlich. *Wegen Richard habe ich jetzt nicht einmal mehr ausreichend Zeit, um zu frühstücken.* Verärgert schlug Niko den Weg zu dem Portal ein. Eine Gruppe Jäger reiste eben ab, Niko reihte sich hinter ihnen ein. Das Portal selbst bestand aus einem riesigen Spiegel, der so hoch und breit war, dass problemlos ein Hubschrauber durchgepasst hätte. Der Rahmen bestand aus Gold und war mit glitzernden Edelsteinen verziert. Das Portal war von mehreren Wachen umstellt, sodass ein unbemerktes Kommen oder Gehen unmöglich war. Ebenso musste man sich bei einer Art Portier ein- und austragen. Für Neuankömmlinge mochten diese Sicherheitsmaßnahmen übertrieben und befremdlich wirken, so auch für Niko, als er zum ersten Mal durch diese Pforten geschritten war. Doch der Portier versicherte ihm, dass es einen guten Grund dafür gab. Welcher, war ihm zwar selbst entfallen, immerhin näherte er sich seinem 589. Geburtstag, aber es war ein wichtiger Grund.

„Guten Morgen, Nikola", grüßte ihn eine bekannte Stimme. Lächelnd drehte sich Niko zu Helena um, die mit zwei dampfenden Pappbechern auf ihn zukam. Ihr großer, schwarzer Hut war farblich auf ihren Mantel abgestimmt.

„Der erste Lichtblick des Tages", dankend nahm Niko seinen Becher Kaffee entgegen.

Vorsichtig nippte Helena an ihrem Tee: „Ich dachte, du könntest heute etwas Gesellschaft vertragen. Außerdem würde ich Elies gerne kennenlernen, falls sie sich uns nicht anschließen sollte."

„Du meinst wohl eher, der Ältestenrat hat dich beauftragt, Babysitter zu spielen?", meinte Niko bitter. Natürlich, es war sein erster richtiger Außeneinsatz seit der Sache mit Zach und doch hätte sich Niko etwas mehr Vertrauen in seine Fähigkeiten gewünscht.

„Nicht direkt", antwortete Helena ausweichend und hielt ihren Tee mit beiden Händen umklammert, als wäre er ihre Rettungsleine.

Sie hatten sich eben beim Portier abgemeldet und warteten hinter den Jägern, um durch den Spiegel zu springen. Nur zwei Wanderer waren noch vor ihnen.

Niko hielt Helena am Arm zurück: „Was genau meinst du mit ‚nicht direkt'?"

„Nun ja, mich hat niemand direkt aus dem Rat beauftragt, dich zu begleiten."

„Also hat es dir ein Ratsdiener aufgetragen?"

„Nicht direkt aufgetragen."

„Herrgott, Helena! Jetzt erzähl endlich, was du hier machst!", langsam wurde Niko ungeduldig.

„Ich habe heute Morgen zufällig ein Gespräch mitgehört", begann Helena, „zwischen James und Richard."

Sofort stöhnte Niko auf, denn wenn Richard im Spiel war, konnte nichts Gutes dabei herauskommen.

„Er redete auf James ein, dass du nicht bereit wärst, um in den Außendienst zu gehen, dass du ein Sicherheitsrisiko darstellen würdest. Du weißt ja, wie Richard sein kann, wenn er erst einmal so richtig in Fahrt gekommen ist. Jedenfalls wollte er James einreden, dich zu versetzen, falls sich Elies gegen uns entscheiden sollte oder sonst irgendetwas vorfallen sollte. Was auch immer der Mann gegen dich hat, du bist ihm offensichtlich ein Dorn im Auge."

Deswegen also auch die kryptische Andeutung heute Morgen, dass Nikos Position überdacht werden würde.

„Und was hat James gesagt?", wollte Niko wissen.

„Du kennst James doch. Er könnte nie unhöflich sein, nicht einmal, wenn sein Leben davon abhängen würde. Also hat er sich alle Beschwerden Richards in Ruhe angehört, hin und wieder genickt und ihn anschließend ohne weiteren Kommentar weggeschickt."

„James weiß, dass Richard nur ein Schaumschläger ist."

„Das stimmt wohl", bestätigte ihm Helena, „aber der Ältestenrat besteht auch aus Mitgliedern, dich sich leichter um den Finger wickeln lassen."

„Jedenfalls dachte ich, dass es nicht schaden kann, wenn du etwas Unterstützung hast. Aber wenn du lieber alleine gehen möchtest, in meinem Labor wartet eine Menge Arbeit auf mich."

Natürlich meinte es Helena nur gut, sie wollte lediglich helfen und doch sah es für Niko so aus, als würde sie Richards Worten Glauben schenken und denken, dass er ihre Hilfe bräuchte. Gleichzeitig wusste er aber auch, dass es nicht so war. Helena hatte immer schon an ihn geglaubt und ihm geholfen, wenn er in Schwierigkeiten geraten war. Auch jetzt wollte sie ihm lediglich helfen, ohne weitere Hintergedanken. Außerdem wussten sie beide, dass Niko endlich wieder einen Erfolg vorweisen musste, sonst würde es bald wirklich ernst um ihn stehen.

„Sollen wir?", fragte Niko schließlich, bot Helena seinen Arm an und gemeinsam traten sie durch den Spiegel.

Sie waren nicht direkt in das Krankenhaus gesprungen, sondern in eine Einzimmerwohnung, die Niko extra angemietet hatte. Bis auf einen mannshohen Spiegel war sie komplett leer. Ihr einziger Zweck war es, Niko ein unauffälliges Eintreten in die Welt der Menschen zu ermöglichen.

Anerkennend lächelte Helena ihn an: „Sehr gut gewählt."

Beide wussten, dass er aus seinem Fehler mit Zach gelernt hatte und nun auf Nummer sicher ging. Niemand würde hier seine Sprünge bemerken.

Die Wohnung lag im dritten Stock eines Altbaus, der schon bessere Zeiten gesehen hatte. Der Aufzug war defekt, nach Angaben des Nachbarn, der neben Niko wohnte, bereits seit dessen Einzug vor vier Jahren. Der Ausgang des Gebäudes lag in einer stillen Seitengasse, dessen Seiten von Mülltonnen geziert wurden, aber von der Hauptstraße aus brauchte man zu Fuß nur knappe zwanzig Minuten bis zum Krankenhaus. Helena schlenderte fröhlich neben Niko her und genoss die frische Morgenluft. Sie schien unbekümmert zu sein, als wüsste sie bereits, dass alles gut gehen würde. Niko hingegen machte sich noch immer Gedanken, ob sich Elies ihnen anschließen würde. In sich hineinmurmelnd starrte er auf die dreckige Straße vor sich.

Als sie in unmittelbarer Nähe zum Krankenhaus waren, verabschiedete sich Helena von ihm, da sie noch einige Besorgungen zu erledigen hatte und später aufschließen wollte. Beiden war jedoch bewusst, dass sie Niko und Elies lediglich etwas Zeit allein geben wollte. Eine so schwerwiegende Entscheidung, wie diese, wurde am besten unter Freunden besprochen. Also legte Niko den restlichen Weg ohne Helena zurück. Schon von weitem erkannte er Elies, die auf einer der kleinen, eisernen Bänke saß, die links und rechts vom Haupteingang des Krankenhauses aufgestellt waren. Ihre Hose und ihr Pullover sahen aus, als würden sie ihrer Mutter gehören. Vermutlich taten sie es auch. Zu ihren Füßen lag lediglich ein kleiner Rucksack mit den wenigen Sachen, die sie während ihrer Zeit im Krankenhaus von ihren Eltern bekommen hatte. Als Elies Niko sah, sprang sie freudig auf und winkte ihm lächelnd. Der Ärmel ihres Pullovers rutschte dabei ein Stück nach unten, sodass die hinterbliebenen Narben des Feuers sichtbar wurden. Als Elies es bemerkte, zog sie rasch den Ärmel wieder nach unten. Fast schüchtern sah sie sich um, ob es auch niemand gesehen hatte.

„Hundertjähriger!", begrüßte sie Niko und grinste ihm freudig entgegen.

„Wie ich sehe, hast du schon alles gepackt?", fragte Niko und deutete auf ihren jämmerlich aussehenden Rucksack.

„Mit leichtem Gepäck reist es sich gut", antwortete Elies und setzte sich wieder auf die Bank. Niko nahm neben ihr Platz: „Du schuldest mir noch eine Antwort."

„Allerdings", antwortete sie, machte jedoch keinerlei Anstalt, sie ihm auch zu geben.

Ungeduldig trommelte Niko mit den Fingern auf die metallene Armlehne. Nicht einmal seine Fähigkeit half ihm mehr. Alles, was er bei Elies spürte, war ihre Freude, ihn ärgern zu können und, dass sie aufgeregt war. Unwillkürlich fing er zu grinsen an. Sie würde Ja sagen, natürlich musste sie Ja sagen! Wie hatte er je daran zweifeln können? Immerhin hatte er ihr Eis gebracht, wen würde das denn nicht rumkriegen?

„Was hat dich schließlich überzeugt?", fragte Niko, als er zufrieden in den Himmel blickte. Kein Wölkchen war am Himmel und doch war es ein bitterkalter Tag, sodass sein Atem wie Nebel aufstieg.

Elies atmete tief ein und aus: „Du hattest recht, als du mir gesagt hast, dass ich nie ein normales Leben führen werde. Nicht mit dem, was mir passiert ist. Ich habe lange darüber nachgedacht und bin zu demselben Ergebnis gekommen."
Fast wehmütig starrte auch Elies in den fernen Himmel: „Nach Matt ... Ich weiß nicht, ob ich jemals wieder jemanden so vertrauen kann, wie ich ihm vertraut habe. Ich denke, dass dieser Vertrauensbruch nicht mehr zu reparieren ist und ich bezweifle, dass ich mich überhaupt wieder jemandem derart öffnen kann. Außerdem hast du recht gehabt. Eine völlig neue Welt wartet dort draußen. Wie könnte man jemals dazu Nein sagen?"
Niko griff nach Elies' Hand und drückte sie leicht: „Ich bin froh, dass du dich für uns entschieden hast."
Und er war es wirklich. Denn es hätte durchaus anders kommen können. Hatte er doch auch schon von Kandidaten gehört, die zu Beginn Feuer und Flamme gewesen waren, jedoch nichts mehr mit den Spiegelwanderern zu tun haben wollten, als sie eine Nacht darüber geschlafen hatten. Die Beweggründe der Menschen sind unendlich, ja, es ist ein weites Feld.
„Wie geht es jetzt weiter?", wollte Elies wissen. „Wenn ich mit euch komme, kann ich dann heute Abend schon allein durch Spiegel springen? Du weißt, ich habe hier noch Menschen, die mir sehr am Herzen liegen. Mir ist natürlich klar, dass ich sie nicht jeden Tag besuchen kann. Aber ich möchte zumindest meine Eltern heute noch einmal sehen, falls es vorerst das letzte Mal sein sollte."
Natürlich verstand Niko sie und versprach, sie noch heute Abend zu ihrer Familie zu begleiten: „Jedoch muss ich dich enttäuschen, du wirst noch sehr lange nicht in der Lage sein, allein zu springen. Du hast noch viel zu lernen! Die Ausbildung dauert für gewöhnlich mehrere Jahre. Manche haben den Dreh schneller heraußen und andere brauchen wiederum etwas länger. Aber, hast du dir schon überlegt, was du deiner Familie erzählen möchtest? Hast du dir eine passende Cover-Story ausgedacht?"
Elies antwortete nicht auf seine Frage, sondern wollte stattdessen wissen, was mit den Menschen passierte, die sich da-

gegen entschieden und keine Spiegelwanderer werden wollten: „Ich meine, du hast mir erzählt, dass die Menschen nichts von euch wissen dürfen und mir ist vollkommen klar, warum. Würde erst einmal ans Licht kommen, dass es Dämonen und Werwölfe und was weiß ich noch alles gibt, würde eine heillose Panik ausbrechen. Niemand würde dem anderen mehr vertrauen und die Menschen würden aufeinander losgehen, sich ständig bedroht fühlen. Aber was ist mit den Leuten, die ihr ansprecht, die aber nichts mit euch zu tun haben wollen? Überwacht ihr sie, um sicherzustellen, dass sie nichts weitererzählen? Oder ..."

Erschrocken hielt Elies inne und packte Niko am Arm: „Ihr tötet sie doch nicht etwa?"

Entgeistert blickte Niko sie an: „Wie kommst du denn auf so etwas? So eine absurde Idee habe ich noch nie gehört! Wir beschützen die Menschen! Herrgott nochmal, was wäre denn das für eine Logik, wenn wir sie dann töten?"

Elies stieg die Röte ins Gesicht, doch Niko lachte nur: „Wir haben einen Weg gefunden, mit dem ihnen das Erzählte wie ein Traum erscheint. Manche können sich im Nachhinein an mehr erinnern, andere an weniger, das ist ganz unterschiedlich. Aber niemand würde daran zweifeln, dass es sich um mehr, als lediglich um einen Traum gehandelt hat."

„All die Möglichkeiten, die ihr ihnen eröffnet und schlussendlich bleibt nicht mehr davon als die verschwommene Erinnerung eines Traumes", kopfschüttelnd blickte Elies Niko an.

„Aber um deine ursprüngliche Frage zu beantworten, ich habe meiner Mum erzählt, dass ich Abstand brauche. Von allem hier. Jeder einzelne Ort dieser Stadt ist mit einer Erinnerung an Matt verknüpft. Egal, wo ich hingehe, ich sehe ständig sein Gesicht vor mir. Ich muss ihm endlich entkommen, frei von ihm werden. Deswegen habe ich meinen Eltern erzählt, dass ich für längere Zeit zu einer Freundin aufs Land gehen werde, um bei ihr zu wohnen und für sie zu arbeiten. Jedenfalls werde ich dort für die nächste Zeit vom Rest der Welt ziemlich abgeschnitten sein, aber, dass ich sie so oft ich kann, besuchen werde."

„Sehr elegant gelöst", Niko klopfte ihr anerkennend auf die Schulter. Er selbst war, als er sich den Spiegelwanderern angeschlossen hatte, einfach verschwunden. Hatte jahrelang sogar als vermisst gegolten. Nicht, dass es sonderlich viele Leute gegeben hatte, die sich um ihn gesorgt, oder die es überhaupt gekümmert hatte, was aus ihm geworden war. Elies nickte nur und blickte die Auffahrt entlang, die zum Krankenhaus führte.

„Wer ist das?", fragte sie, als ihr eine Frau auffiel, die zielstrebig auf sie zusteuerte. Ihre dunklen Locken wippten bei jedem Schritt; ihren Mantel hatte sie eng um sich gezogen und die Hände tief in den Taschen vergraben. Unbeirrt schritt sie auf Elies und Niko zu.

„Darf ich vorstellen, das ist Helena", Niko erhob sich, als sie nur mehr wenige Schritte von ihnen entfernt war, „Helena, das ist Elies."

Nachdem Elies die erste Schüchternheit überwunden hatte, konnte Niko deutlich spüren, dass ihr Helena sehr sympathisch war. Er hatte doch gewusst, dass sich die beiden gut miteinander verstehen würden. Schließlich wurde es Zeit, aufzubrechen. Sie wollten Elies in das Reich der Spiegelwanderer bringen, ihr alles zeigen und ihre Fragen beantworten, denn davon würde es mehr als genug geben. Dann wäre es für Elies so weit, sich von ihrem alten Leben zu verabschieden. Niko würde sie in die Welt der Menschen begleiten, damit Elies alle losen Enden verknüpfen konnte. Immerhin hatte sie noch ihre Arbeit und ihre Familie. Doch danach würde ein neues Leben für sie anbrechen. Elies war so aufgeregt, dass auch Niko ganz hibbelig davon wurde. Helena bedachte ihn nur mit einem wissenden Lächeln. Zu dritt liefen sie nebeneinander den Weg bis zu der kleinen Wohnung zurück, die Niko gemietet hatte. Natürlich fragte Elies, warum sie nicht direkt durch einen der Spiegel im Krankenhaus gesprungen waren, oder die Spiegel in den Umkleidekabinen von Geschäften oder auf den Toiletten von Restaurants benutzten.

„Bei so vielen Leuten, die dort ein- und ausgehen, würde das doch gar nicht auffallen?", fragte sie.

„So ein Verhalten ist strengstens verboten und wird auch schwer bestraft. Spiegel an öffentlichen Orten dürfen nur in akuten Notsituationen verwendet werden. Es kann immer vorkommen, dass man von durchaus aufmerksamen Leuten beobachtet wird. Da fällt es schon auf, wenn man aus den Toiletten nicht wieder herauskommt und einfach verschwindet. Besonders bei Geschäften ist es gefährlich, da diese meist videoüberwacht sind. In diesem Fall hätten die Menschen sogar einen digitalen Beweis, wie einer von uns ihren Laden betritt, ihn aber nicht wieder verlässt und stattdessen einfach spurlos verschwindet. Spiegelwanderern, die mit diesen Regeln spielen und sie nicht ernst nehmen, passieren schlimme Dinge, Elies. Merk dir das gut, denn es wird dir einiges an Ärger ersparen", erklärte Helena.

Elies nickte nur und blickte sich zu Niko um, der einige Schritte hinter ihnen zurückgefallen war. Auch Helena bemerkte es und blieb stehen.

„Alles in Ordnung?", fragte sie.

„Ich bin mir nicht sicher", prüfend sah sich Niko um.

„Dämonen?", bei diesem Wort horchte Elies erschrocken auf. Ängstlich blickte sie sich um. Autos fuhren am laufenden Band vorbei und vereinzelt waren einige Leute zu Fuß unterwegs. Für Elies wirkten sie alle wie gewöhnliche Menschen, doch Niko sah jeden, der ihnen entgegenkam, prüfend an.

„Beeilen wir uns", meinte Helena leise und zog Elies am Ärmel ihres Pullovers vorsichtig weiter. Niko war direkt hinter ihnen.

„Sie sind ganz nah und haben uns gewittert", raunte ihnen Niko zu, „ich kann ihre Gier deutlich spüren."

Seine Hand verschwand im Inneren seiner Jacke und umschloss den Griff seines Dolches. Aus den Augenwinkeln nahm er wahr, wie auch Helena nach ihren Waffen griff.

„Wie viele?", fragte Helena, ihr Blick war starr nach vorne gerichtet. Wilde Entschlossenheit spiegelte sich in ihren Augen.

Niko konnte sie ganz nahe spüren: „Zwei, vielleicht auch drei, ich kann es nicht genau sagen. Aber sie sind hungrig."

Ängstlich blickte sich Elies um, sie konnte einfach nichts Bedrohliches entdecken. Sie kam sich vor wie ein Lamm, das fröhlich der Schlachtbank entgegensprang. Ermutigend drückte Niko ihre Schulter, er konnte ihre Angst spüren. Doch er würde nicht zulassen, dass ihr etwas passierte, würde nicht für ihren Tod verantwortlich sein, so wie er es für Zachs war. Lieber würde er selbst sterben. Außerdem hatte er Helena bei sich. Helena, die eine begnadete Kämpferin war. Schnell und gefährlich. Und doch hasste sie nichts mehr, als jemanden töten zu müssen. Dennoch spürte Niko ihre Entschlossenheit und konnte daraus Kraft schöpfen. Das Trio bog in die Seitengasse ein, die zu der Wohnung führte, gleich hätten sie es geschafft. Vielleicht würde es zu gar keinem Kampf kommen? Doch damit hatte sich Niko zu früh gefreut, denn in der verdreckten Gasse warteten bereits zwei Gestalten auf sie. Sofort schob Helena Elies hinter sich, um sie zu schützen, ihre Wurfmesser bereits in ihren Händen. Hinter Niko trat eine dritte Figur in die Gasse und versperrte ihnen so jeglichen Fluchtweg. Für Elies wirkten sie äußerlich wie normale Menschen, wäre nicht dieser fremde Schimmer in ihren Augen gewesen. Gierig starrten die Dämonen sie an. Geifer rann ihnen übers Kinn und ihre Nasenflügel bebten voller Ungeduld, als würden sie ein Buffet anstarren und darauf warten, dass es eröffnet wurde. Ihre Kleidung war verdreckt und es war ihnen anzusehen, dass sie seit Längerem unter freiem Himmel geschlafen hatten. Ohne weiter zu zögern, griff Niko an. Es stand ihr Leben gegen das der Dämonen. Nur eine Partei würde diese Seitengasse wieder lebend verlassen. Auch die beiden Dämonen, die Helena gegenüberstanden, machten sich bereit für den Angriff, doch noch bevor sie einen Schritt auf sie zu tun konnten, hatte diese bereits zwei Wurfmesser geworfen. Helena verfehlte nie ihr Ziel. Eines der Messer bohrte sich tief in den Hals des einen Dämonen. Augenblicklich schoss ein schwarzer Blutstrahl daraus hervor. Das zweite Messer bohrte sich direkt in sein Herz. Schmerzerfüllt griff er sich an die Brust und stürzte nach vorne, doch noch bevor sein Körper den Boden berührt hatte, war er zu Staub zerfallen. Die beiden Messer fielen klirrend auf den Asphalt und wurden von der hinterlassenen Kleidung des Toten bedeckt. Der zweite Dämon hatte Helena schon fast erreicht und holte zum Schlag aus. Sie duckte sich unter seinem Arm hinweg und rollte sich über den Boden ab, um etwas Abstand zu ihm zu gewinnen. In derselben Bewegung schob sie den Saum ihres knielangen Kleides hoch und griff nach dem Dolch, den sie in einer Messerscheide an ihrem Oberschenkel trug. Noch bevor der Dämon zu einem zweiten Schlag ausholen konnte, hatte ihm Helena den Dolch durch seinen Unterkiefer in den Schädel gebohrt. Ohne einen weiteren Ton von sich zu geben, löste auch er sich in Staub auf. Als Niko den Dämon angriff, sprang dieser gekonnt zur Seite und entging so einem tödlichen Stoß mit dem Dolch. Sofort holte Niko erneut aus, doch der Dämon war schneller und schlug ihn zu Boden. Der Dolch fiel aus seiner Hand und landete außerhalb Nikos Reichweite. Ohne zu zögern, kniete sich der Dämon auf ihn und schlug ihm mit der Faust mehrmals ins Gesicht. Kurz wurde Niko schwarz vor Augen, er nahm seine Umgebung nur mehr verschwommen wahr und schmeckte Blut auf seiner Zunge. Durch das Gewicht des Dämons auf ihm konnte er kaum mehr atmen. Er wusste, was als Nächstes geschehen würde. Der Dämon würde ihm seine Seele entreißen. In einem letzten Versuch sich zu verteidigen, riss er seine Arme in die Höhe und wartete auf den tödlichen Angriff.

KAPITEL 3

Elies

Doch der Angriff blieb aus. Stattdessen hörte er einen erschrockenen Aufschrei, bevor der Dämon zu Staub zerfiel und Niko unter sich bedeckte. Hustend versuchte er sich den Dreck aus den Augen zu wischen und starrte zu Elies auf, die seinen Dolch umklammert hielt und mit weit aufgerissenen Augen auf ihn hinabstarrte. Sie stolperte einige Schritte zurück und ließ den Dolch fallen. Entsetzen spiegelte sich in ihren Augen wider und sie musste sich gegen die schmutzige Gossenwand abstützen, um nicht umzufallen. Eine Welle Übelkeit überkam sie, sie hatte jemanden getötet. Es war so einfach und so schnell gegangen. Ohne weiter nachzudenken, hatte Elies einfach reagiert. Sie hatte den Dolch genommen, der Niko aus der Hand gefallen war. Noch während sie die wenigen Schritte auf die am Boden Ringenden zugetan hatte, hatte sie mit dem Dolch ausgeholt und ihn ohne einen weiteren Gedanken in den Rücken des Dämons versenkt. Fast schwarzes Blut war ihr entgegengespritzt. Es hatte den Ärmel ihres Pullovers völlig durchtränkt und sich unangenehm warm auf ihrem Arm angefühlt, doch nach wenigen Augenblicken hatte sich das Wesen aufgelöst. Niko spürte, wie Elies drohte, von einem Anflug von Panik überrollt zu werden. Er versuchte aufzustehen, doch sofort begann sich die Welt um ihn herum zu drehen und er sackte langsam wieder zu Boden und versuchte tief durchzuatmen. Helena hatte einstweilen ihre Waffen aufgesammelt und vergewisserte sich mit einem kurzen Seitenblick auf Niko, dass dieser nicht ernsthaft verletzt war. Auf ein Nicken seinerseits hin, war sie in wenigen Schritten an Elies' Seite und legte ihr den Arm um die Schultern.

„Das erste Mal ist immer am schwierigsten", versuchte sie Elies zu beruhigen und streichelte behutsam ihren Oberarm. „Wenn du nicht gewesen wärst, wäre Nikola jetzt nicht mehr am Leben. Elies, du hast keinen Menschen getötet, sondern einen Dämon. Er hatte nichts Menschliches mehr an sich. Er war ein Monster und wenn er entkommen wäre, hätte er viele Unschuldige getötet."

Elies wusste, dass Helena recht hatte und dennoch, der Adrenalinrausch hatte so schnell nachgelassen und Elies mit nichts als der ernüchternden Erkenntnis, dass sie jemanden getötet hatte, zurückgelassen. Aber wäre Elies nicht gewesen, hätte der Dämon Niko getötet und danach zweifelsohne nicht aufgehört. Er hätte weitergemordet, bis ihn jemand anders aufgehalten hätte. Mit einem Schlag schien die Welt viel kleiner geworden zu sein.

Elies atmete noch ein letztes Mal tief durch und drehte sich zu Niko um, der inzwischen wieder auf wackeligen Beinen stand. Notdürftig hatte er sich den Staub des toten Dämons aus dem Gesicht gewischt und von seiner Kleidung geklopft.

„Alles in Ordnung?", fragte Elies ihn.

Niko nickte benommen, bis sich ein Lächeln auf seinen Lippen formte.

„Du hast mir das Leben gerettet", und als sie in seine Augen blickte, sah sie darin reine Dankbarkeit. Elies sah zu Helena, die sie ebenfalls anlächelte. Kurz war es still zwischen ihnen. Elies atmete noch einmal tief durch, langsam ließ der Schrecken nach. Sie hatten überlebt.

„Du musst dann wohl eine Jägerin sein", fragte Elies Helena schließlich, während diese ihre Wurfmesser und ihren Dolch wieder einsteckte. „So leicht, wie du mit diesen zwei Dämonen fertig geworden bist."

Lachend sah Helena auf: „Ich arbeite in der Wissenschaftsabteilung. Schwerpunkt Verfluchungen."

Überrascht blickte Elies zu Niko, da sich Helena bereits von ihnen abgewandt hatte, die verwaiste Kleidung der Dämonen einsammelte und sie in die nächste Mülltonne stopfte.

„Verfluchungen? So wie Hexen und Zauberer, die Flüche aussprechen?"

„Du würdest dich wundern, wer alles Flüche aussprechen kann. Wenn man einmal weiß, wie es geht, ist es gar nicht so schwer", erklärte Niko und führte Elies zu der Eingangstür des Wohnhauses.

„Aber ja, Hexen und Zauberer gibt es auch", fügte er an Elies gewandt hinzu und warf einen Seitenblick auf Helena, bevor er meinte: „Ein gut gemeinter Tipp: Wenn du einmal auf eine zauberkundige Person stoßen solltest, verärgere sie bloß nicht!"

Bevor Elies weiterfragen konnte, führte Niko sie die Treppe bis zu seiner gemieteten Wohnung empor. Elies wusste nicht, was sie erwartet hatte, aber auf jeden Fall doch mehr als eine komplett leere Wohnung mit schmutzigen Tapeten an den Wänden. Ein Spiegel war das Einzige, was in der Wohnung stand und nicht einmal dieser war sonderlich auffällig oder gar speziell. Ein einfacher Ganzkörperspiegel, wie man ihn in jedem Möbelgeschäft kaufen konnte. Enttäuscht blieb Elies in der Mitte des Raumes stehen.

„Was hast du denn erwartet?", fragte Niko sie lachend, als er ihren skeptischen Blick bemerkte. „Eine voll möblierte Wohnung im Luxusviertel?"

Auch Helena lachte nun und Elies kam sich auf einmal klein und dumm vor, doch Niko klopfte ihr versöhnlich auf die Schulter und sie ließ seinen Kommentar mit einem Schnaufen im Raum stehen.

„Was genau passiert jetzt?", fragte Elies, Nervosität breitete sich in ihr aus.

„Wir nehmen dich mit in das Reich der Spiegelwanderer", erklärte Helena, während sie eine Handfläche auf den Spiegel legte und kurz die Augen schloss. Momente zuvor hatte Elies noch Helenas Spiegelbild gesehen, doch als diese ihre Hand von der Fläche nahm, hatte sich das gesamte Bild verändert. Es war, als würde man durch ein Fenster in eine andere Welt sehen. Fasziniert und neugierig machte Elies einen Schritt auf den Spiegel zu und berührte die Fläche vorsichtig mit einem Finger. Sie stieß auf eine solide, glatte Fläche. Verwundert legte sie ihre gesamte Handfläche auf den Spiegel, der ihr einen anderen Ort zeigte und drückte. Erst leicht, dann stark, aber der Spiegel gab unter ihrer Hand nicht nach.

„Was zum ...", entfuhr es ihr und sie fuhr verwirrt herum, „sollte das Ding nicht wie ein Portal funktionieren?"

„Tut es auch", grinste Niko, der sich sichtlich über Elies' Reaktion amüsierte, „aber du bist noch keine Spiegelwanderin. Lediglich ein offenes Portal zu finden, reicht noch bei Weitem nicht, um auch hindurchzugehen."

„Aber zum Glück hast du ja uns", ergänzte Helena, „Mit unserer Hilfe kannst du problemlos durch die Portale gehen."

„Sollen wir?", damit hielt Niko Elies seine Hand hin, die sie ohne zu zögern ergriff. Ihr Herz klopfte vor schierer Aufregung so schnell, dass ihr schwindelig wurde und sie nur noch ein Rauschen in den Ohren hörte. Vor dem Spiegel blieben sie stehen. Niko sah Elies an, spürte ihre Nervosität und Aufregung, ihre Neugierde, etwas Neues zu sehen, aber gleichzeitig auch die Angst vor dem Unbekannten. Als Elies bereit war, sah sie Niko an, atmete noch einmal tief durch und zusammen machten sie den letzten Schritt durch den Spiegel. Noch bevor ihre Haut die Fläche berührte, kniff sie die Augen fest zusammen und hielt die Luft an. Sie wusste nicht, was sie erwartet hatte, jedoch bestimmt nicht, was dann folgte.

Mit Niko durch das Portal zu gehen, war so einfach, wie durch eine offene Tür zu schreiten. Elies spürte fast nichts, außer vielleicht eine kurze Kälte, die aber sofort wieder abnahm. Die Reise zu dem Ort der Spiegelwanderer hatte nur einen Schritt lang gedauert. Als Elies ihre Augen öffnete, fühlte sie sich nicht anders als zuvor. Ihr Herz schlug ihr immer noch bis zum Hals, doch Nikos warme Hand in ihrer hatte etwas Beruhigendes. Hinter ihnen trat Helena durch den Spiegel und scheuchte die beiden aus dem Weg, da sie direkt vor dem Portal stehen geblieben waren und somit den Durchgang blockierten. Elies konnte ihren Augen nicht trauen. Waren sie doch eben noch in einer schmuddeligen Einzimmerwohnung gewesen, standen sie jetzt in einer riesigen Marmorhalle. Die Decke war so hoch, dass Elies den Kopf heben musste, um ihr Ende zu erspähen. Sie war reich mit Stuck verziert, der jedoch nur schwer zu erkennen war. Gestützt wurde die schwere Decke durch dicke Säulen, die so breit waren, dass sich zwei, vielleicht auch drei, Erwachsene dahinter verstecken könnten. Die Wände waren ebenfalls aus Marmor. Der Saal wirkte sowohl einschüchternd und majestätisch, hatte aber auch irgendetwas an sich, das Elies ein Gefühl von Zuflucht gab. Das imposante Bild, welches sich ihr bot, schreckte sie nicht ab. Vielmehr fühlte es sich an, als wäre sie endlich an dem Ort angekommen, an den sie gehörte. Tiefe Zufriedenheit breitete sich in ihr aus und sie konnte Niko neben sich erleichtert aufatmen hören. Offenbar hatte er genau auf diese Reaktion gehofft. Die riesige Halle war vereinzelt mit Spiegelwanderern gefüllt. Manche waren allein, andere in Gruppen unterwegs. Sie alle schienen ungestört ihrer Arbeit nachzugehen. Niemand schien die drei Neuankömmlinge sonderlich zu beachten. Lediglich ein paar Wanderer hatten aufgesehen und deuteten mit ihrem Kopf auf Elies, um ihren Kollegen zu zeigen, dass ihre Gemeinschaft wohl wachsen würde, es kam jedoch niemand auf sie zu oder begrüßte sie. Als sich Elies dem Spiegel in der Halle zuwandte, blieb ihr der Mund für einen Moment offenstehen. Sie hatte noch nie einen derart riesigen Spiegel gesehen! Seine Schönheit war atemberaubend. Erst jetzt fielen ihr auch die Wachen auf, die überall im Saal postiert waren. Helena war bereits zielstrebig zu einer kleinen Nische geschritten, wo ein sehr alt aussehender Mann saß und Elies neugierig musterte, als sie näherkam. Ein dickes Buch, das die ganze Fläche des Tisches einnahm, lag vor ihm. Es hatte einen abgetragenen Ledereinband und die Seiten waren vergilbt und gewellt. Das Gesicht des Mannes war von Falten bedeckt und die wenigen, weißen Haare, die ihm geblieben waren, hingen in einem heillosen Durcheinander von seinem Kopf. Auf der Nase trug er eine dicke Brille, die seine Augen wie zwei riesige, dunkle Knöpfe wirken ließ. Er hatte wohl eben noch etwas in sein großes Buch schreiben wollen, die altmodische Füllfeder schwebte noch immer in seiner Hand über dem Buch, doch scheinbar hatten ihn Elies, Helena und Niko mehr interessiert. Er starrte sie mit seinen vergrößerten Äugelein neugierig an.

Langsam löste sich ein Tropfen Tinte aus der Feder und landete in seinem Buch, doch er schien sich an dem Klecks nicht zu stören. Der Mann trug einen dunkelgrauen Wollkittel, der Elies an einen Mönch erinnerte.

„Professor", nickten ihm Niko und Helena zu, „wir haben hier jemanden, der registriert werden muss."

Der Professor nickte nur mehrmals, sagte aber nichts und starrte Elies durchdringend an. Für einige Momente war es ruhig.

„Was passiert jetzt?", flüsterte Elies schließlich leise Niko zu.

„Du wirst registriert", antwortete Niko in normaler Lautstärke. „Nur eingetragene Personen dürfen sich in unserem Reich aufhalten. Außerdem wird streng kontrolliert, wer an- oder abreist."

„Das hat auch einen guten Grund", fuhr der alte Mann vor ihnen Niko dazwischen.

„Und welchen?", fragte Elies nun an ihn gewandt.

„Den weiß ich nicht mehr", knurrte der Professor.

Verwundert blickte Elies zu Niko und Helena, doch beide zuckten nur wissend mit den Schultern. Für einige Momente sagte niemand etwas.

„Aber es ist ein verdammt guter Grund!", fügte der Alte schließlich noch hinzu. Zuletzt ließen seine durch die Brille vergrößerten Knopfäugelein doch von Elies ab und er wandte sich wieder seinem Buch zu. In einer so sauberen Handschrift, die Elies ihm wegen seiner zittrigen Hände nicht zugetraut hatte, schrieb er die wichtigsten Informationen über sie auf. Ihren Name, ihr Alter und das Wort „Aspirantin". Danach holte er eine kleine, hölzerne Schale unter seinem Schreibpult hervor und kramte in seiner Kutte nach einer Phiole. Als er sie nicht sofort fand, begann er leise vor sich hinzuschimpfen. Helena rümpfte dabei die Nase. Schließlich fand er, wonach er gesucht hatte und tröpfelte den Inhalt der Phiole in die Schale. Anschließend hielt er seine Hand ausgestreckt zu Elies, sah aber nicht auf.

„Gib ihm deine Hand", raunte Helena ihr zu.

Zögernd folgte sie der Aufforderung. Sobald Elies ihre Hand in die des Professors gelegt hatte, umschloss er sie mit festem Griff und zog daran, sodass Elies nach vorne stolperte. Ohne auch nur einmal zu ihr aufzublicken, holte der alte Mann einen spitzen Dolch hervor. Erschrocken wollte Elies ihre Hand zurückziehen, aber der eiserne Griff des Alten gab sie nicht frei. Ohne auf ihren Widerstand zu achten, schnitt er ihr in den Finger. Obwohl es nur leicht brannte und nicht übermäßig schmerzte, zuckte Elies zusammen. Mit einer gekonnten Bewegung drückte der Professor einige Tropfen Blut aus der kleinen Wunde. Die Tröpfchen landeten in der Schale und vermengten sich mit der Flüssigkeit zu einer dunkelblauen Substanz. Nachdem genug Blut in die Schale getropft war, gab er ihre Hand achtlos frei. Anschließend drehte er das Buch so, dass Elies ihre eigenen Angaben sehen konnte. Der Professor hielt ihr seine Feder und die kleine Holzschale hin. Zögerlich nahm Elies beides entgegen. Auf ihren fragenden Gesichtsdruck hin erklärte Helena, dass sie mit der Flüssigkeit unterschreiben sollte und bedachte den Alten mit einem missmutigen Blick, immerhin war eigentlich er dazu da, Elies' Fragen zu beantworten. Doch er kümmerte sich nicht um den bitterbösen Blick Helenas, sodass sie erklärte, dass es sich hierbei um einen uralten Zauber handelte, den alle ablegen mussten, die in das Reich der Spiegelwanderer kamen.

„Dein Blut ist nun an unsere Chronik gebunden. Theoretisch kann man dich somit durch Raum und Zeit finden, beispielsweise wenn du wiedergeboren wirst. Dein Blut, dein Schicksal ist so mit dem der Spiegelwanderer verbunden."

„Wiedergeboren?", war alles, was Elies erstaunt hervorbrachte.

„Natürlich", erwiderte Helena, als wäre es das Selbstverständlichste der Welt, ging jedoch nicht weiter darauf ein. Der Professor räusperte sich und deutete Elies, endlich zu unterzeichnen. Noch immer zögernd kam sie seiner Aufforderung letztendlich nach. Kaum hatte sie den letzten Strich gesetzt, schnappte ihr der alte Buchführer die Feder gierig aus der Hand, schlug das Buch mit einem lauten Knall zu und machte sich daran, es in einem der großen Regale, die die Nische säumten, zu verstauen. Er bewegte sich dabei langsam und mit gebückter Haltung. Elies hörte Niko neben sich genervt schnaufen. Er schien kein besonders großer Fan des alten Professors zu sein und Elies konnte es ihm auch nicht verdenken. Der Alte kam er mit einem weiteren Buch zurück, dessen Einband noch abgegriffener aussah und ließ es mit einem lauten Plumps auf das Pult fallen. Nachdem er den Einband aufgeschlagen hatte, fanden seine Finger schnell die gesuchte Seite. Ohne aufzusehen, trug er Helena, Niko und Elies ein. Danach starrte er Elies noch ein letztes Mal kurz an, wandte sich dann jedoch ohne ein weiteres Wort von ihnen ab und widmete sich seinen Büchern, die er unter seinem Schreibpult in hohen Stößen lagerte. Niko zog Elies an ihrem Ärmel weiter. Das Dämonenblut war bereits getrocknet und verströmte einen unangenehmen Geruch. Schweigend gingen die drei einige Korridore entlang. Für Elies wirkte jeder Gang wie der vorige. Sie waren alle aus Stein gebaut und hatten hohe Wände und Decken, die mit Kerzen, manchmal auch mit Fackeln, erhellt wurden. Mancherorts wurde der Boden von einem dunkelroten, manchmal auch von einem dunkelblauen oder dunkelgrünen Teppich geziert, der die Schritte dämpfte. Während sich Niko und Elies fast lautlos bewegten, klapperten Helenas Absätze auf dem Steinboden und hallten an den Wänden wider, doch sie schien sich nicht daran zu stören. Nachdem sie weitere Gänge entlanggelaufen waren, kamen sie schließlich in ein riesiges Treppenhaus. Elies konnte nur erahnen, wie groß dieser Ort tatsächlich sein musste. Immer wieder kamen ihnen andere Spiegelwanderer entgegen. An manchen gingen sie wortlos vorüber, andere grüßten sie freudig oder nickten ihnen zu. Grundsätzlich schienen mehr Leute Helena als Niko zu beachten. Schließlich verabschiedete sich Helena von ihnen: „Wir sehen uns beim Abendessen. Ich habe bis dahin noch etwas zu tun. Meldet euch am besten so schnell wie möglich bei James und Catwren. Nikola, du weißt, sie hat es nicht gerne, wenn Unbekannte hier verweilen. Du solltest sie bald bekanntmachen. Elies, ich freue mich, dich später wiederzusehen!"

Damit bog Helena in den kleinen Gang rechts von ihnen ab, während Niko Elies immer tiefer in den Kaninchenbau führte.

„Wie kommt es, dass ihr euch hier drinnen nicht verirrt? Ich glaube, ich habe bereits innerhalb der ersten drei Minuten die Orientierung verloren!"

Das brachte Niko zum Lachen: „Du vergisst, dass wir schon viel länger hier leben und das nicht erst ein paar Jahre, sondern ganze Jahrzehnte!"

Er führte sie durch einige weitere Räume und Gänge, immer häufiger kamen sie jetzt an weiteren Spiegelwanderern vorbei, doch diese nahmen nur selten Notiz von Elies und Niko.

„Wir befinden uns jetzt im Westflügel", erklärte Niko und geleitete sie zu einer schmalen Holztreppe, die in einer Art Galerie endete.

„Dort oben sind die Gästequartiere. Du wirst alles finden, was du brauchst. Falls doch einmal etwas fehlen sollte, oder du irgendetwas Besonderes wünscht, wird man sich darum kümmern."

Auf der Galerie befanden sich erstaunlich viele Gästequartiere. Niko führte sie zu einer Tür, auf der ein kleines, hölzernes Schildchen hing, auf welchem in kunstvoller Schrift Elies' Name geschrieben stand. Erstaunt wandte sie sich an Niko, der ihren verwunderten Blick lediglich mit einem Schulterzucken abtat: „Du sollst dich hier eben wohlfühlen."

Er öffnete die hölzerne Türe, die künstlerisch mit Eisen beschlagen war, und ließ Elies eintreten. Niko hatte ihr bereits erzählt, dass es an diesem Ort kein Außen, lediglich ein Innen gab, und doch besaß das ausgiebige Zimmer kleine Lichtluken. Hätte Elies es nicht besser gewusst, hätte sie angenommen, dass es sich dabei tatsächlich um Tageslicht handelte. Das Zimmer war hell dekoriert und wirkte mit dem flauschigen Teppich sehr gemütlich und heimelig. Neben einem riesigen Schreibtisch gab es ein großes Himmelbett, das so weich aussah, dass sich Elies am liebsten sofort hineingelegt und darin zusammengerollt hätte. Außer der Eingangstür, die in dieses Zimmer führte, gab es noch zwei weitere Türen, die jeweils etwas kleiner waren. Die erste führte in eine Waschkammer. Obwohl die langen Gänge, großen Säle und hohen Hallen dieses Ortes einer mittelalterlichen Burg nachempfunden waren, mangelte es in keinem der Schlafräume an Komfort. Die zweite Tür führte in einen begehbaren Kleiderschrank, der mit verschiedenen Arten von Kleidungsstücken ausgestattet war. Neben wunderbaren Ballkleidern, mit denen man sich auf den vornehmsten Veranstaltungen sehen lassen konnte, gab es Alltagskleidung und auch solche Stücke, die für größtmöglichen Schutz und Beweglichkeit entworfen worden waren. Egal was auf Elies zukommen würde, in diesem Schrank würde sie immer die passende Ausstattung finden.

„Freut mich, dass es dir gefällt", grinste Niko hinter ihr, der ihre Begeisterung deutlich spüren konnte.

„Zieh dich in Ruhe um und mach dich frisch, ich hole dich später ab und zeige dir die wichtigsten Orte und werde dich den wichtigsten Personen vorstellen."

Erneut machte Elies' Herz einen Satz vor Aufregung, auch dieser entging Niko nicht: „Nur keine Sorge, die meisten von ihnen sind sehr umgänglich. Ich werde dich vor den Ältestenrat führen und sie werden dir einige Fragen stellen. Wenn du zu ihrer Zufriedenheit antwortest, kann deine Ausbildung zur Spiegelwanderin sofort beginnen."

„Und wenn nicht?"

„Das ist, solange ich hier bin, noch nie vorgekommen", versicherte ihr Niko und versuchte sie zu beruhigen: „Mehr, als dass sie dich wieder in die Welt der Menschen zurückschicken, kann dir wirklich nicht passieren. Aber vergiss nicht, du hast bereits einen Dämon getötet! Wenn ihnen das nicht etwas Respekt abverlangt, dann weiß ich nicht, was es kann."

„Es wird schon alles gut gehen, mach dir nicht zu viele Gedanken", zwinkerte ihr Niko noch einmal aufmunternd zu, bevor er die Tür hinter sich zuzog und Elies mit ihren Gedanken allein ließ.

Eine knappe Stunde später klopfte es an ihrer Tür. Elies hatte die Zeit gut genutzt und sich zuerst von dem widerlichen Dämonenblut befreit und sich neue Kleider gesucht. Auffälligerweise waren alle Sachen in ihrer Größe gewesen, doch sie dachte in diesem Augenblick nicht weiter darüber nach. Als sie ihre Haare gebürstet und zurückgebunden hatte, war sie sich unweigerlich wie bei einem Bewerbungsgespräch vorgekommen. Zu ihrer schwarzen Bluse und dem schwarzen Rock hatte sie Schuhe gewählt, die ähnlich aussahen wie jene, die Helena getragen hatte. Obwohl ihr nicht kalt war, zog sie eine dunkelgraue Wollweste an, um die Narben an ihren Armen zu verbergen. Auch Niko hatte die Zeit genutzt und sich frische Kleider angezogen: Er trug einen dunklen Anzug im viktorianischen Stil und hatte sich bemüht, seine sonst so verstrubbelten Haare mit einem Seitenscheitel zu ordnen.

„My Lady", begrüßte er Elies, als sie ihm die Tür öffnete und fragte in gespielt höflicher Manier: „Wenn ich Euch nun durch unser wertes Heim führen dürfte?"

Er hielt ihr grinsend seinen Arm hin und sie hakte sich ein.

Es gab so viel zu sehen, dass Elies überhaupt nicht mehr aus dem Staunen herauskam. Niko hatte eine schiere Freude an Elies' Begeisterung und wachsender Bewunderung für diesen Ort, der seit Jahrzehnten sein Zuhause war. Am beeindruckendsten aber war die Bibliothek. Solche Ausmaße hatte Elies noch nie gesehen! Sie war auf mehrere Stockwerke und Räume aufgeteilt, sodass jeder Themenschwerpunkt seinen eigenen Platz fand. Neben Codices lagen Papyri auf, die so alt aussahen, dass man Angst haben musste, sie würden zu Staub zerfallen, würde man sie nur lange genug ansehen. Außerdem gab es eine unglaubliche Auswahl an CDs und DVDs, nicht einmal in hundert Jahren hätte man hier alles durchschauen können. Es gab mehrere große Lesesäle und Arbeitsräume, manche waren besetzt, doch die meisten waren leer, sodass sich Elies und Niko in normaler Lautstärke unterhalten konnten, ohne jemanden zu stören. Er erzählte ihr, dass sie in der wohl größten Bibliothek der ganzen Welt standen. Es waren alle Werke zugegen, die man auch in jeder anderen Bibliothek in den geläufigsten Sprachen finden konnte. Hinzu kamen originale Manuskripte und Erstausgaben, die es sonst nirgends gab. Aber das, was diese Bibliothek wirklich besonders machte, war die außerordentliche Sammlung an Wissensbeständen in Hinblick auf übernatürliche Wesen und das Paranormale. Hier würde Elies wohl einen Großteil ihrer Ausbildung verbringen. Schlagartig erschien ihr die Welt von Grund auf anders. Als wäre sie zuvor mit geschlossenen Augen durch ihr Leben gelaufen. Blind für all die Wesen, die auch auf dieser Welt lebten und die sie immer nur für erfundene Fantasiefiguren gehalten hatte.

„Wann wurde diese Bibliothek angelegt?", fragte Elies, während sie zusammen durch die nicht enden wollenden Räume wanderten. Sie atmete gierig den Duft der alten Bücher ein, während Niko leicht die Nase rümpfte. Er zog den Geruch frisch gedruckter Bücher dem einer alten Bücherei doch allemal vor.

„Die Bibliothek wurde angelegt, als dieser ganze Ort entstand, vor über dreitausend Jahren etwa."

„Dreitausend Jahre?!", rief Elies erstaunt aus.

„Jedenfalls reichen unsere schriftlichen Aufzeichnungen so weit zurück. Natürlich hat es aber auch schon davor Spiegelwanderer gegeben. Unsere zwei ältesten Quellen sind auch die bedeutendsten", erklärte Niko. „Unsere wichtigste Quelle beinhaltet die Steintafeln der Spiegelwanderer. Das sind die ersten Aufzeichnungen, die wir haben. Sie erzählen zwar nichts von unserem Ursprung oder unserer Entstehung, aber von unserer Aufgabe."

„Die Menschheit zu beschützen", ergänzte Elies, woraufhin Niko nickte.

„Es war immer schon die Aufgabe der Spiegelwanderer, das Böse in Schach zu halten. Die Finsternis hat es seit Anbeginn der Zeit gegeben und seitdem gab es auch einen Gegenpol dazu", führte Niko seine Erzählung weiter aus. „Die zweitälteste Quelle ist ein Tagebuch. Es war ursprünglich auf Papyrus geschrieben gewesen und bestand aus mehreren Rollen, doch heute ist lediglich die letzte davon erhalten und diese geht über dreitausend Jahre zurück. Sie beschreibt, wie die Spiegelwanderer von einem übermächtigen Feind angegriffen, ja fast gänzlich ausgelöscht, wurden. Leider wissen wir nicht, wer dieser Feind überhaupt war, ob es mehrere waren, oder woher sie kamen. In dieser letzten Rolle war nur von einer alles vernichtenden, finalen Schlacht die Rede. Wir wissen auch nicht, wie lange davor der Krieg bereits geherrscht hatte. Oder wer das Tagebuch verfasst hat. Aber in dem letzten Eintrag schrieb der oder die Autorin, dass die Spiegelwanderer mit ihrer letzten Kraft einen neuen Ort geschaffen haben. Dieser wurde mit einem magischen Portal geschützt, das, zumindest der Geschichte nach, nur Spiegelwanderer und Wesen, die ihnen wohlgesonnen sind, betreten können."

„Diesen Ort hier?", fragte Elies.

„Ganz genau", nickte Niko und erzählte weiter: „Ist dieser Tagebucheintrag echt, und daran zweifeln wir nicht, hat irgendetwas vor dreitausend Jahren Jagd auf die Spiegelwanderer gemacht und sie fast ausgelöscht. Mit letzter Anstrengung haben sie diesen neuen Ort geschaffen, aber sie haben nichts von ihrem alten Leben mitgenommen, außer den Steintafeln der Spiegelwanderer. Danach setzen die Aufzeichnungen für ein paar hundert Jahre aus. Anscheinend waren die Wanderer derart geschwächt, dass es Jahrhunderte gedauert hat, bis sie zu ihrer alten Stärke zurückgefunden haben."

„Du hast mir erzählt, die Älteste hier ist um die sechshundert Jahre alt, richtig?", fragte Elies und ließ ihren Blick über die nicht enden wollenden Regale voller Bücher gleiten. „Was wurde aus den anderen? Sollte es denn nicht noch ältere geben?"

„Elies, ich sagte nie, dass wir unsterblich wären, lediglich sehr, sehr langlebig. Außerdem wissen wir nicht von allen ihr genaues Alter. Ein Mitglied des Ältestenrates, zum Beispiel, weigert sich vehement uns sein Alter zu verraten", lachte Niko, wurde jedoch schnell wieder ernst. „Du darfst auch nicht vergessen, dass das Leben als Spiegelwanderer kein einfaches oder gar ungefährliches ist. Du musst keine Jägerin sein, um permanenter Gefahr ausgesetzt zu sein."

Elies nickte und ließ ihren Blick erneut durch die Räume der Bibliothek wandern, als Niko sie zurückführte. Ähnlich beeindruckend war die Halle der Ältesten. Es war eine enorme Halle aus Stein mit so hohen Wänden, dass Elies die Decke nur schwer ausmachen konnte. Trotz der Höhe war die ganze Halle wunderbar erleuchtet. Lange Tischreihen füllten den Saal. An der Breitseite stand ein weiterer länglicher Tisch. Diese Plätze, erzählte Niko, wären den Mitgliedern des Ältestenrates vorbehalten. In der Halle der Ältesten wurden die Mahlzeiten eingenommen, neue Informationen verkündet und Abstimmungen abgehalten. Oftmals arbeiteten Wanderer hier, wenn ihnen in ihren eigenen Arbeitsräumen, Laboren und Büros die Decke auf den Kopf zu fallen drohte. Grundsätzlich war dies der Ort, an dem alle Spiegelwanderer zusammentrafen und Elies war begeistert davon. Wie die Eingangshalle, die das Erste gewesen war, das sie vom Reich der Spiegelwanderer gesehen hatte, hatte auch die Halle der Ältesten etwas Respekteinflößendes und doch war sie gleichsam eines der schönsten Dinge, die Elies je gesehen hatte. Der Saal erinnerte sie fast an das Innere einer Kathedrale, doch hatten diese Räumlichkeiten nichts Kaltes oder Abschreckendes an sich, wie sie es sonst vermehrt aus Kirchen kannte. Vielmehr eröffnete sich vor Elies eine Schönheit, die ihr noch in keinem anderen Bauwerk begegnet war. Die Längsseiten des großen Saals waren mit buntem Glas dekoriert, das in einer Art Fenster eingebettet war. Obwohl es an diesem Ort kein Außen gab, erschien es Elies erneut, als würde sich Tageslicht durch die bunten Scheiben brechen. Die Glasflächen stellten verschiedene Szene dar. Eine Darstellung fiel Elies besonders auf, denn sie zeigte einen Spiegelwanderer, der mehrere Dämonen in Stücke riss. Die Dämonen erkannte sie in dieser Abbildung an dem merkwürdigen Glanz in ihren Augen, den Elies auch bei den Dämonen bemerkt hatte, denen sie sich heute stellen hatte müssen. Die Fenster bestanden jedoch nicht nur aus solchen Szenen, sondern dienten teilweise auch lediglich der Dekoration. An den langen Tischreihen hatten mehrere hundert Spiegelwanderer Platz, einige saßen dort und arbeiteten, andere unterhielten sich oder spielten Karten, Schach oder sonstige Spiele. Es war nicht übertrieben laut in dem Saal, aber auch nicht so leise, dass man sich mit flüsternder Stimme unterhalten müsste. An der Tischreihe, die den Mitgliedern des Ältestenrates vorbehalten war, befanden sich drei Gestalten. Zielstrebig hielt Niko auf sie zu. Er hatte eine Hand auf Elies' Rücken gelegt und schob sie so langsam vorwärts. Sie waren noch am anderen Ende des Saals, sodass Elies die drei Gestalten bislang nicht genau erkennen konnte.

„Wer ist das?", fragte Elies schüchtern, Nervosität keimte in ihr auf.

„Zwei der Mitglieder des Ältestenrates. Catwren, unsere Anführerin, und James. Das ist der, der neben ihr sitzt. Er ist ein guter Freund von Helena und mir. Hat immer ein offenes Ohr für die Anliegen anderer und versucht stets, mit gutem Rat zur Seite zu stehen. Wie passend, dass wir gerade jetzt auf sie treffen."

„Und der zweite Mann?", erkundigte sich Elies, als sie näherkamen und sie einen besseren Blick auf den Tisch hatte. Catwren und James saßen nebeneinander und unterhielten sich angeregt über ein Buch, das aufgeschlagen vor ihnen lag. Hinter ihnen stand ein weiterer Mann, der sich hin und wieder zwischen sie lehnte und auf etwas deutete. Er hatte kein freundliches Gesicht und war Elies von Anfang an unsympathisch.

„Richard", Niko spuckte den Namen förmlich aus und verzog das Gesicht, als hätte er auf etwas Saures gebissen. Niko und Elies blieben in respektvollem Abstand stehen und warteten, bis Catwren und James ihre Unterhaltung beendet hatten. Richard warf Niko einstweilen giftige Blicke zu und starrte Elies derart durchleuchtend an, dass sie sich am liebsten hinter einer Mauer versteckt hätte. Niko spürte ihr Unwohlsein und stellte sich schräg vor sie, sodass er Elies etwas von Richard abschirmte. Dieser gab nur ein wütendes Grunzen von sich und wandte sich wieder den Ratsmitgliedern zu, die ihn jedoch lediglich mit einer Handbewegung entließen. Er verneigte sich leicht, doch schienen es die Ältesten entweder nicht zu bemerken oder sie ignorierten ihn schlicht. Schließlich entfernte er sich langsam und versuchte so unauffällig es nur ging, doch noch einen Teil ihrer Konversation mitzuhören. Nach einigen weiteren Minuten sahen die beiden Mitglieder des Ältestenrates schließlich auf, als hätten sie Elies und Niko erst jetzt bemerkt. Mit einem freundlichen Lächeln erhob sich Catwren und James tat es ihr gleich. Elies wusste nicht, wie sie sich die Anführerin der Spiegelwanderer vorgestellt hatte, allerdings war sie durchaus überrascht von Catwrens Erscheinungsbild. Hätte man Elies gefragt, hätte sie Catwren auf vielleicht 60 Jahre geschätzt, doch als Anführerin musste sie deutlich älter sein. Ihre weißen Haare waren kinnlang geschnitten. Lediglich eine kleine, silberne Spange zierte ihre glatten Haare. Sie trug ein schwarzes Kleid mit hohen Schuhen, dennoch war sie einen halben Kopf kleiner als Elies, die selbst nicht die Größte war. Mit anmutigen Schritten bewegte sie sich um den Tisch und kam auf Elies und Niko zu. James war einen halben Schritt hinter ihr. Er hatte hellbraune Haare und ließ sich einen Vollbart stehen, der Elies unweigerlich an einen Universitätsprofessor erinnerte. Er war in demselben Stil gekleidet wie Niko und trug sogar eine Taschenuhr. Elies bemerkte die goldene Kette, die in einer Tasche seines Gilets verschwand, an deren Ende die Uhr befestigt war. Überschwänglich trat Catwren an Elies und Niko heran: „Nikola, es ist schön zu sehen, dass deine Mission Früchte getragen hat. Wen hast du uns denn hier Schönes mitgebracht?"

Als er Elies vorgestellt hatte, nahm die Ratsälteste ihre Hände und drückte sie freundlich: „Elies, es ist so schön, ein neues Gesicht hier zu haben. Wenn du etwas Zeit hättest, würde ich mich gerne mit dir unterhalten. Vielleicht in meinem Studierzimmer? James, möchtest du dich uns anschließen?"

„Mit dem größten Vergnügen", nun trat auch der Mann mit dem Vollbart vor Elies. Obwohl seine Begrüßung zurückhaltender und dezenter war, so strahlten seinen Augen etwas aus, das ihn Elies sofort sympathisch erscheinen ließ.

„Nikola, wir sehen uns nach dem Dinner zur Besprechung", verabschiedete sich Catwren von Niko und hakte sich bei Elies ein, um sie aus dem Saal zu führen.

James klopfte Niko anerkennend auf die Schulter: „Gut gemacht, alter Knabe!"

Niko nickte Elies noch einmal lächelnd zu, sie würden wohl spätestens beim Abendessen wieder aufeinandertreffen. Obwohl Catwren kleiner war als Elies und hohe Schuhe trug, musste sich Elies beeilen, um mit ihr Schritt halten zu können. Schon nach wenigen Augenblicken erkannte Elies, warum Catwren die Anführerin der Spiegelwanderer war. Sie war eine unglaublich nette Person, die etwas Fürsorgliches und Mütterliches an sich hatte. Sie war aufmerksam und zuvorkommend. Sie hatte ihre eigene Meinung und vertrat diese auch gekonnt, dennoch war sie nicht starrsinnig. Jeder schien vor ihr Respekt zu haben. Doch war es keine Art von Respekt, den man jemandem entgegenbrachte, einfach, weil es von einem verlangt wurde; nein, die Spiegelwanderer respektierten Catwren, weil sie sich diese Anerkennung schwer und durch harte Arbeit verdient hatte und das merkte man auch. Die Leute vertrauten ihr und ihrem Urteil.

Als Catwren sie durch die steinernen Hallen und Gänge führte, wobei für Elies noch immer alles gleich aussah, trafen sie auf einige weitere Spiegelwanderer. Sie alle grüßten Catwren und James hochachtungsvoll und beide erwiderten die Freundlichkeiten. James folgte den beiden Frauen und lauschte ihrer Konversation. Catwren erzählte Elies ein wenig über die Spiegelwanderer, jedoch war nicht viel Neues für Elies dabei. Sie hatte das meiste bereits von Niko erfahren. Schließlich kamen die drei zu einem langen Gang, dessen Wände zu beiden Seiten mit Spiegeln gerahmt waren, sodass ein Unendlichkeitseffekt entstand. Dieser Flur mündete in einer Art offenen Raum, zu dessen rechten und linken Seite Treppen in höhere beziehungsweise tiefere Etagen führten. Erst später würde Elies erfahren, dass diese Stiegen zu den privaten Gemächern der Mitglieder des Ältestenrates führten. Direkt vor ihnen tat sich eine große Doppeltür aus Eichenholz auf, die Catwren mit einem Wink ihrer Hand öffnete. Überrascht blieb Elies stehen und starrte die Anführerin der Spiegelwanderer mit großen Augen an, aber diese lachte nur leise in sich hinein und führte Elies durch den Torbogen. Niko hatte Elies bereits erzählt, dass manche Wanderer besondere Kräfte entwickelten. Er hatte ihr auch dezidiert berichtet, dass einige über telekinetische Kräfte verfügten. Aber diese Schilderungen zu hören und sie wahrhaftig zu sehen, das waren doch zwei Paar Schuhe. Schließlich kamen sie in Catwrens Studierzimmer. Der Raum hatte eine enorme Größe, denn er beherbergte auch die private Bibliothek der Anführerin. Später lernte Elies, dass es Werke gab, die zu gefährlich waren, um sie öffentlich aufliegen zu lassen. Diese standen unter Catwrens persönlicher Obhut und Helena erzählte Elies nach einiger Zeit, dass man eine persönliche Genehmigung einholen musste und einen guten Grund brauchte, um eines dieser Bücher einsehen zu dürfen. Da sich Helena besonders mit Flüchen beschäftigte, war sie oft in Catwrens Arbeitszimmer anzutreffen. Auch dieser Raum hatte zwei Fenster, doch im Gegensatz zu allen anderen Räumen, hatte man von diesen tatsächlich eine echte Aussicht. Erstaunt trat Elies näher und betrachtete für einige Momente den wunderbaren Ausblick, bevor sie sich zu Catwren wandte, um zu erfahren, wie so etwas möglich sei. Elies sah ganz deutlich eine Großstadt vor sich. Hochhäuser ragten in die Luft, Reklametafeln leuchteten in bunten Farben und Elies konnte Autos, Busse und Fußgänger auf den Straßen und Gehsteigen erkennen.

„Es ist nur eine Illusion", erklärte die ältere Dame und deutete Elies neben sich Platz zu nehmen und ergänzte mit einem leichten Wink ihrer Hand: „Ein Zauber, nichts weiter."

„Aber ich mag das wilde Stadtleben", lachte sie, als sich Elies setzte, „der wilde Rummel dort unten erinnert mich daran, dass ich noch am Leben bin."

Der rechte Teil des Studierzimmers beherbergte einen großen Schreibtisch, der aus dunklem Holz gezimmert war. Vor den Fensterbänken, auf denen man bequem Platz nehmen konnte, gab es einen weiteren kleineren Schreibtisch, auf dem jene Spiegelwanderer arbeiten konnten, die sich mit Büchern aus Catwrens privater Sammlung beschäftigten. In dem linken Teil des Raums bildete ein runder Teetisch mit passenden Stühlen den Mittelpunkt. Kurz nachdem sich Elies zu Catwren gesetzt hatte, erschien James mit einem Tablett durch eine kleine Seitentüre, die Elies bis dahin noch nicht aufgefallen war. Auf dem

Tablett trug er drei Tassen, eine Kanne Tee, Milch, Zucker und kleine Biskuits. Mit einigen geschickten Bewegungen schenkte er jedem etwas Tee ein und bot Elies Milch und Zucker an, nachdem er Catwren ihre fertige Tasse gereicht hatte. Mit einer fließenden Bewegung nahm er neben Elies, gegenüber von Catwren, Platz und schlug ein Bein über das andere.

„Also, Elies", wandte sich James nun zum ersten Mal direkt an sie. „Wie gefällt es dir bis jetzt bei uns?"

„Sehr gut", erwiderte diese, doch James sah sie derart erwartungsvoll an, dass sie nach einigen Augenblicken der Stille weiterredete: „Ich finde, dieser ganze Ort ist einfach unglaublich! Niko hat mir bis jetzt die Gästezimmer, die Bibliothek und die große Halle gezeigt, aber allein die Eingangshalle ist atemberaubend! Ich meine, mein Kunstgeschichteunterricht ist auch schon etwas länger her, aber mir kommt es so vor, als würden viele verschiedene Stile in diesem Ort zusammenwirken und doch kommt keiner von ihnen ganz zum Vorschein. Das Ganze verleiht dem Ort etwas Respektvolles, aber ich meine damit nichts, was abschreckt, sondern vielmehr etwas Familiäres. Ein Ort, an dem man sich wohlfühlen kann."

Als Elies merkte, dass sie zu plappern begonnen hatte, hielt sie inne und nippte nervös an ihrem Tee. Auf einmal fühlte sie sich wieder wie ein kleines Kind, das zwischen zwei Autoritätspersonen saß, obwohl Catwren und James nichts weiter taten, als ihr Fragen zu stellen und Biskuits anzubieten. Bevor Elies selbst dazu kam, Fragen zu stellen, wollte Catwren alles über ihr Leben wissen. Sie wollte herausfinden, was für eine Art Person Elies war. James hielt sich größtenteils zurück, stellte nur hie und da einige kurze Zwischenfragen, hörte jedoch die meiste Zeit nur schweigend mit geschlossenen Augen zu. Sie fragten, wie und wo Elies aufgewachsen war, was ihre Lieblingsfächer in der Schule gewesen waren, ob sie viele Freunde hatte. Sie wollten einfach alles über Elies bisheriges Leben als Mensch in Erfahrung bringen. Schließlich begannen die Fragen spezifischer zu werden. James lehnte sich dabei leicht nach vorne: „Helena hat uns bereits berichtet, was sich zwischen euch und den Dämonen ereignet hat. Unter normalen Umständen hättest du frühestens am Ende deiner Ausbildung auf einen treffen sollen. Es ist ein wahres Wunder, dass ihr dieses Aufeinandertreffen unbeschadet überstanden habt. Helena hat uns erzählt, dass du Nikola das Leben gerettet und einen Dämon erstochen hast. Dafür schulden wir dir großen Dank, immerhin hast du einen der unsrigen vor einem grausamen Ende bewahrt. Aber ich möchte dich fragen, warum es für dich im Nachhinein ein derartiger Schock, ja fast schon eine Qual, gewesen ist?"

Unweigerlich musste Elies an den Moment in der Gasse zurückdenken. Nur wenige Stunden waren seither vergangen und ihr Magen zog sich erneut bei dem Gedanken daran zusammen. Für einige Momente atmete sie tief durch, dann antwortete sie: „Es war nicht das erste Mal, dass ich jemanden sterben gesehen habe", ihr Herz gab ihr einen Stich, als sie an Matt dachte und ihre Stimme klang zittrig, als sie weitersprach: „Aber es war das erste Mal, dass ich jemanden getötet habe. Ich denke, dass es für mich in diesem Moment keinen Unterschied gemacht hätte, ob ich einen Dämon, einen Menschen oder sonst ein Wesen getötet hätte. Die Tatsache allein, dass ich jemanden getötet habe, dass ich zu so etwas fähig bin, war alles, was für mich in diesem Augenblick gezählt hat. Wenn man einmal weiß, dass man zu einem Mord fähig ist und sei es auch nur zur Verteidigung, nein, dann gibt es keinen Weg mehr zurück. Ich bin keine kaltblütige Mörderin und trotzdem ist die Erkenntnis für mich in diesem Augenblick fast erschlagend gewesen, das ist sie noch immer."

„Das erste Mal ist immer das schwierigste", Catwren legte ihre Hand auf Elies und drückte sie aufmunternd, bevor sie sie wieder wegzog und einen Schluck von ihrem Tee trank. „Aber du hast recht, weiß man einmal, wozu man fähig ist, gibt es vor dieser Erkenntnis kein Entkommen."

„Elies, sag mir, warum möchtest du dich uns anschließen?", fragte James, stellte seine Teetasse ab und sah sie direkt an. „Ich meine, es ist kein leichtes Leben, das sollte dir von Anfang an bewusst sein. Manchmal wird es schwierig werden, andere Male möchtest du einfach nur aufgeben. Du weißt, Spiegelwanderer

verfügen über eine unnatürliche Langlebigkeit. Über so einen langen Zeitraum hinweg kommt man manchen Leuten näher, entfernt sich aber auch von anderen. Du wirst deine Freunde und Familie sterben sehen und wirst nichts dagegen tun können. Natürlich wirst du auch hier Freunde finden und doch ist es ein einsames Leben. Warum möchtest du das?"
Elies blinzelte ihn überrascht an. Niko hatte ihr erzählt, dass sie zurzeit vermehrt rekrutierten, dass sie jeden Neuzugang brauchten und Elies hatte nicht mit einer solchen Frage gerechnet. Es dauerte einige Augenblicke, bevor sie ihre Gedanken geordnet hatte und James antworten konnte: „Stellt sich denn nicht vielmehr die Frage, wie man diese Chance nicht ergreifen kann? Als Niko mir von euch erzählt hat, hielt ich eure Fähigkeiten für ein Wunder, für Zauberei."
Catwren lachte leise, es klang jedoch nicht unfreundlich oder spöttisch.
„Niko hat mir gezeigt, dass es so viele Dinge dort draußen gibt, die ich niemals für möglich gehalten hätte. In den Wochen im Krankenhaus, bevor ich ihn kennengelernt habe, war ich zu nichts zu gebrauchen gewesen. Ich aß nicht, sprach mit niemandem, konnte die Leute nicht einmal ansehen! Nachts wachte ich weinend auf und immer, wenn ich meine Augen schloss, sah ich ... etwas Schreckliches. Ich wusste nicht, wie ich so hätte weiterleben sollen. Jeder Lebenswille war aus mir gewichen und oft wünschte ich mir, auch ich wäre in den Flammen umgekommen. Es war schrecklich mit keinem reden zu können. Ich fühlte mich so allein und glaubte, niemand könnte mich verstehen. Aber dann kam Niko und hat mir gezeigt, dass es noch so viel mehr zu entdecken, so unendlich viel zu sehen gibt. Dass es so viele Möglichkeiten für mich gibt. Er hat mir meinen Lebenswillen zurückgegeben und ich habe mich für dieses Leben entschieden."
„Aber du könntest auch fernab der Spiegelwanderer alles mit deinem Leben machen, was du möchtest. Du könntest studieren oder reisen, in ein anderes Land ziehen oder neue Sprachen lernen. Die Schönheit der Welt genießen."

„Aber wie soll ich etwas genießen können, wenn ich doch weiß, was dort draußen lauert?", fragte Elies.
„Wir könnten dir deine Erinnerung nehmen", wandte James ein.
„Und mich alles vergessen lassen? Dass ich denke, die letzten Tage seien lediglich ein Traum gewesen?", entfuhr es Elies lauter, als sie beabsichtigt hatte. „Nein, ich möchte diese Erinnerungen niemals verlieren. Davor ... habe ich nicht wirklich gelebt. Ich habe gearbeitet, geschlafen und gegessen, ich war nicht unglücklich. Aber es hat etwas gefehlt. Jetzt erscheint es mir fast als verschwendete Zeit ... Ich möchte etwas Sinnvolles mit meinem Leben machen. Etwas Gutes, auf das ich stolz sein kann. Ich weiß nicht wie, oder warum, aber etwas in mir hat sich verändert. Ich habe mich verändert. Ich möchte nicht so weitermachen wie bisher. Ich möchte ein Teil von etwas Großem sein. Ich möchte den Menschen helfen und deswegen möchte, nein, will ich eine Spiegelwanderin werden."

Catwren und James waren offensichtlich zufrieden mit Elies. Sowohl mit ihrer Antwort als auch mit ihrem Enthusiasmus.

„Eines muss ich dir aber noch sagen, Elies. Wenn du dich einmal für uns entschieden hast, dann gibt es kein Zurück. Nikola sollte dir bereits erklärt haben, dass sich dein ganzes Wesen verändern wird. Dein Körper, aber auch deine Seele. Ich weiß, er überdramatisiert immer gerne."

„Er hat mir erzählt, dass man mit der Zeit abstumpft und irgendwann nichts mehr empfindet. Als würde sich das Herz zu Stein verwandeln."

„Und für manche ist es auch so", bestätigte James, „aber nicht für alle. Jeder von uns ist einzigartig in seiner Physiologie. Manche von uns entwickeln zusätzlich Kräfte, während andere dies nicht tun. Ebenso ist es mit der Persönlichkeit. Bei manchen mag es vielleicht schon nach wenigen Jahrzehnten den Anschein haben, als hätten sie ihre menschliche Seite komplett verloren, als wären sie zu keiner emotionalen Regung imstande, und wieder andere können hunderte von Jahren alt werden und werden nie verlernen, wie man liebt oder auch hasst. Alles hat seine Vor- und Nachteile. Nichts im Leben ist immer nur schwarz oder weiß, Elies."

„Um ehrlich zu sein, wir können dir im Vorhinein nicht sagen, wie du auf deine Verwandlung reagieren wirst. Es ist eben immer ein gewisses Risiko dabei, aber wenn du bereit bist, es zu wagen, heißen wir dich herzlich in unseren Reihen willkommen!"

Elies saß noch lange mit Catwren und James zusammen. Sie schilderten ihr, was sie in ihrer Ausbildung erwarten würde, wie die Spiegelwanderer untereinander aber auch mit Menschen agierten. Sie erzählten ihr alles, was sie wissen musste und noch so viel mehr. Nachdem ihr Tee getrunken und das letzte Biskuit verspeist war, erhob sich Catwren, um Elies zu verabschieden. Sie wollte Elies einen weiteren Tag Zeit geben, um sich ihrer Entscheidung auch ganz sicher zu sein. Danach würde sie vor den gesamten Ältestenrat treten und eine von ihnen werden. Als Elies in den Gang trat, dessen beide Seiten mit Spiegeln ausgestattet waren, und Catwren die schwere Türe hinter ihr geschlossen hatte, hatte sich eine tiefe, innere Ruhe in Elies ausgebreitet. Sie mochte Catwren und James sehr. Sie verstand, warum die anderen Spiegelwanderer ihnen derart vertrauten, wie sie es taten. Ein unwillkürliches Lächeln huschte über Elies' Gesicht, als sie durch den Gang schritt. Sie fühlte sich zu Hause, sicher und behütet. Erst als sie aus dem Spiegelgang heraustrat, wurde ihr bewusst, dass sie nicht die geringste Ahnung hatte, wie sie zu den Gästequartieren und somit auch zu ihrem eigenen Zimmer zurückfinden sollte. So entschied sie sich, in die Halle der Ältesten zurückzukehren. Vielleicht würde sie dort auf Niko oder Helena treffen. Falls nicht, würde sie sich einfach allein etwas umsehen, immerhin gab es noch so viel zu entdecken und es waren noch ein paar Stunden bis zum Abendessen.

Manche Spiegelwanderer, die ihr begegneten, beachteten sie nicht im Geringsten. Als wäre sie überhaupt nicht anwesend. Andere musterten sie neugierig und wieder andere hielten sogar kurz an, um mit ihr zu plaudern. Obwohl sie alle Spiegelwanderer waren, waren sie doch alle einmal Menschen gewesen und manche von ihnen waren noch immer schrecklich neugierig. Einige schüttelten ihr erfreut die Hand und luden sie ein, sie doch an ihrem Arbeitsplatz zu besuchen. Ein wohliges Gefühl breitete sich in Elies' Innerem aus und verdrängte ihre anfängliche Nervosität.

„He, du bist ja ein Mensch!", rief eine Stimme über Elies. Verwirrt blickte sie auf. Sie war gerade einen langen Korridor entlanggegangen und hatte niemanden bemerkt. Erst als sie aufsah, entdeckte sie eine kleine Galerie mit einer engen Wendeltreppe am Anfang des Durchgangs, durch den sie getreten war. Doch auch diese war verwaist. Stattdessen erschien am Ende der Treppe ein junger Mann. Äußerlich sah er nicht älter aus als zwanzig. Kleine Schweißperlen standen auf seiner Stirn und in seine Armen hielt er einige dicke Bücher.

„Du bist ja auch ein Mensch", wiederholte er und starrte Elies mit großen Augen an.

„Ich bin Ryan", fuhr er fort, bevor Elies auch nur die Möglichkeit hatte, etwas zu antworten. „Hast du schon Dean und Richard kennengelernt? Richard ist der griesgrämige Ratsdiener. Halte dich am besten, soweit es nur irgendwie geht, von ihm fern. Mit dem ist nicht gut Kirschen essen, echt jetzt! Der hat mich schon schöne Strafarbeiten machen lassen. Und wenn dir ein Mentor zugeteilt wird, achte darauf, dass du nicht Dean bekommst! Den habe nämlich ich und der ist echt die Hölle! Ein schrecklicherer Spiegelwanderer als der ist mir echt noch nicht untergekommen. Der lässt dich, wenn ihm etwas nicht passt, solange Strafrunden laufen, bis du sogar das Abendessen verpasst, echt jetzt! Und so einer ist Mentor geworden ..."

Der junge Mann redete so schnell, dass Elies bereits nach fünf Minuten den Eindruck hatte, seine gesamte Lebensgeschichte gehört zu haben. Er erzählte ihr, dass er selbst erst vor drei Wochen zu den Wanderern gestoßen war.

„Wenn du bei irgendetwas Hilfe brauchst, komm einfach zu mir. Ich weiß, wie unangenehm es sein kann, der Neue zu sein!", bot er ihr freundlich an und lachte dabei, sodass Elies eine Zahnlücke erkennen konnte.

Ryan war mit Abstand die ulkigste Person, die Elies bis jetzt getroffen hatte. Er wirkte so unbekümmert und heiter. Fast traurig fragte sie sich, was ihm wohl zugestoßen war, was seine Seele zersplittert hatte.

Elies hatte sich geirrt. Sie fand nicht einmal mehr in die Halle der Ältesten zurück. Ohne Hilfe fand sie an diesem Ort rein gar nichts! Dafür aber lief sie schon zum zweiten Mal an dem Gang mit den Spiegeln, der zu Catwrens Studierzimmer führte, vorbei. Einmal landete sie auch in der Halle, in der sie mit Niko und Helena angekommen war. So lief sie weiterhin allein umher, versuchte sich irgendeine Art von Orientierung aufzubauen und sprach ab und an mit anderen Spiegelwanderern. Sofern Elies es bis jetzt beurteilen konnte, gab es zwei Arten von Wanderern. Zum einen gab es die, die sie einfach ignorierten. Selbst wenn Elies sie angesprochen hätte, wäre zu bezweifeln gewesen, ob sie ihr überhaupt geantwortet hätten. Zum anderen waren da aber auch die Wanderer, die mehr als neugierig über den Neuzugang waren. Irgendwann grummelte Elies' Magen so laut, dass sich ein Spiegelwanderer, der die optische Erscheinung eines Achtzigjährigen hatte, sich erlaubte, sie zu der Halle der Ältesten zu begleiten. Wie ein Gentleman lieferte er sie bei Niko, der bereits vor dem großen Torbogen zur Halle auf sie wartete, ab. Elies hätte ihren Führer gerne nach seinem wahren Alter gefragt, aber ihre Neugierde erschien ihr viel zu aufdringlich und so schluckte sie die Frage wieder hinunter und bedankte sich stattdessen höflich bei ihm. Zusammen mit Niko betrat sie die Halle der Ältesten. Die beiden suchten sich einen Platz im hinteren Drittel, in der Nähe des Eingangstores. Die langen Tische waren bereits gedeckt und riesige Platten mit den prächtigsten Speisen warteten dort auf sie. Nur wenige Augenblicke nachdem sie Platz genommen hatten, erschien Helena und ließ sich links von Elies nieder, während Niko ihr gegenübersaß. Mit einem schlappen Plumpser ließ sich Helena auf die Bank fallen und griff zum Weinkrug.

„Harter Tag?", fragte Niko und musste sein Grinsen unterdrücken, als er ihr sein Glas hinhielt.

„Kann man wohl sagen", Helena schloss für einen Moment müde ihre Augen, an Niko gewandt fuhr sie fort: „Ich habe eben mit Beryl gesprochen."

„Jägerin. Eine der besten, die wir haben", erklärte Niko Elies, bevor er sich wieder Helena zuwandte.

Diese stieß die angehaltene Luft langsam zwischen ihren zusammengepressten Zähnen hervor und massierte sich die Schläfen: „Sie hat John gesehen."

Nikos Hand hatte eben nach seinem Weinglas gegriffen, doch war mitten in der Bewegung erstarrt. Seine Züge wirkten auf einmal wie versteinert. Dieser Zustand hielt jedoch nur einen Augenblick an, denn sogleich lief sein Gesicht purpurrot an und Elies hatte den Eindruck, dass sein gesamter Kopf wohl gleich explodieren müsste.

„Wo?", stieß Niko mühsam hervor, seine Hände hatte er zu wütenden Fäusten geballt. Erst Jahre später erzählte er Elies, warum er in diesem Moment derart in Rage verfallen war. Es war nicht nur die Tatsache gewesen, dass John wieder aufgetaucht war oder Nikos eigene Wut auf diesen Mann, nein, es war auch die Traurigkeit und schreckliche Zerrissenheit in Helena gewesen, die auch er in diesem Moment gespürt hatte. Zu wissen, dass John noch immer eine solche Macht über sie hatte, hatte Niko in Rage versetzt. Es gab niemanden, den er mehr hasste. Denn Niko wusste, wie sehr John Helena verletzt hatte.

„Erinnerst du dich noch an den Werwolffall bei Lucys?", fragte Helena. „Direkt in den dahinterliegenden Wäldern haben Beryl und ihre Leute erneut ein Rudel Werwölfe ausfindig gemacht. Jedenfalls hätten es nur Werwölfe sein sollen. Es stellte sich aber heraus, dass auch eine Handvoll Dämonen unter ihnen waren. Darunter auch John."

„Hat sie ihn getötet?", Niko hatte seine Faust wieder gelöst und griff über den Tisch, um Helenas Hand in die seine zu nehmen. Für einen Moment sah es für Elies so aus, als würde Helena in Tränen ausbrechen. Stattdessen atmete sie einmal tief durch und lächelte Niko traurig an. Ihre Stimme klang leise, jedoch zitterte sie nicht, als sie antwortete: „Nein, er ist entkommen, zusammen mit zwei weiteren Dämonen."

Zu gerne hätte Elies gewusst, wer dieser John war. Niko musste ihre Neugierde gespürt haben und schüttelte unmerklich den Kopf. Elies würde wohl noch auf ihre Antworten warten müssen. Stattdessen wechselte Helena schnell das Thema und wollte alles über Elies' Tag erfahren. Diese erzählte ihnen von ihrer Unterredung mit Catwren und James. Vor lauter Reden vergaß sie fast, zu essen. Hin und wieder fielen ihr bekannte Gesichter von Spiegelwanderern auf, die ihr bereits begegnet waren. Als Ryan an ihr vorbeilief, blieb er kurz stehen und wünschte den dreien einen Guten Appetit. Als das Essen vorüber war, leerte sich der Saal nur langsam. Viele blieben noch zurück, um sich zu unterhalten, doch Elies wandte sich an Niko: „Du hast gesagt, du bringt mich heute noch zu meiner Familie."

„Und das habe ich auch nicht vergessen. Wollen wir gleich aufbrechen, oder brauchst du noch etwas aus deinen Gemächern?", fragte Niko zuvorkommend wie eh und je, vergaß dabei jedoch, dass Elies keinerlei persönlichen Besitz mehr hatte.

„Du hast doch den halbleeren Rucksack heute Morgen gesehen?", rief sie ihm in Erinnerung. Helena blieb noch etwas länger gedankenversunken in der Halle der Ältesten zurück. Wer auch immer dieser John war, Helena kannte ihn wohl sehr gut. Elies fragte sich, was eine Spiegelwanderin wohl mit einem Dämon verbinden konnte.

Ohne weitere Umwege führte Niko Elies in die Halle mit dem großen Spiegel.

„Wo soll es denn so spät noch hingehen?", fragte der Professor patzig, als sie sich von ihm austragen ließen.

„Familientreffen", antwortete Niko schlicht und zog Elies schnell weiter.

Als sie vor dem großen Spiegel standen, sah Elies Niko erwartungsvoll an: „Wo springen wir jetzt hin? Direkt in das Haus meiner Eltern können wir ja nicht, oder? Wieder in die Einzimmerwohnung?"

„Nein, dorthin können wir nicht mehr zurück. Wird ein Ort, der als Portal genutzt wird, erst einmal von Dämonen gefunden, benutzen wir ihn nicht mehr."

„Aber wir haben die Dämonen in der Gasse doch besiegt! Woher sollen denn andere wissen, dass wir dort auch verschwunden sind? Sie hätten uns doch auch an irgendeiner anderen beliebigen Stelle angreifen können", fragte Elies verwirrt.

„Wenn ein Lebewesen stirbt, lässt es eine Art Energiesignatur zurück. Andere Dämonen wissen somit, was in dieser Gasse passiert ist", erklärte Niko. „Wenn auch nur ein halbwegs starker Dämon dort ist, könnte es ihm gelingen, die Energie unserer Abreise zu spüren. Sie würden dann einfach die ganze Gegend auseinandernehmen, bis sie das Portal finden."

„Aber ich kenne da genau den richtigen Ort für uns", grinste Niko und legte seine Handfläche auf den Spiegel. Innerhalb eines Wimpernschlags änderte sich das Bild und Elies sah nicht mehr ihr eigenes Spiegelbild, sondern Regale voller Bücher.

„Wo bringst du mich hin?", wollte Elies wissen, als sie Nikos Hand nahm.

„Warts nur ab", grinste er und gemeinsam schritten sie durch den Spiegel.

Wie schon beim letzten Mal dauerte auch diese Reise nur einen halben Herzschlag. Wieder hatte Elies die Augen geschlossen und als sie ihre Lider erneut aufschlug, befand sie sich an einem gänzlich anderen Ort. Der Raum, in dem sie und Niko standen, war zu drei Seiten mit Büchern gefüllt. Er war klein und hatte kein Fenster, die Luft roch muffig nach Staub und unwillkürlich musste Elies niesen.

„Wo sind wir?", fragte Elies, als sie vergeblich nach einem Taschentuch suchte.

„In einer Bibliothek", antwortete Niko und reichte ihr sein eigenes Stofftaschentuch, welches sie überrascht, aber dankbar, annahm. Natürlich besaß Niko ein Stofftaschentuch. Alles andere hätte Elies nur verwundert.

„Und das soll nicht auffällig sein, wenn wir hier so einfach rausmarschieren?", fragte Elies kritisch.

„Da hätten wir auch gleich ins Krankenhaus springen können", beschwerte sie sich.

Niko drehte sich der vierten Wand zu, der einzigen, die nicht mit Büchern gesäumt war. An dieser befand sich die Ausgangstür, daneben war ein Spiegel angebracht.

„Das hier ist eine Art Sicherheitspunkt", erklärte Niko, als er die Tür aufzog und in den Gang hinaustrat. „Durch den Spiegel sehen wir sofort, ob sich jemand im Raum aufhält oder nicht. Aber seit meiner Zeit als Spiegelwanderer ist es erst ein einziges Mal vorgekommen, dass ich nicht in diesen Raum springen konnte."

„Um welches Themengebiet handelt es sich hier?", neugierig wollte Elies nach einem der Bücher greifen.

„Arachnologie."

Sofort ließ Elies wieder ihre Hand sinken. Pfui, Spinnen! Es gab wenig, das sie mehr verabscheute als Spinnen. Außer vielleicht Tauben.

„Und auch noch aus dem letzten Jahrhundert. Mit diesen Werken arbeitet niemand mehr."

„Und was ist mit den Mitarbeitern?", erkundigte sich Elies, als sie Niko auf den Gang hinausfolgte. „Ich meine, fällt es denen denn nicht auf, wenn Leute aus einer Abteilung kommen, die fast nie jemand betritt? Und was ist mit den anderen Besuchern?"

„Die Bibliothek hat mehrere Zugänge, also wird sich keiner der anderen Leser sonderlich wundern, nicht einmal, wenn nur eine Handvoll Leute hier sind. Es gibt hier auch keine Sicherheitskameras, nicht einmal an den gegenüberliegenden Gebäuden oder den Nebengebäuden. Hier ist der perfekte Punkt, um mitten in der Stadt unter- und auch wieder aufzutauchen."

Auf dem kurzen Gang, der in ein Stiegenhaus mündete, lagen noch zwei weitere Räume. Die Treppen führten noch etwaige Etagen nach unten. Niko wählte den Weg nach oben, über den sie in den Hauptlesesaal gelangten.

„Leseraum III" stand in großen Lettern neben dem Eingang zum Stiegenhaus. Offensichtlich gab es noch weitere Lesesäle. Erst als Elies und Niko in diesen Saal traten, erkannte sie, wie groß dieser tatsächlich war. Elies war schon öfters an dem Gebäude, das die Bibliothek beherbergte, vorbeigelaufen. Von außen wirkte es schrecklich imposant. Ein riesiges Bauwerk, dessen ursprüngliches Mauerwerk auf das 18. Jahrhundert zurückging. Leider war Elies selbst noch nie hier gewesen. Als sie nun aber in dem Lesesaal stand, fragte sie sich ernsthaft, warum ihr Weg sie nie hierhergeführt hatte. Wie konnte es sein, dass man ein Viertel seines Lebens in ein und derselben Stadt verbrachte und es dabei nicht schaffte, auch nur ein einziges Mal in der Bibliothek gewesen zu sein? Fast musste sie über sich selbst lachen und Niko warf ihr einen interessierten Blick zu, doch sie tat diesen mit einer Kopfbewegung ab.

„Was die Mitarbeiter angeht", fuhr Niko nun mit flüsternder Stimme fort, als er Elies durch den halbleeren Saal führte, „sind sie alle Spiegelwanderer."

„Nicht dein Ernst!", rief Elies überrascht aus und erntete dafür einige genervte Blicke von Leserinnen und Lesern, die versuchten, sich zu konzentrieren.

„Natürlich", entgegnete Niko mit einer Selbstverständlichkeit, als wäre es das Normalste überhaupt, dass alle Angestellten eines öffentlichen Institutes den Spiegelwanderern angehörten.

„Alle Mitarbeiter hier sind eigentlich Jäger", fuhr Niko fort und nickte einer Bibliothekarin zu, die gerade einen Stapel Bücher wegräumte. Sie hatte ihre Haare zu einem festen Knoten zurückgebunden und trug eine Brille mit dicken Gläsern, die ihre Augen unnatürlich groß erscheinen ließ. Ihr Hosenanzug war mausgrau und ihr Kopf schien hinter dem Bücherstapel, den sie trug, zu verschwinden. Nie im Leben hätte Elies sie für eine Jägerin gehalten. Auch Niko war Elies überraschter Blick aufgefallen, denn er musste sich sichtlich anstrengen, ein Lachen zu unterdrücken. Sich über seinen dämlichen Gesichtsausdruck ärgernd, gab Elies ihm einen leichten Schubser mit der Hand, doch dies trug nur zu einem Lachanfall Nikos bei. Ohne auf ihn zu warten, marschierte Elies weiter, quer durch den Lesesaal, auf der Suche nach dem Ausgang. Schließlich hatte Niko sie eingeholt und führte sie zu einer unauffälligen Tür, die sich als Seitenausgang herausstellte.

„Alle Mitarbeiter dieser Bibliothek sind Jäger", versicherte ihr Niko, als sie ins Freie traten. „Nicht nur die Bibliothekare, sondern wirklich alle. Von der Reinigungskraft bis hin zur Buchhaltung. Als diese Idee das erste Mal aufkam, hat der Ältestenrat darauf bestanden, dieses Vorhaben auch vollkommen umzusetzen. Keine Zusammenarbeit mit Menschen, nur Spiegelwanderern. Die Aufgabe der Jäger ist es, unter den Menschen nicht aufzufallen und keine Aufmerksamkeit zu erregen. Die Bibliothek liegt im Herzen der Stadt, von hier aus können die Jäger im Notfall schnell agieren und auf mögliche Gefahren reagieren. Außerdem stellt die Bücherei eine Art sicheren Hafen für uns dar. Wir können den Spiegel in dem Raum problemlos als Portal benutzen."

„Warum ist das Portal dann mitten in einem Raum der Bibliothek? Wäre es in diesem Fall nicht sinnvoller, einen eigenen, abgeschnittenen Raum als Portal zu nutzen? Außer den Spiegelwanderern kommt doch ohnehin niemand in die Büros?"

„Manche Büros werden als Portale genutzt, aber ob du es glaubst oder nicht, hier herrscht ein großes Kommen und Gehen. Wir haben uns schon so weit organisiert, dass es in jeder Großstadt einen solchen Anlaufort für uns gibt. Damit fungiert dieser Ort grundsätzlich als Drehscheibe. Fast wie auf einem Flughafen", lachte Niko über seinen eigenen Witz.

Als sie auf die Straße traten, übernahm Elies die Führung. Zuallererst wollte sie ihre Eltern sehen. Sie musste sich fürs Erste von ihnen verabschieden. Natürlich würden sie Elies' Entscheidung akzeptieren, das hieß aber nicht, dass sie sie auch respektieren würden. Heute galt es, sie zu überzeugen, dass Elies die richtige Entscheidung für sich getroffen hatte und Abstand brauchte. Da es das letzte Mal sein würde, dass sie sich für längere Zeit sahen, wollte sie nicht im Streit auseinandergehen. Ihr Ziel lag nicht einmal eine halbe Stunde zu Fuß von der Bibliothek entfernt und Elies war dankbar, die Wollweste bei sich zu haben. Die Absätze ihrer Schuhe klapperten lustig auf dem Asphalt.

„Alles in Ordnung mit dir?", fragte Niko schließlich, als Elies gedankenverloren in den nächtlichen Himmel blickte. Es waren keine Sterne zu sehen, nur riesige Gewitterwolken. „Ja", hauchte Elies und verlor sich in dem Dunkel der Wolken. Im Nachhinein war Elies froh gewesen, ihre Familie noch einmal gesehen zu haben, bevor sich alles verändern würde. Ihre Mutter hatte ihr eine Tasse heißen Kakao gemacht und kleine Marshmallows hineingeworfen. Es war wunderbar gewesen, mit ihr zusammenzusitzen, doch dann hatte sie von Matt angefangen. Es kam nicht unerwartet, Elies war darauf vorbereitet gewesen und trotzdem hatte es weh getan. Als hätte ihr jemand mit einem Dolch das Herz durchbohrt. Ihr Magen hatte sich zusammengezogen und für einen Moment hatte Elies geglaubt, sich übergeben zu müssen. Zum Glück hatte sie gesessen, dennoch hatte sie sich zusätzlich an dem Esstisch festgehalten, um nicht vornüber zu fallen. Sie hatte sich daran festgekrallt, sodass ihre Fingerknöchel weiß hervorgetreten waren. Es war schrecklich gewesen, zu hören, wie sehr ihre Mutter gelobt hatte, was für ein braver, gutaussehender und ehrlicher junger Mann Matt gewesen wäre. Wie schrecklich leid es ihr um ihn täte. Alles, an das Elies in diesem Moment gedacht hatte, waren die SMS, die sie entdeckt hatte. Sie erinnerte sich an dieses schreckliche Gefühl der Zerrissenheit. Sie hatte doch alles versucht, um ihn glücklich zu machen. Sie erinnerte sich, wie er sie am Arm gepackt und gestoßen hatte. All dies hatte aber nicht so weh getan wie die Erinnerung an den Verrat. Die Lügen und den Betrug. Hätte er ihr doch einfach gesagt, dass es jemand anderen gab. Vielleicht hätte sie es ihm sogar verzeihen können. Aber die Lügen, die er über Monate hinweg aufrechterhalten hatte. Elies war sich nicht sicher, ob sie jemals wieder jemandem vertrauen konnte. Sie hatte Matt alles anvertraut, hätte ihr Leben auf ihn gesetzt. Doch ihm hatte das alles nichts bedeutet. Er hatte sie zerstört, innerlich zerrissen. Trotzdem hatte sie all das nie jemandem mit so vielen Worten erzählt. Der Einzige, der einen Großteil der Geschichte kannte, war Niko. Keiner anderen Menschenseele gegenüber hatte

Elies ein Wort verloren. Es lag nicht daran, dass sie nicht wollte, dass andere Matt für einen schlechten Menschen hielten. Vielmehr lag es daran, dass sie Angst hatte, was man über sie denken würde. *Das dumme, kleine, naive Mädchen, das nicht gemerkt hatte, dass ihr Freund sie über Monate hinweg betrogen hatte. Das sich von ihm einschüchtern und belügen ließ. Sich von ihm kontrollieren und alles gefallen ließ. Sich niemals wehrte. Was für eine Person würde sich das gefallen lassen?* Elies wusste es nicht und doch war es ihr passiert. Sie fragte sich, wann der Moment gekommen war, an dem sie sich mit allem einfach abgefunden hatte. Im Nachhinein wusste Elies, dass sie anders hätte handeln sollen. Aber diese Erkenntnis half ihr jetzt nicht mehr. Lediglich in der Zukunft vielleicht, aber als Spiegelwanderin war ihre Zukunft ohnehin ungewiss.

Elies atmete die kalte Nachtluft ein. Versuchte, einen klaren Kopf zu bekommen. Niko musste irgendwo in der Nähe sein, er hätte sich nicht weit entfernt oder sie gar allein gelassen. Sie versuchte, den bitteren Nachgeschmack auf ihrer Zunge loszuwerden und verdrängte Matt aus ihren Gedanken. Sie hatte sich noch immer nicht mit der Situation auseinandergesetzt. Matt und sein Tod. Matt und das Feuer, das ihren gesamten Besitz, alles, was ihr wichtig war, zerstört hatte. Matt und seine Lügen. Matt und die andere. Matt. Matt. Matt. Elies hatte Gedanken an ihn immer nur verdrängt und langsam war sie Meisterin darin geworden. Eine Meisterin im Weglaufen. Endlich kam Niko in Sicht, er war die Straße hinaufgewandert und hatte sich wohl etwas in der Nachbarschaft umgesehen. Wenigstens war der Rest des Besuches gut verlaufen und das war das Einzige, auf das es ankam. Innerhalb der letzten paar Stunden waren die dunklen Regenwolken aufgebrochen und Elies konnte nun die Sterne am Firmament erkennen.

Eine Sternschnuppe. Elies schloss die Augen und wünschte sich etwas. Sie wünschte sich für ihre Eltern, dass es ihnen gut gehen würde, dass sie sie oft besuchen könnte. Sie wünschte sich für ihre ehemaligen Freunde, die sie seit Jahren nicht mehr gesehen hatte, dass sie ein glückliches Leben führten. Und zum

Schluss wünschte sich Elies für sich selbst, das ganze Unglück endlich hinter sich zu lassen. Neu anfangen zu können und, wenn schon nicht glücklich, doch zufrieden mit ihrem neuen Leben als Spiegelwanderin zu werden.

Eine letzte Sache galt es für Elies noch zu erledigen, bevor sie mit Niko in das Reich der Spiegelwanderer zurückkehren würde. Sie wollte ihr altes Zuhause sehen. Eben jenes Haus, das so viele wunderbare Erinnerungen, gleichzeitig aber auch so viel Schrecken beherbergt hatte. Elies wollte es sehen. Sie musste sich selbst davon überzeugen, dass es vernichtet war. Komplett heruntergebrannt und irreparabel. Nichts weiter als eine Ruine, die das wahre Ausmaß des Infernos nur mehr vermuten ließ.

„Elies, willst du dir das wirklich ansehen? Es wird kein schöner Anblick sein", versuchte Niko sie ein letztes Mal umzustimmen.

„Ich muss es sehen", beharrte Elies, sie sah Niko nicht an, sondern starrte stur geradeaus. Sie wusste, dass sie mit diesem Teil ihres Lebens abschließen musste, sonst würde auf ihrem neuen Leben immer ein Schatten liegen. Sie wusste, dass sie sich früher oder später damit auseinandersetzen musste. Sie musste ein letztes Mal zu dem Ort zurückkehren, der ihr Leben für immer verändert hatte. Ein letztes Mal zu dem Haus, in dem alles angefangen und geendet hatte. Der Ort, an dem Matt gestorben war. Noch immer war sie sich ihrer Gefühle über ihre Beziehung nicht im Klaren. Vielleicht würde der Anblick des heruntergebrannten Hauses ihr helfen, einen endgültigen Schlussstrich zu ziehen. Schnell lief Elies weiter. Ihre Absätze klackerten auf dem Asphalt und sie zog ihre Weste enger um sich. Die Nacht brachte die Kälte des Winters mit sich.

Niko folgte ihr schweigend. Es hatte keinen Sinn, weiter mit Elies zu diskutieren. Manchmal war sie einfach zu starrsinnig. Er selbst fand ja, dass es eine wahnsinnig schlechte Idee war, die Ruine zu besuchen. Besonders bei Nacht. Außerdem wusste er nicht, was sie sich davon erwartete. Kopfschüttelnd folgte er ihr, war nur wenige Schritte hinter ihr. Sie drehte sich kein einziges Mal um, um sich zu vergewissern, dass er ihr immer noch folgte. Zu sicher war sie sich, dass Niko sie nicht allein lassen würde. Nicht jetzt. Nach einer knappen Stunde Gehzeit bogen sie schließlich in die Straße ein, in der Elies mit Matt gewohnt hatte. Es war ein hübsches, kleines Viertel mit niedlichen Häusern und verspielten Vorgärten. Der perfekte Ort für junge Familien. Niko wurde fast schlecht bei dem Anblick. Doch als Elies ihn fragte, ob alles in Ordnung wäre, antwortete er nur grummelnd, dass sie für den Weg zurück ein Taxi nehmen würden, oder zumindest den Bus.

Elies musterte Niko noch für einen Moment, sie wusste, dass dies nicht der ganzen Wahrheit entsprach. Sie sagte jedoch nichts, sondern folgte der Straße bis zu den Ruinen ihres Hauses. Fast hätte sie erwartet, noch immer Rauchschwaden über dem Grundstück zu sehen. Ernüchtert stellte sie fest, dass sich in der Straße so gut wie nichts verändert hatte. Dieselben Autos parkten vor den gleichen Häusern und hin und wieder lag Spielzeug in den kleinen Vorgärten verstreut. Elies' eigenes Haus war jedoch ein Anblick für sich. Fast hätte sie es nicht wiedererkannt. Ihr stockte der Atem, als sie über die Absperrung hinweg auf die Überreste ihres bisherigen Lebens starrte. Erst letzten Sommer hatten sie und Matt die Fassade des zweistöckigen Hauses hellgelb streichen lassen. Eine Efeuranke hatte sich auf der einen Seite des Hauses emporgeschlängelt und bis zum Badezimmer im oberen Stock gereicht. Die Dachgiebel waren wunderbar rot gewesen und hinter jedem Fenster war ein süßer Vorhang so positioniert gewesen, dass man die delikaten Muster erkennen konnte, aber der Einblick in das Innere verwehrt gewesen war. Elies hatte sich mit den Einzelheiten solche Mühe gegeben. Sie hatte es geliebt. Immer, wenn sie nach Hause gekommen und das wunderbare Bild ihres Heims gesehen hatte, hatte sich ein Lächeln auf ihr Gesicht gestohlen. Matt hatte es jedoch nie zu würdigen gewusst. Ihm waren so viele Sachen so furchtbar egal gewesen. Er hatte den kleinen Details nie Aufmerksamkeit geschenkt. Wie oft war genau dies zu einem Streitgrund geworden. Aber wenn Elies jetzt auf ihr Haus sah, starrten ihr nur die abgebrannten Überreste eines Traums entgegen. Die gesamte Frontseite war kohlrabenschwarz, Fenster waren geborsten und dort, wo einmal Vorhänge ihren Platz gehabt hatten, waren nur mehr vereinzelte verbrannte Fetzen übrig. Früher hatte Elies Tage damit verbracht, den Vorgarten auf Vordermann zu bringen. Hatte kleine Blümchen gekauft und sie mit viel Liebe eingesetzt und gepflegt, hatte den Rasen gemäht und an dem kleinen Kirschbaum eine Schaukel angebracht. Gerne war sie im Sommer dort im Gras gesessen und hatte die frische Luft genossen. Matt hatte nie verstanden, warum sie so viel Zeit mit dem „Anpflanzen von Grünzeug" verbracht hatte, jedenfalls hatte er es so genannt. Jetzt befanden sich im gesamten Garten Glassplitter verteilt. Schwarz versengte Teile der Dachgiebel lagen dazwischen und sogar das Gras hatte Spuren des Feuers davongetragen. Elies' Kirschbaum war fast vollständig abgebrannt. Ihr Herz schmerzte bei dem Anblick des Baums. Es war, als hätte sie einen guten Freund verloren. Ihr Blick glitt zu dem Fenster im oberen Stock. Das Fenster, an dem sie Matt das letzte Mal gesehen hatte. Sein schmerzverzerrtes Gesicht und die Panik, die sich in seinen Zügen widergespiegelt hatte. Jetzt aber starrte ihr nur die Finsternis entgegen. Für einen Augenblick sah Elies das gesamte Gebäude wieder in Flammen stehen, spürte die Hitze auf ihrer Haut. Die Angst und den Schmerz und das Entsetzen. Angestrengt kniff sie ihre Augen zusammen. Versuchte, die Bilder vor ihrem inneren Auge zu vertreiben. Als sie sie wieder öffnete, war das Haus wieder kalt, schwarz und voller Asche. Elies blickte sich auf der Straße um. Nichts hatte sich verändert und doch war alles anders. Als sie ihren Blick erneut auf das Haus richtete, erfüllte sie eine merkwürdige Leere. Auf einmal war auch die Kälte wie vergessen. Alles, was sie sah, waren die Überreste ihrer Vergangenheit. Mit langsamen Schritten ging sie darauf zu und betrat die Ruine. Sie sah noch ein letztes Mal zu Niko zurück, der ihr als Zeichen, dass er hier auf sie warten würde, zunickte.

Als Elies das Haus betrat, wirbelte sie mit jedem Schritt Asche auf. Sie brannte in ihren Augen und brachte Elies zum Husten. Sie zog das Stofftaschentuch, das sie von Niko bekommen hatte, aus ihrer Tasche und hielt es sich vor Mund und Nase. Nur mit viel Mühe konnte Elies manche Gegenstände im Inneren erkennen. Noch nie zuvor hatte sie ein abgebranntes Gebäude betreten oder sich auch nur im entferntesten Gedanken darüber gemacht, wie eine ausgebrannte Küche wohl aussehen könnte. Das Feuer hatte alles verändert. Nichts erinnerte mehr an Elies' Heim. Dieser Ort fühlte sich fürchterlich fremd für sie an. Im Untergeschoss gab es nichts, was den Brand unbeschadet überstanden hatte. Als sich Elies den Stufen näherte, die ins Obergeschoss führten, blieb sie stehen und starrte die Treppe hinauf. Sie dachte daran, wie Matt in seinen letzten Minuten eben diese Stiegen hinaufgerannt sein musste. Das Feuer direkt hinter ihm und der immer stärker werdende Rauch überall um ihn. Elies fragte sich, was er dabei wohl gefühlt hatte. Was seine letzten Gedanken gewesen waren. Ob er starr vor Angst gewesen war oder ob er an seine Eltern und Elies gedacht hatte? *Oder hatte er an die andere gedacht?* Es spielte keine Rolle mehr, Matt war tot. Trotzdem konnte Elies den Gedanken nicht loslassen. Ein kalter Schauer überkam sie und ließ sie zusammenzucken. Als Elies herumfuhr, war nichts hinter ihr zu erkennen. Nur verbrannte Wände, Schutt und Asche. Vorsichtig stieg sie die Treppe hinauf. Die Stufen knarrten bei jedem Schritt und Elies musste aufpassen, auf keine Stiege zu treten, die unter ihren Füßen wegbrechen würde. Unwillkürlich kam ihr der Gedanke, dass am anderen Ende der Treppe etwas auf sie lauern könnte; angespannt klammerte sie sich mit beiden Händen an das Geländer und starrte in den Stock über ihr. Sie sah nichts außer Dunkelheit. Die kleine Taschenlampe, die sie von ihren Eltern mitgenommen hatte, spendete bei weitem nicht so viel Licht, wie sie gerne gehabt hätte und auch das Mondlicht half nicht sonderlich. Wieder überlief sie ein Schauer, ein Bedürfnis tat sich in ihr auf, alles fallen zu lassen und blindlings wegzulaufen. Kalter Schweiß trat auf Elies' Stirn und sie begann zu zittern. Aber es war nicht der Kälte wegen. Wieder starrte sie die letzten paar Stufen hinauf, aber da war nichts. Auf einmal knarrte eine Holzdiele hinter ihr, am Ende der Treppe. Erschrocken fuhr sie herum und ließ dabei fast ihre Taschenlampe fallen. Aber auch dort unten war nichts. Elies war allein. Sie wusste, dass sie allein war. Da war niemand und doch ließ das Angstgefühl nicht nach. Kurz stand sie noch auf der Treppe, versuchte sich Mut zu machen und die Furcht hinunterzuschlucken. Vielleicht würde Niko sie hören, wenn sie nur laut genug rufen würde? *Unsinn. Nur kleine Kinder haben Angst im Dunkeln.* Elies aber wollte eine Spiegelwanderin werden. Vielleicht sogar eine Jägerin. Sie konnte keine Angst im Dunkeln haben, wie würde das denn aussehen? Sie wollte ihre Furcht nicht zeigen. Niemandem. Nicht einmal Niko. Entschlossen zog sie ihre Schultern straff, atmete einmal tief durch und versuchte das miese Gefühl hinunterzuschlucken. Vorsichtig schlich sie die Stufen weiter hinauf. Sie alle waren morsch und verkohlt und Elies fragte sich, wie sie es bis in das obere Stockwerk geschafft hatte, ohne einzubrechen. Die Treppe endete in einem Vorraum, der sich zu weiteren Zimmern öffnete. Hier befand sich auch der Aufgang zum Dachboden. Dabei handelte es sich um eine alte Ziehleiter, die mit einem Holzstock von der Decke heruntergezogen werden musste. Elies war lediglich zwei Mal dort oben gewesen. Einmal an dem Tag, als sie und Matt das Haus besichtigt hatten, bevor sie es gekauft hatten, und als sie einige Sachen dort oben untergebracht hatten. Einen alten Kasten, mehrere Schachteln voller Krimskrams und einen riesigen Spiegel, der ein Erbstück von Elies' Großmutter gewesen war. Elies' Mund wurde trocken und ihre Hände schwitzig. Kleine Härchen stellten sich in ihrem Nacken auf und ihre Beine fühlten sich auf einmal merkwürdig weich an. Wie Gummi. Elies fühlte, dass sie nicht allein war und doch wusste sie, dass das Unsinn war. Bei jedem Schritt, den sie tat, musste sie genau aufpassen, wohin sie ihre Füße setzte. Nur ein Fehltritt und sie würde durch die Decke brechen. An manchen Stellen war der Boden bereits aufgerissen und sie konnte in die Räume unter sich blicken. Traurigkeit umklammerte Elies, als sie von einem Raum in den nächsten blickte. Dies war ihr Zuhause gewesen, für so viele Jahre, doch jetzt wirkte alles um sie herum fremd. Als hätte sie niemals hier gelebt. Schließlich war nur mehr ein Zimmer übrig. Das letzte, in dem sie noch nicht gewesen war. Ihr Schlafzimmer. Würde man von der Straße aus hinaufblicken, so wären es auf der linken Seite die letzten beiden Fenster. Jenes Fenster, gegen das Matt geschlagen hatte. Der Raum, in dem er gestorben war. Elies lehnte sich gegen den verbrannten Türstock. Ihre gesamte Kleidung war verklebt von Asche und Ruß, da machte ein bisschen mehr keinen Unterschied. Lange blickte sie in das Zimmer. Versuchte, sich zu erinnern, wie die verkohlten Überreste vor dem Feuer ausgesehen hatten. Es war ganz einfach, Elies sah alles deutlich vor sich. Das große Bett mit der bestickten Zierdecke. Wie sie dort gesessen und nach Matts Handy gegriffen hatte, während er in dem Zimmer an der gegenüberliegenden Seite verschwunden war, um zu duschen. Elies sah sich selbst, wie sie im Schneidersitz auf dem Bett gesessen hatte. Matts Handy mit beiden Händen fest umklammert. Wie sie den Mund zuerst zu einem überraschten und erschrockenen „O" geformt hatte und wie er sich im Laufe der Minuten zu einem dünnen Strich zusammengezogen hatte. Elies sah, wie ihr eine Träne über die Wange gelaufen war, dann noch eine und wie ihr schließlich das Handy aus der Hand geglitten und in das Bettzeug gefallen war. Sie sah den Moment, indem ihr Herz zerbrochen war. Wieder hörte Elies ein Geräusch hinter sich, doch drehte sie sich dieses Mal nicht um. Stattdessen starrte sie noch für einen Moment in das verbrannte Zimmer. Starrte auf die zerstörten Erinnerungen. Als sie sich umdrehte, war die Leiter zum Dachboden heruntergelassen. Wie eingefroren verharrte Elies an ihrem Platz im Türrahmen. Ihr Atem bildete kleine Wölkchen und das magere Licht der Taschenlampe schien immer weniger zu werden, als ob es bald ausgehen würde. In diesem Moment wusste sie nicht, ob sie einen Schritt auf die Leiter zumachen sollte, um von dem zerstörten Schlafzimmer, oder vielmehr rückwärts in das Schlafzimmer stolpern sollte, um von der Leiter wegzukommen. Sie hatte nicht gehört, wie die Leiter heruntergelassen wurde. Es benötigte einen enormen Kraftaufwand, um sie überhaupt aus ihrer Verankerung zu lösen. Einmal, als Elies einen Karton mit alten DVDs auf den Dachboden hatte bringen wollte, hatte sie sich mit ihrem gesamten Gewicht an die Holzstange gehängt, ohne, dass sich die Leiter auch nur einen Millimeter von ihrem Platz bewegt hätte. Sie hatte warten müssen, bis Matt nach Hause gekommen war. Die Leiter war zwar gut geölt und hätte somit wirklich nahezu lautlos heruntergelassen werden können, aber Elies glaubte nicht, dass sie sich einfach so aus ihrer Verankerung gelöst und den Aufstieg zum Dachboden freigegeben hatte. Ganz zufällig gerade dann, wenn Elies davorstand. Nicht ohne jegliches Einwirken. Wieder breitete sich ein merkwürdiges Kribbeln in ihrem Körper aus. Ihr Gefühl sagte ihr bereits die ganze Zeit, dass sie nicht allein war und dieses Mal glaubte sie ihm. Sie strengte sich an, so lautlos wie möglich zu atmen, versuchte, das Rauschen in ihren Ohren zu unterdrücken, sodass sie kein anderes Geräusch überhören konnte. Aber um sie herum war alles still. Hin und wieder ächzten die Überreste des Hauses im Wind, der durch alle Ritzen zog und dabei zu einem kehligen Heulen wurde, doch hatten diese Geräusche nichts Bedrohliches an sich. Elies erkannte sie als das, was sie waren, nur Hintergrundgeräusche. Vorsichtig trat sie einige Schritte in den offenen Gang hinein und somit auch auf die Leiter zu. Zögernd leuchtete sie in alle Zimmer, doch der Schein ihrer Taschenlampe war zu schwach, um viel erkennen zu können. Elies biss die Zähne aufeinander, um nicht zu zittern und legte die wenigen Schritte bis zur heruntergelassenen Leiter zurück. Unschlüssig blieb sie vor dieser stehen und starrte in die Dunkelheit des Dachbodens über ihr. Sie konnte fast nichts erkennen, trotzdem war sie sich sicher, dass dort niemand war. Ein Gefühl sagte ihr, die Leiter hinaufzusteigen, aber sie zögerte. Sie sah sich noch ein letztes Mal im oberen Stock um, doch das Gefühl wurde stärker und drängte sie förmlich dazu, auf den Dachboden zu flüchten. Vorsichtig stieg sie einige Sprossen empor. Die Leiter hielt. Wie sie den Brand derart unbeschadet überstanden hatte, war Elies ein Rätsel. Langsam kletterte sie weiter, sah abwechselnd nach oben, in die sie erwartende Finsternis und dann wieder nach unten in den Gang. Das Licht ihrer Taschenlampe wurde immer schwächer und sie musste aufpassen, dass ihr die Lampe beim Klettern nicht aus der Hand fiel. Ihr Körper stieg immer weiter empor, sie dachte dabei nicht nach, handelte einfach. Schließlich konnte sie durch das dunkle Loch im Dachboden blicken und stützte sich mit beiden Ellbogen am Boden ab. Sie hob ihre Taschenlampe, wollte sich umsehen, bevor sie ganz nach oben stieg, doch da spürte sie einen kalten Luftzug an ihren Beinen. Keiner, der durch eines der zerbrochenen Fenster oder durch eine Ritze in den zerstörten Wänden gedrungen war. Es war diese Art von Lufthauch, der entstand, wenn jemand schnell an einer anderen Person vorüberlief. Erschrocken zog Elies die Luft ein, glaubte, dass jemand nach ihren Beinen greifen würde und sie wieder hinunterziehen wollte. Ihr Herz raste, als sie die letzten Sprossen hochstieg, förmlich sprang und sich nach oben zog. Angestrengt starrte sie durch die Luke in das Stockwerk unter ihr. Aber da war niemand. Kopfschüttelnd atmete sie tief durch, sie musste sich alles nur eingebildet haben. Immerhin war sie nachts allein in der Ruine eines abgebrannten Hauses. *Ihres* abgebrannten Hauses. Elies hatte so viele Erinnerungen daran und doch passten sie alle nicht mehr an diesen Ort. Allmählich wurde ihr Herzschlag wieder langsamer, ihre Atmung regelmäßiger. Es war alles nur eine Einbildung ihrer Fantasie gewesen. Ihr Verstand hatte ihr einen Streich gespielt.

Dann hörte sie ein leises Knarren hinter sich, als ob jemand auf eine lose Diele getreten wäre. Sofort fuhr Elies herum, versuchte den Schein ihrer Taschenlampe auf den Ursprung des Geräusches zu richten. *Da!* Da war ein Schatten gewesen! Oder war es nur das Flackern ihrer Taschenlampe? Sie war sich nicht sicher. Sie verharrte in einer hockenden Position für einige Momente, doch nichts tat sich. Keine Bewegungen und keine Geräusche. *Es ist ein altes, abgebranntes Haus*, versuchte sie sich zu beruhigen und das Schwindelgefühl, das sich langsam in ihr ausgebreitet hatte, wieder loszuwerden. Mühsam richtete sich Elies auf und machte einige vorsichtige Schritte nach vorne. Jetzt konnte sie auch hier das Ausmaß des Brandes erkennen. Der Boden wurde nur mehr von dem Dachstuhl zusammengehalten. Elies erkannte Löcher, durch die sie in die Räume unter sich blicken konnte. Als sie zuvor in diesen Räumen gestanden war, waren ihr die Löcher an der Decke nicht aufgefallen. Teilweise senkte sich der Boden durch und man hatte den Eindruck, dass er durchbrechen würde, würde man ihn nur lange genug anstarren. Wieder musste Elies husten, sie hatte zu viel Dreck aufgewirbelt. Auch das Schrägdach über ihr war zu einem Großteil vernichtet worden. Durch größere und kleinere Löcher konnte sie den Himmel über sich erkennen. Der Mond leuchtete hell durch das zerstörte Dach, als würde er sich für das Geschehen hier unten interessieren. Die Taschenlampe war schlussendlich flackernd ausgegangen, aber das Mondlicht genügte hier oben. Dennoch war es schwer, etwas zu erkennen. Zerbrochene Dachgiebel lagen auf dem Boden verstreut, zusammen mit den verkohlten Überresten der Dinge, die Elies und Matt in Kisten aufbewahrt hatten. Es war nichts gewesen, was sie in ihrem alltäglichen Leben benötigt hatten, aber doch Dinge, die keiner von beiden wegwerfen hatte wollen. Jetzt war alles vernichtet. Vorsichtig machte Elies einige Schritte nach vorne, um sicherzugehen, dass der Dachstuhl auch wirklich halten würde. Sie folgte dem vor sich offenen Raum. Es gab dort nichts außer Schutt und Asche. Verkohlte Möbelstücke und Kisten. Hin und wieder größere und kleinere Löcher im Boden und im Dach. Unweigerlich fragte sich Elies, warum sie überhaupt hier hinaufgekommen war, sie hätte das Haus einfach wieder verlassen sollen, doch ihr Gefühl zwang sie, immer weiterzugehen.

Jedem anderen würde das eigene Bauchgefühl sagen, dass man von diesem Ort so schnell wie möglich wieder verschwinden sollte, bevor er noch komplett über einem zusammenbricht. Aber nein, mir sagt mein Bauchgefühl: Geh auf den Dachboden, Elies. Los, geh nur. Wahrscheinlich, weil man von hier oben noch besser in den Tod stürzen kann als vom ersten Stock aus ..., Elies schüttelte den Kopf über ihre eigene Dummheit. Am sichersten wäre es gewesen, wenn sie sich einfach umgedreht hätte und zu Niko zurückgekehrt wäre. Am sichersten und am klügsten. Aber Elies ging immer weiter, schob einen Fuß vor den anderen. Sie hatte beinahe den gesamten Dachboden durchquert, ohne auch nur irgendetwas Interessantes bemerkt zu haben. Vorsichtig blinzelte Elies um die Ecke; dieser letzte Teil des Dachbodens war besonders gut beleuchtet, da an jener Stelle ein enorm großes Teil des Daches fehlte. Aber eben auch des Bodens darunter. Nur an der Seite, wo das Schrägdach die Wand traf, konnte man auf die andere Seite gelangen. Elies wollte schon kehrtmachen, als ihr ein Schimmern auffiel. Irgendetwas musste das Mondlicht reflektiert haben. Soweit sich Elies traute, beugte sie sich über das klaffende Loch unter ihr, um eine bessere Sicht auf die andere Seite zu haben. *Stand dort nicht etwas?* Etwas Großes, vollkommen mit Ruß und Dreck überzogen, vollständig schwarz verfärbt, weswegen es Elies nicht sofort aufgefallen war. Vielleicht ein Kleiderschrank? Elies konnte es nicht sagen, sie war noch zu weit entfernt. Aber irgendetwas hatte den blassen Schein des Mondes reflektiert. Als sie genauer hinsah, erkannte sie silberne Verzierungen an den Seiten. Sie wollte hin, musste wissen, um was es sich handelte und ob es den Brand unbeschadet überstanden hatte. Es wäre das Einzige im ganzen Haus gewesen. Elies stand auf einem der Hauptbalken, doch eine Kluft lag zwischen ihr und dem Gegenstand, den sie sehen wollte. Sie konnte sich nicht mehr erinnern, was genau auf dem Dachboden gelagert war. Es konnte der alte Kasten sein, den Matt und sie nicht mehr haben hatten wollen und einfach auf den Dachboden gestellt hatten. Oder aber auch eines der vielen Dinge der Vormieter. Vieles hatten sie achtlos dort oben zurückgelassen. Elies hatte nicht einmal alles durchgesehen. Weder hatte sie damals die Zeit dazu gehabt, noch das Interesse. Jetzt brannte sie allerdings darauf zu erfahren, was dort in der Ecke stand und noch dazu so unbeschadet wirkte.

Vorsichtig setzte Elies ihren Weg fort und versuchte, sich am Schrägdach festzuhalten. Achtsam schob sie sich Zentimeter um Zentimeter an dem Loch vorbei auf die andere Seite zu. Sollte Elies abrutschen oder eines der angebrannten Bretter unter ihr brechen, würde sie mindestens einen Stock in die Tiefe stürzen. Vielleicht auch zwei bis ins Erdgeschoss. Bei Elies' Glück war jedoch eher anzunehmen, dass sie es bis in den Keller schaffen würde. Elies' Finger waren steif vor Kälte, nur schwer konnte sie Halt an der Innenseite des Dachs finden. Wieder hatte sie das Gefühl beobachtet zu werden, doch als sie sich umdrehte, sah sie nichts. Kopfschüttelnd versuchte sie, sich auf die vor ihr liegende Aufgabe zu konzentrieren. Es war ein Balanceakt. Einen Fuß vor den anderen schieben und mit den Händen immer weitergreifen. Das Gewicht sorgsam verteilen. Elies war etwa in der Mitte angekommen, als ein heftiger Windstoß durch das Loch im Dach blies und sie kurz wankte. Sie konnte sich festhalten und das Holz unter ihr hielt. Schließlich schaffte sie es schwer atmend auf die andere Seite. Erst jetzt konnte Elies erkennen, dass das Objekt in der Ecke wesentlich dünner war, als es von der anderen Seite aus gewirkt hatte. Sicherlich kein Kleiderschrank. Noch immer achtete Elies auf ihre Schritte, als sie sich dem rechteckigen Ding näherte. Erst als sie direkt davorstand, erkannte sie, dass es sich um einen Rahmen handelte. Das Innere jedoch war vor Asche ganz schwarz. Entweder war es ein Gemälde oder ein Spiegel. Vorsichtig wischte Elies mit der Hand über die Fläche. Zum Vorschein kam zu Beginn nur noch mehr verschmiertes Schwarz. Schließlich nahm Elies ihren Ärmel, um einen Teil der Fläche zu reinigen, so gut es eben ging. Erst dann erkannte sie, dass es sich tatsächlich um einen Spiegel handelte. Aber nicht nur um irgendeinen. Sie hatte komplett auf ihn vergessen. Es war der alte Spiegel ihrer Großmutter.

Als sie noch klein gewesen war, war Elies schrecklich gerne bei ihrer Großmutter zu Besuch gewesen. Das Haus, in dem sie gewohnt hatte, war eines der heimeligsten gewesen, in denen Elies je gewesen war. Kleine Zimmer mit großen Fenstern. Fast alle Teile der Einrichtung waren aus Holz gewesen. Für Elies hatte das ganze Haus immer nach Sonne gerochen. Schon als kleines Kind hatte sie den riesigen Ganzkörperspiegel ihrer Großmutter bewundert. War oft stundenlang davorgesessen und hatte sich dabei die verrücktesten Geschichten ausgedacht. Er war ein Erbstück an sie gewesen. Natürlich hatte sie ihn in ihrem neuen Haus aufstellen wollen, doch Matt war strikt dagegen gewesen. Zum Ersten fand er den Spiegel viel zu groß und zum Zweiten gefiel ihm der Rahmen nicht. Elies hatte den silbernen Rahmen mit den feinen Verzierungen jedoch geliebt. Sie hatte sich als Kind oft gefragt, wer die Muster wohl angefertigt hatte. Matt jedoch hatte der Spiegel nicht gefallen und so war er auf dem Dachboden gelandet. Elies hatte schon lange nicht mehr an ihn gedacht. Aber jetzt stand er vor ihr. Komplett verdreckt, aber unbeschädigt. Wie einen alten Freund schien er sie zu begrüßen. Lächelnd ließ Elies ihre Finger über den Rahmen gleiten. Hatte sie in dieser Ruine doch noch ein Stückchen Heimat entdeckt.

Wieder hörte sie ein Geräusch hinter sich, doch dieses Mal konnte es sie nicht mehr erschrecken.

„Ich habe mich gefragt, wann du wohl hier auftauchen würdest. Ob du überhaupt kommen würdest", vernahm Elies eine Stimme hinter sich.

Ohne sich umzudrehen, schloss sie die Augen. *Nein.* Das war nicht möglich. Das war vollkommen ausgeschlossen. *Er konnte es nicht sein. Konnte nicht. KONNTE NICHT!*

Er ist tot. Tot. Tot. Tot, immer wieder wiederholte Elies das letzte Wort in ihrem Kopf. Sie hatte ihre Augen krampfhaft zusammengekniffen und die Stirn gegen den dreckigen Spiegel gepresst.

„Elies, du bildest dir mich nicht ein", hörte sie die Stimme hinter sich sagen. Fast vergaß sie zu atmen.

„Elies, mein Schatz, dreh dich um", seine Stimme klang so süß. Liebevoll. Wie sie sie schon seit Wochen oder Monaten nicht mehr gehört hatte. Wann hatte er das letzte Mal so zu ihr gesprochen? War es nicht schon Jahre her? Sie wusste es nicht einmal mehr.

„Ich sagte, dreh dich um", jetzt wurde seine Stimme rauer, so wie sie Elies in Erinnerung geblieben war. Angst durchzog sie und sie konnte nur schwer atmen. Sie wusste, was nun folgen würde. Er würde wütend werden. Immer, wenn sie etwas nicht getan hatte, was er von ihr verlangt hatte, war er wütend geworden.

„Elies, dreh dich um. ICH SAGTE, DREH DICH UM!"
Erschrocken fuhr Elies herum. Er stand direkt vor ihr.
Matt.
Er war es. Und doch war er es auch wieder nicht. Seine Haut wirkte merkwürdig weiß und seine Lippen waren so blass. Eine unangenehme Hitze ging von ihm aus. Als würde er in Flammen stehen.
Du bist nicht real. Elies' Lippen bewegten sich, doch brachte sie keinen Ton heraus. Wie festgefroren stand sie da. Starrte auf Matt und konnte sich nicht bewegen.
Sein Mund war zu einem Lächeln verzogen, welches allein für sie reserviert war. Aber es handelte sich dabei nicht um ein Lächeln, das mit Liebe durchtränkt war, das man nur für eine einzige, besondere Person reserviert hatte. Nein. Matt lächelte Elies an und sein Lächeln war gezeichnet von Grausamkeit. Es war an seinem Gesicht abzulesen, wie sehr ihm ihre Angst gefiel. Er hob die Hand, um ihr eine Locke aus dem Gesicht zu streichen, aber Elies spürte lediglich einen kalten Luftzug auf ihrer Haut. Für andere hätte diese Geste vielleicht etwas Liebevolles an sich gehabt, doch Elies erkannte sie als das, was sie auch in Matts Augen war. Eine Geste des Besitzes. Matt hatte Elies immer vielmehr als sein Eigentum betrachtet als irgendetwas anderes. Im Nachhinein war es so offensichtlich gewesen. In Matts Augen waren sie nie gleichwertig gewesen. Er hatte nie das Beste aus ihr herausgeholt oder sie gar unterstützt. Stattdessen hatte er sie wie eine Eroberung behandelt. Wie einen Pokal vorgeführt. Elies musste zugeben, dass dies zu Beginn durchaus seine Reize gehabt hatte, doch je länger ihre Beziehung gedauert hatte, desto offensichtlicher war es geworden, dass sich so keine Liebe anfühlte. So fühlten sich nur Besitz und Habgier an. Doch damals war Elies noch zu blind für das Offensichtliche gewesen.

Matt kam einen Schritt näher, unweigerlich machte Elies einen zurück und stieß dabei gegen den Spiegel. Unnachgiebig bohrte sich der Rahmen in ihren Rücken. Matt stand nun direkt vor Elies. Sie wandte ihren Kopf zur Seite und starrte krampfhaft in die Dunkelheit. Sie wollte ihm nicht in die Augen sehen. Sie wusste nicht, was sie tun sollte. Seine Nähe fühlte sich zeitgleich eiskalt und brennheiß an. Elies konnte nicht atmen, versuchte sich noch mehr gegen den Spiegel zu pressen. Tat alles, um Matt nicht berühren zu müssen. Aus den Augenwinkeln sah Elies, wie er seine Hand hob und ihre Wange berührte. Sein Daumen strich über ihr Jochbein, aber Elies fühlte nichts außer Kälte. Seine zweite Hand wanderte an ihre Hüfte. Sie spürte, wie sich seine Nägel durch ihre Kleidung hindurch in ihre Haut bohrten. Eine Träne lief ihr über die Wange. Sie fühlt sich so unendlich hilflos. Unwillkürlich entfuhr ihr ein Schluchzen und Matt beugte sich näher zu ihr. Sie konnte ihn riechen. Konnte seinen Besitzanspruch an sie fühlen. Natürlich war sie früher schon öfter in derselben Situation gewesen, doch damals hatte sie sein eigentliches Wesen nicht erkennen können. Hatte das wahre Monster in ihm nicht gesehen und seine Grausamkeit nicht wahrhaben wollen. Heute aber wusste sie es besser. Elies spürte seinen eisigen Atem an ihrem Hals und kniff die Augen fest zusammen. Die Angst hielt sie mit festem Griff umklammert, ließ sie nicht einmal mehr einatmen. Doch da trat etwas anderes an die Seite der Angst. Etwas, das Elies zum ersten Mal in dieser enormen Stärke spürte. Wut. *Wie kann Matt es wagen ...*

Mit einem lauten Schrei riss Elies ihre Arme nach oben, wollte ihn wegstoßen, sich verteidigen und wenn es das Letzte wäre, das sie tat. Nie mehr wollte sie das Opfer sein. Nie mehr *sein* Opfer sein. Aber Matt war verschwunden. Elies war wieder allein auf dem Dachboden. Verwirrt drehte sie sich in alle Richtungen, aber sie konnte ihn nicht sehen, er war nicht mehr hier. Sie schüttelten den Kopf, rieb sich die Augen. Er konnte keine Einbildung gewesen sein, Elies glaubte nicht daran. Aber dennoch ... Matt war tot. Und das schon seit Wochen. Elies fuhr sich mit der Hand durch die Haare und atmete einige Male tief durch. Kurz schloss sie die Augen und versuchte die aufkeimende Panik in sich zu unterdrücken. *Matt war tot.*

Langsam beruhigte sich Elies, konnte wieder atmen und das Zittern in ihren Händen wurde schließlich weniger. Sie wandte sich noch einmal dem Spiegel zu, versuchte ihn, so gut es nur ging, von dem Ruß und der Asche zu befreien. Sie arbeitete einige Minuten lang wie eine Besessene. Auf einmal war es für sie von enormer Wichtigkeit, das alte Erbstück sauber zu bekommen. Als sie letzten Endes einen Schritt zurücktrat, um ihr Werk zu bewundern, erkannte sie sich selbst beinahe nicht wieder. Es war nicht der Schmutz, der ihre gesamte Kleidung bedeckte oder ihre von Asche verdreckten Haare. Nicht einmal die rot umrandeten Augen waren in diesem Moment ausschlaggebend. Aber was Elies in dem Spiegel erblickte, erschreckte sie zutiefst. Sie sah das Spiegelbild ihrer Augen. Nicht nur ihrer Augen, ihrer ganzen Selbst. Als hätte der Spiegel ein Portal zu ihrer Seele geöffnet. Elies sah nicht mehr das junge Mädchen darin, das sie einmal gewesen war. Sie selbst schien verblasst, wie ein Bild, das zu lange in der Sonne gelegen hatte. Alle Farben darin waren aufgezehrt. Erst jetzt wurde Elies bewusst, wie sehr sie sich verändert hatte. Welche Opfer sie wegen Matt erbracht hatte. Er hatte sie manipuliert und verändert, bis nichts mehr von ihr übriggeblieben war. Bis sie jemand anders geworden war. Jemand, den er kontrollieren konnte. Was Elies in dem Spiegel ihrer Großmutter entgegenblickte, war Enttäuschung. Enttäuschung über sich selbst. Was sie aus sich hatte machen lassen. Aber auch Enttäuschung darüber, was sie aus ihrem Leben gemacht hatte. Fast schämte sie sich ihrer. Die Person, die Elies entgegenstarrte, war nicht die, die sie sein wollte. Lange genug war sie schwach gewesen. Hatte sich nach anderen gerichtet. Das sollte jetzt endlich vorbeisein. Wilde Entschlossenheit, ja fast schon Besessenheit, packte sie. Nie wieder würde sie sich für andere verdrehen und verbiegen, nur um akzeptiert zu werden. Immerhin war das Leben kein Beliebtheitswettbewerb. In jenem Moment erkannte Elies etwas Wichtiges über sich selbst. Sie konnte stark sein. Sie wollte stark sein. Um jeden Preis. Sie wollte zu einer Person werden, auf die sie stolz sein konnte. Nie wieder wollte sie so tief fallen, wollte dem schmerzhaften Aufprall am Grund so nahe sein, wie sie es mit Matt gewesen war. Je länger Elies in den Spiegel starrte, desto entschlossener wurde sie. Sie würde eine Spiegelwanderin werden. Aber nicht nur das, sie würde eine Jägerin werden. Eine der Besten. Entschlossen wandte sich Elies um. Jetzt hatte sie keine Angst mehr, als sie durch die verkohlten Überreste ihres ehemaligen Hauses ging. Sie fühlte die Kälte des Ortes und hörte das Rauschen des Windes. Hin und wieder knackten Dielen, als würde jemand darauf treten, doch Elies drehte sich nicht mehr um. Sie würde sich nie wieder umdrehen. Stattdessen verließ sie das Haus und machte sich auf den Weg in ihr neues Leben.

KAPITEL 4

Helena

„Ist sie sehr nervös?", Helena nahm gegenüber von Niko Platz und deutete auf Elies, die einige Plätze weiter mit Ryan zusammensaß. Ihr Gesicht war schneeweiß und sie hielt seit einigen Minuten eine Gabel mit einem aufgespießten Stückchen Melone in der Hand, ohne es zu essen oder wieder auf ihrem Teller abzulegen. Ryan plapperte heiter vor sich hin, doch Elies sah aus, als wüsste sie nicht recht, ob sie weglaufen, sich übergeben oder einfach zusammenbrechen sollte.

„Ach, das sind nur die Nerven", meinte Niko nach einem Seitenblick unbekümmert und aß seinen Toast munter weiter.

„Darf ich dich daran erinnern, wie du am Tag deines Rituals zitternd im Kreis gelaufen bist?", Helena beugte sich etwas vor, um Nikos ungeteilte Aufmerksamkeit zu erlangen.

„Ich war aber auch allein!", versuchte dieser seine Teilnahmslosigkeit zu rechtfertigen, „Elies ist nicht allein. Ryan vollzieht immerhin auch heute das Ritual."

„Ryan ist aber auch schon wesentlich länger hier", wandte Helena ein.

„Du solltest mit ihr reden", meinte Niko nun nachdenklich und sah Helena unverwandt an.

„Warum denn ich?", Helena sah sich selbst nicht direkt als die beste Anlaufstation für emotionale Gespräche.

Natürlich konnte Niko ihre Zweifel spüren: „Sie vertraut dir, Helena. Wenn du ihr nochmal erzählst, dass alles halb so schlimm ist, wie es sich anhört, wird es ihr sicher besser gehen."

Unsicher kaute Helena an ihrer Lippe und dachte einige Momente darüber nach, schließlich nickte sie. Langsam erhob sie sich und ging mit ihrer Tasse Tee auf Elies und Ryan zu. Als dieser sie kommen sah, verstummte er sofort und erhob sich respektvoll, um sie zu grüßen. Auf ein leichtes Nicken ihrerseits hin, nahm er wieder Platz. Erst da wandte auch Elies ihren Kopf in Helenas Richtung und wollte ihr freundlich zulächeln, aber es gelang ihr nicht so ganz und ihr Gesicht verzog sich zu einer ängstlichen Grimasse.

„Aufgeregt?", fragte Helena die beiden Menschen, die nach dem heutigen Tag Spiegelwanderer sein würden.

„Überhaupt nicht", ergriff Ryan sofort das Wort, „ich warte schon so lange auf diesen Tag! Endlich kann ich ein Wanderer werden. Ein richtiger Spiegelwanderer!"

Dusslig grinste er vor sich hin und aß seinen Milchreis weiter.

Elies sah zu Helena, wollte etwas sagen, brachte aber keinen Ton heraus.

„Elies, es ist wirklich nicht so schlimm, wie es sich anhört. Der Schmerz ist durchaus auszuhalten", versuchte Helena ihr Mut zuzusprechen.

„Es ist nicht wegen der Schmerzen", antwortete Elies prompt, „ich habe auch keine Angst. Natürlich nicht. Ich will dieses Leben, unbedingt, und alles, was damit verbunden ist."

„Was ist es dann?", fragte Helena verwundert. Viel mehr hatte sie damit gerechnet, dass irgendjemand der jüngeren Wanderer Elies Horrorgeschichten über das Ritual erzählt hatte.

„Nach dem heutigen Tag ist alles anders", Elies sprach langsam, wog jedes Wort genau ab. „Ich muss erst herausfinden, was es heißt, menschlich zu sein, ohne selbst ein Mensch zu sein. Ich habe keine Angst vor dem Alleinsein. Nicht mehr. Aber der Gedanke der Langlebigkeit ist es, der mich am meisten beschäftigt. Heute Abend werde ich äußerlich nur mehr unmerklich altern. Ich werde vielleicht hunderte von Jahren alt werden, während die Welt der Menschen ständig im Wandel ist. Das ist es, worüber ich mir Gedanken mache."

Helena nickte, sie verstand sie nur zu gut.

„Das war ja echt mal tiefgründig", schmatze Ryan mit vollem Mund und kleine Körnchen seines Milchreises spritzten über den Tisch. Mit einem leicht angewiderten Ausdruck stellte Helena ihre Teetasse ab, etwas Milchreis hatte seinen Weg genau in ihre Tasse gefunden. Ryans Kopf hingegen wurde hochrot und er stammelte eine Entschuldigung nach der anderen. Elies hingegen fand das Szenario so komisch, dass sie laut lachen musste und nicht wieder aufhören konnte. Sie lachte und lachte, bis alle ihre Sorgen verschwunden waren. Nach dem kleinen Missgeschick hatte sich Ryan sehr schnell verabschiedet und lediglich leise „Wir sehen uns später", in Elies' Richtung genuschelt. Helena war nicht weiter darauf eingegangen, offenbar waren die Spiegelwanderer derartiges bereits gewöhnt. Was Elies bis jetzt gehört hatte, war Ryans Name ein Synonym für Chaos aller Art. Helena aber leistete Elies noch weiter Gesellschaft. Sie griff nach einer neuen Tasse und füllte den Boden mit Milch, danach Tee und zum Schluss fügte sie noch einen halben Löffel Zucker hinzu. Nachdenklich rührte sie in ihrer Tasse, bis sie Elies fragte: „Hast du noch irgendwelche Fragen bezüglich des Rituals?"

„James hat mir alles gut erklärt", antwortete Elies und schaffte es endlich einige Bissen ihres Obstsalates zu essen. „Jedenfalls hat er es versucht. Ich habe leider weniger als die Hälfte davon verstanden. Aus mir wird wohl keine Wissenschaftlerin werden."

„Es gibt hier noch viele andere Tätigkeiten, denen du nachgehen kannst", versicherte ihr Helena.

„Ich möchte eine Jägerin werden", unverwandt blickte Elies Helena an, versuchte in ihrer Mimik abzulesen, ob sie es für eine gute Idee hielt. Ob sie Elies für geeignet hielt.

„Wenn es das ist, was du möchtest", nickte ihr Helena aufmunternd zu. „Falls ich dir irgendwann einmal helfen kann, zögere nicht, zu mir zu kommen."

Kurz war es still zwischen ihnen, jeder war in seine eigenen Gedanken vertieft. Aus den Augenwinkeln heraus bemerkte Helena, das Niko sie aufmerksam beobachtete.

„Kannst du mir das mit der biologischen Verwandlung noch genauer erklären?", bat Elies sie schließlich. „Ryan ist vielleicht ein Tollpatsch, aber zumindest hat er verstanden, was mit unseren Körpern bei dem Ritual passiert. Was Biologie oder Medizin angeht, ist er echt spitze."

„Bevor er sich uns angeschlossen hat, hat er Medizin studiert. Sein Zweitfach war Mikrobiologie, wenn ich mich nicht täusche", erklärte Helena, „daher kommt sein Wissen."

„Wie James dir bereits erzählt hat, besteht das Ritual grundsätzlich aus zwei Teilen. Zum ersten der Part, in dem du als eine von uns aufgenommen wirst. Dabei wirst du durch einen Blutzauber an uns gebunden, so können wir theoretisch dich, also besser gesagt deine Seele, durch Raum und Zeit verfolgen. Wir können herausfinden, was du in deinen vergangenen Leben getan hast und dich auch in deinen zukünftigen wiederfinden. Aber eben nur theoretisch. Bei den meisten Spiegelwanderern funktioniert der Zauber nicht."

„Wozu macht man das dann eigentlich?", unterbrach Elies Helena.

„Es ist einfach Tradition. Die ersten Spiegelwanderer waren nur wenige. Wenn einer verstarb, konnte er so später wiedergefunden werden. Aber heute ist die Welt im Wandel, Elies. Viel schneller als noch vor einigen tausend Jahren. Und auch die Magie verändert sich. Sprüche und Rituale, die vor hunderten von Jahren noch große Macht besaßen, bewegen heute nicht einmal mehr ein Staubkorn. So ist es auch mit Flüchen. Manche verblassen im Laufe der Zeit, andere können jedoch auch stärker werden. Dieser Blutzauber ist einer der vielen Traditionen der Spiegelwanderer. Diese Tradition wird immer weitergeführt werden, auch wenn der Zauber dahinter schon längst verflogen ist. Allein, weil er etwas ist, das alle Spiegelwanderer, die, die schon lange verstorben sind, aber auch die, die erst in hunderten von Jahren zu uns stoßen werden, miteinander verbindet."

Nachdenklich löffelte Elies ihren Obstsalat weiter. Augenscheinlich sinnlose Traditionen schien es wirklich überall zu geben. Elies mochte das Praktische lieber.

„Der zweite Teil", fuhr Helena fort, „ist die eigentliche Verwandlung zum Spiegelwanderer. Das ist wohl jetzt der wissenschaftliche Teil, bei dem du bei James' Erklärung ausgestiegen bist."

Helena lachte ihr leises, fast zurückhaltendes Lachen, doch Elies wusste, dass es nicht böse gemeint war.

„Primär handelt es sich um eine chemische Reaktion. Wissenschaftlich zu erklären und doch nicht ganz. Nikola hat dir ja bereits gesagt, dass nicht jeder Mensch ein Spiegelwanderer werden kann. Die Verwandlung würde bei Menschen, die nicht die entsprechende Veranlagung besitzen, niemals funktionieren. Sowohl dein Körper als auch dein Geist müssen diese Voraussetzungen besitzen. James hat mir einmal ein interessantes Buch zur Geschichte der Spiegelwanderer gegeben. Darin wurde beschrieben, warum es so wichtig ist, eine zerrüttete, ja fast zerstörte Seele zu haben. ‚Erst durch wahren Schmerz kann man zu wahrer Größe gelangen', stand darin. Ein Zitat, das mich bis heute nicht mehr loslässt. Als ich zu den Spiegelwanderern stieß, sagte man mir, dass man erst weiß, wie stark man wirklich ist, wenn man ganz unten angekommen ist."

Kurz schwieg Helena. Elies sah in ihren Augen etwas aufblitzen, doch war es sofort wieder verschwunden, bevor sie auch nur wusste, was es war. Auch Niko, der noch immer in ihrer Nähe saß, richtete sich merklich auf und sah in ihre Richtung. Helena atmete einmal tief durch, bevor sie mühsam ein kleines Lächeln aufsetzte und sich wieder Elies zuwandte: „Der zweite Teil hat mit dem Körper zu tun."

„Man muss es im Blut haben", wiederholte Elies Nikos Worte, ohne wirklich verstanden zu haben, was sie bedeuteten.

„Genau", nickte Helena. „Doch wird es hier schwierig, dieses Phänomen auch richtig zu erfassen. Langlebigkeit und die speziellen Fähigkeiten, die einige von uns haben, sind nicht angeboren. Der Körper wird mit einer magischen Substanz verändert, die uns zu dem macht, was wir sind und uns von den Menschen unterscheidet."

„Hast du irgendwelche speziellen Fähigkeiten?", fragte Elies plötzlich.

„Keine nennenswerten", schüttelte Helena langsam ihren Kopf. „Mein IQ hat sich etwas erhöht, aber im Vergleich zu James ist das nichts. James ist wahrlich zu geistigen Höchstleistungen fähig. Wie du sicher schon gesehen hast, verfügt Catwren über telekinetische Fähigkeiten. Aber ich finde Nikolas Fertigkeit ist noch immer die eleganteste."

„Nikos?", rief Elies überrascht aus, sie hatte überhaupt nicht bemerkt, dass er eine außergewöhnliche Fähigkeit besaß und erwähnt hatte er es ihr gegenüber schon gar nicht. Auch Helena war Elies überraschter Ausdruck aufgefallen. Sie warf einen Blick zu Niko, der ein Lachen unterdrückte und sich von ihnen abwandte. Natürlich hatte er es Elies nicht gesagt, was hätte Helena auch anderes erwarten sollen. Kindisch bis ins Blut. Kopfschüttelnd wandte sie sich erneut Elies zu: „Nikola ist ein Empath."

Elies starrte sie mit offenem Mund an.

„Ist es dir nie in den Sinn gekommen? Ich meine, hast du nie etwas vermutet?", musste nun auch Helena lächeln.

„Ich dachte, er ist einfach nur sehr aufmerksam", Elies fühlte sich merkwürdig überrumpelt. Und wütend. Sie war sauer, dass Niko es ihr nicht persönlich gesagt hatte. Schnaubend warf sie ihm einen gehässigen Blick zu, doch Niko grinste nur zurück.

„Meinst du, werde ich auch eine spezielle Begabung für etwas entwickeln?", fragte Elies, als sie ihre Wut etwas hinuntergeschluckt hatte. Seit sie Catwrens Fähigkeit gesehen hatte, hatte sie dieser Gedanke nicht mehr losgelassen.

Nachdenklich nickte Helena: „Möglich wäre es, aber so etwas kann man nie mit hundertprozentiger Sicherheit im Voraus sagen. Aber glaub mir Elies, solche Fähigkeiten haben auch Nachteile."

Natürlich war Elies das bewusst, hatte sie sich doch fast jede Nacht Gedanken darüber gemacht. Sie hatte in ihrem Kopf eine Liste mit allen Fähigkeiten erstellt, die sie gerne haben würde, aber auch mit solchen, die sie um nichts auf der Welt haben wollte. Sie wollte zum Beispiel niemals die Gedanken anderer lesen. Aber auf der anderen Seite, wie aufregend wäre es, wenn sie sich unsichtbar machen könnte? Durch Wände gehen oder auch telekinetische Kräfte entwickeln würde? Langsam erschien es ihr, als wäre das Leben als Spiegelwanderer wie eine Schachtel Pralinen. Man wusste im Vorhinein nie, was man bekommt und wenn man Pech hat, ist die Schachtel leer und man bekommt gar nichts. Elies hätte sich gerne noch länger mit Helena unterhalten, doch in jenem Moment stürzte eine Spiegelwanderin in den Saal. Sie stieß die Doppeltür mit solcher Wucht auf, dass ein Seitenteil gegen die Wand knallte. Sofort sahen Helena, Elies und Niko auf, zusammen mit dem Dutzend anderer Wanderer, die anwesend waren. Die Frau, die hereingeprescht kam, war klein, sogar kleiner als Elies. Sie hatte rote Haare, die sie zu einem Zopf gebunden hatte. Einige Strähnen hatten sich daraus gelöst und standen ihr wirr zu Berge. Sie hatte einen gehetzten Ausdruck in den Augen. Für einen kurzen Moment hielt sie inne und versuchte sich ein Bild von den Anwesenden in der Halle der Ältesten zu machen. Schließlich blieben ihre Augen an Helena hängen. Mit schnellen Schritten kam sie auf sie zu. Schon auf den ersten Blick war für Elies klar, dass es sich um eine Jägerin handeln musste. Sie war sowohl mit kleineren Wurfmessern als auch mit einem langen Dolch bewaffnet.

„Beryl, was ist passiert?", Helena eilte ihr entgegen, Elies und Niko dicht auf ihren Fersen.

„Helena", japste diese, klammerte sich an Helenas Arme und versuchte zu Atem zu kommen.

„Du musst sofort mit uns mitkommen", brachte sie schließlich hervor.

„Wir haben ihn gefunden."

Elies wusste nicht, wen die Jägerin meinte, doch wurde Helena augenblicklich schneeweiß im Gesicht.

„Was geht hier vor?", ertönte Catwrens Stimme laut hinter ihnen und Elies beeilte sich, ihr nicht im Weg zu stehen.

„Beryl, alles in Ordnung?", James hatte eben die Halle betreten und kam mit schnellen Schritten auf sie zu.

„Es ist John", antwortete ihm Niko, der sofort erkannt hatte, um wen es sich handelte.

„Wir müssen sofort aufbrechen", schaltete sich nun auch Beryl, an Helena und Catwren gewandt, ein. „Wir wissen, wo er sich aufhält. Er hatte eine ganze Gruppe von Dämonen bei sich.

Wir wissen jedoch nicht, was sie vorhaben, aber wir müssen sie aufhalten, bevor sie in die Nähe von Menschen kommen. Es sind so viele, sie könnten problemlos ein ganzes Dorf dem Erdboden gleichmachen!"

„Hast du deine Jäger versammelt? Sind alle bereit?", Catwrens Stimme klang weder ängstlich noch wütend. Für Elies verkörperte die Anführerin der Spiegelwanderer reine Entschlossenheit.

„Wir brechen innerhalb der nächsten fünf Minuten auf, aber ich musste Helena holen. Wenn John seine Finger mit im Spiel hat, muss sie uns unbedingt begleiten."

Catwren nickte Helena zu, als Zeichen, die Jäger zu begleiten: „Passt auf euch auf."

„Ich begleite euch bis zum Portal", James legte Helena bekräftigend die Hand auf den Arm und zusammen verließ er mit Helena und Beryl den Saal der Ältesten. Als sich Elies umwandte, hatte sich Catwren bereits entfernt. Niko jedoch starrte ihnen mit einem Ausdruck in den Augen nach, den Elies nicht deuten konnte.

Helena war unsagbar dankbar, dass Beryl sie geholt hatte, obwohl die Zeit knapp und Schnelligkeit gefragt war. So viele Dämonen zusammen auf einem Haufen hatte es schon seit Jahren nicht mehr gegeben. Diese Chance durften sich die Spiegelwanderer auf keinen Fall entgehen lassen.

„Wer ist eure Quelle?", fragte Helena, als sie versuchte, in ihrem Kleid und den hohen Schuhen mit Beryl Schritt zu halten.

„Ein Gestaltwandler. Er ist in der Form eines Tieres ganz nah an sie herangekommen und hat versucht, sie für uns zu belauschen und zu zählen. Er hat sich mit Jonathon in Verbindung gesetzt, also ist seinem Wort Glauben zu schenken. Sie haben sich in der Nähe eines verlassenen Gebäudes, nicht weit von der nächsten Kleinstadt versammelt. Nach unserem Informanten haben wir es mit gut dreißig Dämonen auf einem Streich zu tun."

Grimmig blickte Beryl zu Helena, die fast zwei Köpfe größer war: „Er sagte auch, dass es so aussah, als wäre John ihr Anführer."

Kurz schloss Helena die Augen und atmete tief durch. Hatte sie denn wirklich etwas anderes von John erwartet? Wenn sie mit sich selbst ehrlich war, nicht. Sie hatte mit dem Schlimmsten gerechnet und dieser Fall war auch eingetreten. Helena war immer klar gewesen, dass John viel Übel anrichten konnte, wenn er es darauf anlegte. Dennoch tat es weh. In ihrem Innersten hatte sie nie aufgehört, an das Gute in John zu glauben. Hatte nie aufgehört zu hoffen, dass er eines Tages vielleicht zu sich selbst zurückfinden würde. Zu ihr zurückfinden würde. Als sie am Portal ankamen, hatten sich bereits um die fünfzig Jäger davor versammelt, alle schwer bewaffnet und abmarschbereit. Einer von ihnen reichte Helena ein Bündel Kleidung mit Schuhen. Schnell zog sie sich in eine der Nischen zurück und wechselte ihr nachtblaues Kleid gegen Hose und Jacke, die sich leicht auf ihrer Haut anfühlten, aber dennoch für größtmöglichen Schutz und bestmögliche Beweglichkeit geschneidert waren. Das Portal wurde eben geöffnet, als Helena zu einem der bereitgestellten Tische trat und nach mehreren Waffen griff. Sie nahm einige Wurfmesser und einen Dolch. Nach kurzem Zögern griff sie noch nach einer Schusswaffe und befestigte das Holster an dem Gurt an ihrer Hüfte. Beryl war als Anführerin der Jäger bereits durch das Portal getreten, Helena war eine der letzten. Auf der anderen Seite wurde Helena erneut deutlich bewusst, wie dringlich und gefährlich die Lage war. Die Jäger waren mitten in ein großes Kaufhaus gesprungen, das sich am Rande der Kleinstadt befinden musste. Sofort machten sich drei von ihnen an die Arbeit, alle Kunden und Mitarbeiter zusammenzusuchen, um ihr Gedächtnis nachhaltig verändern zu können. Wäre dies eine standardmäßige Mission gewesen, wären die Spiegelwanderer niemals an einen derart offenen und mit Menschen gefüllten Ort gesprungen. Doch die Zeit war knapp und sie mussten so schnell wie möglich handeln.

Automatisch formierten sich die Jäger zu Gruppen von etwa fünf Personen und schwärmten aus. Die Dämonen sollten die Stadt bereits erreicht haben, also galt es zuerst sie aufzuspüren und zu vernichten, um die Menschen zu schützen. Erst danach würden die Jäger weiter in den Wald vorstoßen konnten, um mögliche entkommene Dämonen zu verfolgen. Für einen Augenblick sah sich Helena verwirrt in dem Getümmel um. Herrgott, sie war Wissenschaftlerin und keine Jägerin! Ihre einzige Aufgabe bestand darin, John zu finden und vielleicht, nur vielleicht, würde sie endlich den Fluch brechen können, der sie miteinander verband. Wenn sich John doch nur helfen lassen und mit ihnen kommen würde …

Beryl winkte Helena zu ihrer Gruppe. Natürlich würde sie ihre Freundin nicht für einen Moment aus den Augen lassen. In Grüppchen schwärmten die Spiegelwanderer in die Kleinstadt aus. Versuchten, sich unauffällig zu bewegen und benutzten vor allem Nebenstraßen und Seitengassen. Fast alle Jäger hatten über ihre auffällige Kleidung lange Mäntel gezogen, um die sonst offensichtlichen Waffen vor den Menschen zu verbergen. Es war ein schwieriges Unterfangen, sich unauffällig durch die Welt der Menschen zu bewegen, wenn das wahre Augenmerk auf der Jagd nach Dämonen lag.

Beryl führte ihre Gruppe an. Ihr folgten Mirko und Ed. Zwei erfahrene Jäger, die ihre Mienen grimmig und entschlossen verzogen hatten. Allen Jägern war klar, dass jeder Auftrag vielleicht ihr letzter sein konnte. Ihre Gegner waren gefährlich und nicht zu unterschätzen. Helena schloss zu ihnen auf und folgte ihnen. Sie vertraute Beryls Urteil, die sie zielstrebig durch die Gassen führte, als wüsste sie genau, welchen Weg die Dämonen eingeschlagen hatten. Sie waren fast zwanzig Minuten unterwegs, als Beryl anhielt: „Hier stimmt etwas nicht."

Auch Helena war bereits der Gedanke gekommen, dass es sich vielleicht um einen Hinterhalt handeln könnte. Ed und Mirko ließen die Umgebung nicht aus den Augen, während Beryl auf ihren Kommunikator, einem kleinen Kästchen, das sie mit einem Lederband um ihren Arm geschnallt hatte, ähnlich einer Uhr, sah. Nach einer schnellen Fingerbewegung erschien eine Person darauf.

„Habt ihr etwas?", fragte Beryl diese, doch Helena stand zu weit entfernt, um den anderen Gruppenanführer sehen zu können.

„Nichts. Sind gerade auf Elizas Team gestoßen. Die haben auch nichts. Irgendetwas stimmt hier nicht."

„Das kannst du laut sagen! Such dir zwei weitere Gruppen und weitet euren Radius aus. Ich will, dass die ganze Stadt zu hundert Prozent dämonenfrei ist, bevor wir in den Wäldern weitersuchen."

Mit einer weiteren Bewegung verschwand die Silhouette auf dem Kommunikator.

„Vielleicht war die Quelle inkorrekt", knurrte Ed, als sich die Gruppe wieder in Bewegung setzte.

„Vielleicht", stimmte Beryl ihm zu, „aber Jonathons Informanten waren bis jetzt immer zuverlässig."

„Ja, aber dieses Mal war es ein Gestaltwandler, oder? Denen kann man ohnehin nicht über den Weg trauen", meinte Mirko und spuckte aus.

„Lustig", schaltete sich jetzt auch Helena mit süßer Stimme ein. „Und die sagen immer, uns Spiegelwanderern kann man nicht trauen."

Dafür erntete sie zwar einen bitterbösen Blick von Mirko, doch das war es ihr wert. Helena duldete keinerlei Diskriminierung, egal welcher Art.

„Still jetzt! Und haltet die Augen offen!", fuhr ihnen Beryl dazwischen.

Die kleine Gasse, die die Gruppe entlanggekommen war, kreuzte sich mit einer verlassenen Straße, auf deren rechten Seite eine große Baustelle lag. Ein altes Fabrikgebäude sollte hier abgerissen werden, doch fehlten der Stadt die nötigen finanziellen Mittel und so stand das Gebäude einsam und verlassen vor ihnen, nur die Umzäunung und das „Baustelle"-Schild gaben es als solches zu erkennen.

Auf einmal blieb Ed stehen und deutete den anderen mit einer schroffen Handbewegung, still zu sein.

„Was hörst du?", wisperte Beryl ihm zu.

Helena erinnerte sich, dass Ed über ein außergewöhnlich gutes Gehör verfügte. Aufgeregt hielt sie den Atem an.

„Menschenschreie", stieß er schließlich hervor, als er sich ganz sicher war und setzte sich augenblicklich in Bewegung. So schnell er konnte, lief er auf die Schreie zu, die anderen waren ihm dicht auf den Fersen. Er führte sie direkt in das alte Fabrikgebäude hinein.

Aus ihren Augenwinkeln nahm Helena wahr, wie Beryl im Laufen mit der linken Hand nach ihrer Pistole und mit der rechten nach ihren Wurfmessern griff. Auch Helena zog ihre Schusswaffe und versuchte mit den anderen Jägern mitzuhalten. Beryl, Mirko und Ed verschwanden im nächsten Gang, als sich Helena zwei Figuren in den Weg stellten, die aus einem leeren Raum traten. Sofort erkannte sie sie als das, was sie waren. Dämonen. Wilde Raserei hatte sich in ihren Gesichtern manifestiert und Speichel tropfte ihnen vom Kinn. Sie mussten die Jäger wohl gerade erst bemerkt haben. Ohne ihr Tempo zu verlangsamen, hielt Helena weiter auf sie zu, richtete ihre Schusswaffe auf den ersten Dämon und drückte ab. Lautlos ging er zu Boden, doch der Knall hallte laut in dem alten Betongebäude nach. Der zweite Dämon holte mit seinem Arm aus, wollte Helena mit seinen Klauen den Hals aufschlitzen, doch sie duckte sich gerade noch rechtzeitig unter ihm weg und schoss ihm mehrere Male direkt in den Bauch. Sein klebriges Blut durchnässte ihre Kleidung, aber sie achtete nicht weiter darauf, stattdessen lief sie den Gang entlang, um Beryl und die anderen einzuholen. Doch genau bei der Biegung des Flurs empfing sie einen Faustschlag mitten ins Gesicht. Jemandem musste sich dort gezielt versteckt und ihr aufgelauert haben. Der Schlag riss Helena von den Füßen und sie kam hart am Boden auf. Die Waffe fiel ihr aus der Hand und landete außerhalb ihrer Reichweite. Kurz sah sie grelle Sterne vor ihren Augen tanzen und die Luft wurde aus ihrer Lunge gepresst. Sie hatte keine Möglichkeit sich zu verteidigen, da traf sie ein Fußtritt mitten in die Rippen. Zusammengekrümmt blieb sie liegen, versuchte sich zu bewegen, doch der Schmerz ließ sie nicht einmal einatmen.

„Berechenbar wie eh und je, Helena", nahm sie eine vertraute Stimme wahr.

Etwas in Helena zog sich zusammen und sie kämpfte gegen das Gefühl an, sich übergeben zu müssen. Jonathons Quelle hatte recht gehabt, John war hier.

Mühsam versuchte Helena auf allen vieren etwas Abstand zwischen sich und ihn zu bringen. Sie versuchte sich aufzusetzen, ihr Gesicht war zu einer schmerzhaften Grimasse verzogen. Die schmerzenden Rippen lenkten von dem Schmerz in ihrem Gesicht ab, als John sie zu Boden geschlagen hatte. Er machte einen Schritt auf sie zu und musterte sie fasziniert. Langsam zog er dabei ein Klappmesser aus seiner schwarzen Manteltasche. Die spitze Schneide reflektierte das durch das zerbrochene Fenster einfallende Sonnenlicht.

„John, bitte", Helena versuchte von ihm wegzukommen, doch konnte sie nicht aufstehen. Der Schmerz ließ sie leise aufstöhnen. Wo waren Beryl und die anderen? Sie würden nicht weit kommen, bevor ihnen auffallen würde, dass Helena nicht mehr bei ihnen war.

„Du bittest mich?", Johns Stimme hallte kalt und grausam durch den leeren Gang.

„Du musst das nicht tun", versuchte Helena erneut zu ihm durchzudringen, aber John lachte nur laut auf.

„Du und deine kleinen Freunde, ihr habt nicht die leiseste Ahnung, wozu wir überhaupt hier sind, nicht wahr?", wieder machte er einen Schritt auf Helena zu und blickte sie verachtend an. Fast rechnete sie mit einem erneuten Tritt, doch stattdessen kniete er sich neben sie. Grob packte er sie an den Haaren und zog sie ein Stück zu sich hoch: „Du denkst immer, dass es nur um dich geht, Helena. So bist du schon immer gewesen. Doch hier geht es um etwas viel Größeres als dich und mich."

Er ließ ihre Haare los und richtete sich wieder auf. Helena versuchte sich aufzusetzen, die Schusswaffe lag außerhalb ihrer Reichweite, doch der Dolch und die Wurfmesser befanden sich noch immer sicher verwahrt in der Innentasche ihrer Jacke.

John drehte sich um und entfernte sich einige Schritte von ihr, als müsste auch er etwas Abstand gewinnen. Helena nutzte ihre Chance und wollte nach den Wurfmessern greifen, doch da drehte sich John abrupt um und hielt sein Klappmesser direkt in ihre Richtung: „Denk nicht mal dran."

Langsam ließ sie ihre Hand wieder sinken und stützte sich weiter am Boden ab. Sie wusste, dass sie so keine Chance gegen John hatte. Und er wusste es auch. Helena konnte lediglich darauf hoffen, dass Beryl und ihre Jäger sie rechtzeitig finden würden. Ansonsten wusste sie nicht, was John mit ihr tun würde.

„Was geht hier vor, John?", fragte sie, um etwas Zeit zu gewinnen.

Statt einer Antwort, lachte John laut auf: „Ihr Spiegelwanderer seid doch zu komisch. Ihr seht uns Dämonen als eure Feinde an und erkennt dabei nicht, wie ähnlich wir uns doch sind. Ihr setzt eure gesamte Kraft gegen uns ein und verkennt dabei den wahren Feind!"

„Und wer ist der wahre Feind?", Helena stützte sich an der Wand ab und sah zu ihm auf.

„Es gibt mehr auf dieser Welt, Helena. So viel mehr als dieser nicht enden wollende Kampf zwischen uns und euch. Dämonen und Spiegelwanderern. Seit Anbeginn der Zeit."

„Und dieser ‚wahre Feind' ist auch für das Verschwinden der Spiegelwanderer verantwortlich?", vorsichtig schob sich Helena Zentimeter um Zentimeter vorwärts. Bald würde sie in Reichweite ihrer Waffe sein. Doch schien es, als hätte John ihre Gedanken gelesen und blickte abschätzig zwischen Helena und der Pistole hin und her. Schließlich schob er sie ganz langsam mit seiner Schuhspitze aus Helenas Reichweite.

„Nein", sagte er und auf einmal klang seine Stimme wie früher. Fast schon liebevoll. Es war keine Spur mehr von dem Hass und der Verachtung, von dem Schmerz und der Trauer. In Helenas Ohren klang Johns Stimme fast ruhig.

„Nein", wiederholte er, „Das Verschwinden der Spiegelwanderer geht auf unsere Rechnung."

„Wie? Und warum?"

„Ist das nicht klar, Helena?", für einen Moment sah John sie an, als hätte sie das Offensichtlichste übersehen. Als wäre sie blind für die Welt.

Doch sie starrte ihn nur an, bis er weitersprach: „Lass mich dir eine Frage stellen. Was ist das Einzige, das euch von uns unterscheidet?"

„Uns unterscheidet einfach alles, John! Wir haben nichts mit euch gemeinsam. Ihr foltert und tötet Menschen und andere Lebewesen. Grundlos, weil es euch Spaß macht. Ihr kennt keinerlei Art von Mitgefühl oder Erbarmen. Schlimmer noch! Ihr tötet eure Opfer nicht einfach, ihr saugt ihnen die Seele aus. Was könnte es noch Schlimmeres geben?"

„Und was ist mit euch?!", schrie John sie an. Zorn schimmerte in seinen Augen und Helena durchzuckte kalte Angst. Sie wusste, dass sie zu weit gegangen war.

„Und was ist mit euch?", wiederholte John. Dieses Mal klang seine Stimme ruhiger. Gefasster.

„Was tut ihr den Menschen an?"

Verwirrt starrte Helena ihn an: „Wovon redest du? Wir tun den Menschen gar nichts an."

„Dann lass es mich anders formulieren, damit auch du es verstehst. Sag mir, Helena, was haben die Spiegelwanderer dir angetan?"

Sprachlos starrte sie ihn an. Wusste nicht, was sie antworten sollte.

„Die Spiegelwanderer haben mir eine zweite Chance gegeben", leise wählte sie jedes Wort mit Bedacht. „Ohne sie wäre ich schon lange tot."

„Dann sag mir, Helena, wäre es nicht besser tot zu sein als eine von Catwrens kleinen Marionetten?"

„Wovon redest du?", Helena wusste nicht, was sie von Johns Worten halten sollte. Er hatte sie noch nicht getötet, obwohl er es in dem Moment hätte tun können, als sie zu Boden gegangen war.

„Du hast wirklich keine Ahnung", ungläubig starrte er sie an und schüttelte den Kopf.

„Ist das eine Falle? Ein Trick? Ich vertraue Catwren. Das tun wir alle", Helenas Stimme klang leise, sie wusste nicht, was sie über Johns Verhalten denken sollte. Was wollte er von ihr? Natürlich, sie war ihm ausgeliefert, doch wenn er sie einfach hätte töten wollen, hätte er dies schon lange tun können. „Was willst du von mir, John?"

Etwas mutiger versuchte sie, sich aufzurichten. Doch mit einigen wenigen Schritten war John bei ihr und drückte sie zu Boden. Mit einer Hand presste er ihr das Messer an die Wange. „Was ich von dir will, Helena?", wiederholte er ihre Frage und fuhr dabei mit der Schneide an ihrer Wange entlang. Sie spürte die Schärfe auf ihrer Haut, aber sein Druck nicht groß genug, um sie tatsächlich zu schneiden. Fast fasziniert sah er dabei zu, wie das Messer über ihre glatte Haut glitt, ohne eine Spur zu hinterlassen. Doch dann trat etwas Dunkles in seine Augen.

„Ich möchte mich nur mit dir unterhalten, mein Schatz", Johns Stimme klang leise, bedrohlich. Wieder fuhr er mit der Spitze über ihre Wange, diesmal langsamer. Als die Spitze des Messers Helenas Wange aufschnitt, versuchte sie, weder zusammenzuzucken noch sonst einen Ton von sich zu geben. Sie würde ihm nicht dieses Maß an Befriedigung gönnen. Würde ihm nicht die Macht über sich geben. John kannte sie. Vielleicht sogar besser als sonst irgendjemand. Er hatte mit keiner anderen Reaktion gerechnet. Aber es reichte ihm, ihr seine Macht zu demonstrieren. Als ob sie es vergessen könnte. Wieder stand er auf und drehte ihr den Rücken zu. Wie in Trace fuhr er mit einem Finger die Schneide des Messers entlang, bis sein Finger blutrot gefärbt war. Es schien, als würde ihr Blut singen. Nur für ihn.

„Was machst du in dieser Stadt, John? Was machen all die Dämonen hier?", angestrengt widerstand Helena dem Drang, ihre Hand auf die Wunde an ihrer Wange zu pressen.

„Was interessiert es euch? Wir haben uns lediglich zu einem kleinen Stelldichein getroffen."

„Dämonen arbeiten nicht zusammen. Es muss einen Grund geben, warum sich so viele von euch jetzt auf einmal versammeln."

„Den Grund dafür gibt es schon lange, Helena, aber dein grandioser Rat der Ältesten ist zu starrsinnig, um ihn auch zu sehen. Vielleicht sind sie ja einfach nur dumm."

„Hör endlich auf in Rätseln zu sprechen und sag mir, was du weißt!"
Erneut glitzerte Wut in Johns Augen auf: „Du willst mir etwas befehlen?"
Seine Stimme klang fast wie ein Knurren und in diesem Moment wusste Helena, dass sie John verloren hatte. Sie war zu weit gegangen. Er kam langsam näher. Mit jedem Schritt immer näher. Helena hielt die Luft an, als hätte sie vergessen, wie man atmet. Sie konnte seinen Gesichtsausdruck nicht deuten. Auf ihrem mussten sich allerhand an Emotionen abspielen. Sie war schon immer wie ein offenes Buch gewesen, jedenfalls wenn es um John ging. Er aber kam langsam mit ausdrucksloser Miene näher. Hatte den Kopf leicht zu Boden gesenkt, die Augen zusammengekniffen, doch sein Blick verließ ihren nie. Ließ sie nie allein. Es war jener Blick, der sie auch heute noch nachts verfolgte, wenn sie die Augen schloss. Sein Mund hatte sich zu einem dünnen Strich verengt. Früher hatte ihn Helena durchaus gutaussehend gefunden, doch heute war von dem Mann, den sie einst gekannt hatte, nichts mehr übriggeblieben. Und doch ... So fremd er für sie wirkte, gleichzeitig war er ihr so vertraut. Beinahe traute sie sich, zu hoffen, dass er sie freilassen würde, sie einfach gehen lassen würde. Fast glaubte sie, dass die Erinnerung an sie, an das, was sie einmal gehabt hatten, stark genug war, um zu ihm durchzudringen. Ohne den Blick von ihr zu wenden, ließ er einen langen Dolch aus seiner Jackentasche gleiten. Mit weit aufgerissenen Augen starrte sie ihn an. Sie wusste, was passieren würde, wusste, wie es enden würde, wie es enden musste. Sie würde ihn niemals töten können. Sie hatte so viele Möglichkeiten gehabt und doch hatte sie es nie über sich gebracht. Egal wie sehr sie sich bemühte, wen er auch bedrohte oder gar tötete, sie würde ihn niemals töten können. Und er wusste es. Von Beginn an war ihr klar gewesen, dass einmal der Tag kommen würde, an dem John sie vernichten würde. Irgendwann würde er seinem Drang nachgeben und in einen Blutrausch verfallen, aus dem nicht einmal die Erinnerung an Helena ihn wieder herausholen konnte. Nichts wür-

de ihn dann mehr erreichen, er wäre verloren. John war nur mehr wenige Schritte entfernt. Gleich würde er den Dolch heben und ausholen. Er würde nicht zögern. Eine Träne lief über ihr Gesicht, dann noch eine. Noch immer wollte Helena nicht glauben, was aus John geworden war. Sie schüttelte leicht den Kopf, als wollte sie ihm sagen, dass er das nicht tun müsste. Sie nicht töten müsste. Aber sie wussten beide, dass es schon lange keinen Weg mehr zurückgab. Er hatte den Dolch noch immer in seiner rechten Hand, stand nun direkt vor ihr. Helena starrte ihm in die Augen, versuchte, ihn zu erreichen, doch war der John, den sie einmal gekannt hatte, schon lange nicht mehr in ihm. Vor ihr stand ein Dämon, der seine menschliche Seite unwiederbringlich zurückgelassen hatte. Helenas Atem wurde schneller. Sie hatte Angst und er konnte es deutlich erkennen. John hob seine linke Hand. Kurz dachte Helena, er würde sie schlagen, doch legte er seine Hand auf ihre Wange und wischte vorsichtig mit seinem Daumen die Tränen fort. Zu vertraut war ihr diese Geste. Zu sehr erinnerte sie sie an ihren John. Schmerzhafte Erinnerungen erfüllten sie und Helena schloss die Augen. Er war ihr so nahe, dass sie seine Körperwärme spüren konnte. Unerwartet nahm John seine Hand von ihrer Wange, trat jedoch nicht zurück. Helena schlug die Augen auf. John starrte sie mit einer Intensität an, dass sie nicht wusste, was als nächstes geschehen würde. Plötzlich schellte seine linke Hand wieder nach vorne und schloss sich um Helenas Hals. Er drückte nicht fest zu, sie konnte noch atmen, doch hielt er sie gegen die Wand gepresst fest.

„John", flüsterte Helena, aber er presste ihr auf einmal das Messer an die Kehle. Ihre Hände hielten an seinen fest, versuchten, den Dolch wegzudrücken, aber er war stärker. Helena spürte, wie die Schneide an der obersten Hautschicht kratzte.

„John, bitte", sie konnte sehen, wie er in seinem Innersten kämpfte. Konnte den Sturm in seinen Augen erkennen. Auch John wusste, was er war. Wofür er hier war, was seine Aufgabe war. Allerdings wusste er auch, was er und Helena vor den Dämonen und Spiegelwanderern gewesen waren. Was sie vor

Lorraine gewesen waren. Bevor dieser ganze Albtraum begonnen hatte. Sein Griff um ihren Hals wurde immer stärker. Verzweifelt krallte sie sich an ihm fest. Helena wusste nicht, was es war, doch John musste etwas in ihren Augen gesehen haben. War es lediglich Angst gewesen? Oder Vertrauen, dass er ihr nichts tun würde? Hatte er Mitleid und Schmerz in ihr gesehen oder die letzten Reste der Liebe, die sie einmal miteinander verbunden hatte?

Mit einem barbarischen Schrei holte John aus und stieß das Messer mit aller Kraft in die Mauer, nur Zentimeter neben Helenas Hals. Als Helena gesehen hatte, wie John ausgeholt hatte, hatte sie vor Angst die Augen geschlossen. Sie hatte seinen Schrei gehört und ihre Nägel tief in seine Haut gebohrt. Doch der erwartete Schmerz war ausgeblieben. Er ließ ihren Hals los und zog seinen Arm aus ihrem Griff. Als Helena wieder die Augen öffnete, war John bereits hinter der nächsten Ecke verschwunden. Der Dolch steckte noch immer in der Wand neben ihrem Hals. Ihr ganzer Körper zitterte und ein schrecklicher Schmerz breitete sich in ihrem Innersten aus. Es war kein Schmerz, den man von außen sehen konnte. Keiner, der je verheilen würde. Nicht für Helena. Mit einer Hand griff sie sich an den Mund, versuchte ein lautes Schluchzen zu unterdrücken, mit der anderen griff sie sich an die Brust, während sie zu Boden sank. Tränen verschleierten ihre Sicht. Er hatte sie nicht getötet. Ein Teil von dem John, den sie gekannt hatte, war immer noch in ihm. Helena wusste nicht, wie lange sie auf dem kalten Boden gekauert hatte. Sie konnte nicht atmen, konnte vor lauter Tränen nichts erkennen. Sie weinte, bis ihre Augen rot und geschwollen waren. Nur mühsam konnte sie sie offenhalten. Die Kälte fraß sich langsam durch ihre Kleidung, bis sie unkontrollierbar zitterte. Nach einer Weile wusste sie nicht mehr, ob sie wegen der Kälte oder des eben Geschehenen zitterte. Sie fühlte sich so unbeschreiblich machtlos. Natürlich wusste sie, dass sie irgendwann aufstehen musste. Ihre Tränen wegwischen und die anderen Jäger suchen musste. Das Leben musste weitergehen. So, wie es schon seit über hundert Jahren für sie war. Aber sie konnte sich nicht aufraffen. Noch nicht. Und so blieb sie auf dem kalten Boden zusammengekauert sitzen. Die Arme fest um ihren Körper geschlungen, als wären sie das Einzige, was Helena davon abhielt, in tausend Stücke zu zerspringen. Irgendwann waren alle ihre Tränen aufgebraucht, eine seltsame Gefühlslosigkeit breitete sich in ihr aus und sie starrte vor sich in die Leere. Wippte leicht hin und her. In dieser Position verharrte sie, bis Beryl sie fand.

„Helena?", sie vernahm Beryls Stimme, wusste, dass sie ihrer Freundin gehörte. Nur mühsam schaffte sie es, überhaupt aufzusehen. Beryl war die letzten paar Meter zu ihr hingerannt, warf sich vor ihr auf die Knie und zog sie an den Schultern ein Stück hoch, um nach ihren Verletzungen zu sehen. In dem ersten Moment, als Beryl sie auf dem Boden gesehen hatte, hatte sie geglaubt, ihre älteste Freundin wäre tot. Vorsichtig, fast zaghaft, hatte sie ihren Namen gerufen. Die Angst hatte sie für einen Augenblick gelähmt. Nachdem Beryl sichergestellt hatte, dass sie nicht ernsthaft verletzt war, fuhr sie vorsichtig die rote Linie an Helenas Hals entlang.

„Wer war das?", ihre Stimme klang wütend. Nur mühsam konnte sie ein Zittern darin unterdrücken. Helena versuchte zu antworten, aber schaffte es nicht, seinen Namen auszusprechen. Doch das brauchte sie auch nicht, denn ein Blick in Helenas Gesicht war genug, um Beryl zu sagen, wer sie so zugerichtet hatte.

„John."

Sie stieß seinen Namen mit einer Abscheu aus, die Helena zusammenzucken ließ.

KAPITEL 5

Nikola

Er hatte von Anfang an gewusst, dass etwas schiefgehen würde. Natürlich würde etwas schiefgehen! Schließlich ging immer etwas schief, wenn John mit im Spiel war. Wie oft hatte Niko Helena schon vor ihm gewarnt? Wollte ihr gut zureden, dass es einen anderen Weg aus ihrer Misere geben musste. *Herrgott, sie ist Wissenschaftlerin!* Früher oder später würde sie selbst einen Weg finden, um den Fluch zu brechen. Sie brauchte John doch gar nicht. Jedenfalls wäre es nicht nötig gewesen, auch noch mit ausgestreckten Armen auf ihn zuzulaufen. Doch Helena war einfach zu stur. *Stur, dickköpfig und unnachgiebig!* Aber wenn man Helena etwas ausreden wollte, was sie sich erst einmal in den Kopf gesetzt hatte, war es, als würde man eine Steinwand anstarren und erwarten, dass sie sich bewegte. Frustriert stöhnte Niko auf, als er daran dachte, wie viel Ärger sie sich in ihrem Leben als Spiegelwanderin hätte ersparen können, wenn sie doch etwas nachgiebiger gewesen wäre. *Frustrierende, starrköpfige Frau!* Doch auf der anderen Seite war es genau das, was Niko so an ihr schätzte. Ihre Unnachgiebigkeit. Ihr Sinn für Gerechtigkeit. Helena war die Art von Frau, die immer neugierig auf alles zu rannte. Sie war die Art von Person, die nichts nur auf sich beruhen lassen konnte, sondern immer noch mit einem Stock anstupsen musste, wenn sie etwas interessant fand. Natürlich war es nicht das erste Mal, dass etwas, das sie pikste, auch zurückpikste.

Selbstverständlich war Niko bei Elies' Ritual anwesend gewesen. Sie hatte ihn gebraucht. Für gewöhnlich genoss er die Zeremonie, wenn neue Spiegelwanderer in ihre Gemeinschaft aufgenommen wurden, doch dieses Mal war sein Herz nicht ganz bei der Sache gewesen. Ständig waren seine Gedanken zu Helena geschweift. Er hatte sich ernsthafte Sorgen um sie gemacht. Sogar James und Jonathon hatten ihm immer wieder merkwürdige Blicke zugeworfen, doch Niko hatte sie gekonnt ignoriert. Er hatte stattdessen versucht, sich auf Elies und Ryan zu konzentrieren. Nach dem Ende des Rituals war er die letzten paar Stunden immer wieder unruhig hin und hergerannt. Hatte nirgendwo Ruhe gefunden. Schließlich hatte ihn die Bibliothekarin hinausgeworfen, weil sie sein Herumgetigere nervös gemacht hatte. Also schlich er weiter durch die Gänge, lief sogar zweimal in James hinein. Er blieb jedoch nie stehen, um sich mit ihm zu unterhalten. James verstand, warum. Natürlich, schließlich war er genauso nervös wie Niko, auch wenn er es besser verbergen konnte. Immerhin war Helenas Mission keine einfache oder ungefährliche gewesen. Aber James konnte sich wenigstens dahingehend beruhigen, dass Beryl auf Helena aufpassen würde. Nicht, dass Helena nicht selbst auf sich aufpassen konnte, aber wenn es um John ging, änderten sich die Spielregeln. In seine eigenen Räume wollte sich Niko nicht zurückziehen, zu isoliert wäre er sich in diesem Moment vorgekommen. Kurz überlegte er, sich in die Halle der Ältesten zu setzen, jedoch wären dort wieder zu viele Spiegelwanderer gewesen und irgendjemand hätte ihn sicher angesprochen. Mit Leuten zu reden war allerdings das Letzte, das Niko gerade wollte. Er wollte nicht allein sein, aber reden wollte er auch nicht. Also lief er ziellos durch die langen Korridore und Hallen. Kam immer wieder an der großen Eingangshalle vorbei. Die Wächter, die das Portal bewachten, schienen ihn zu ignorieren. Als Niko bereits das elfte Mal planlos durch die Halle lief, schrie ihn der Professor an, endlich damit aufzuhören und deutete ihm, neben sich Platz zu nehmen: „Menschenskind, jetzt setz dich doch endlich hin! Ich bekomme ja schon einen Muskelkater, wenn ich dir bei der vielen Lauferei zusehe! Jetzt setz dich hin und gib einen Frieden!"

Mürrisch folgte Niko der Aufforderung. Er wollte zwar nicht in der unmittelbaren Nähe des Professors sitzen, fast so, als hätte er Angst, dass sich dessen abgestandener Geruch nach Mottenkugeln und ausgelaufener Tinte auch an ihn heften könnte. Aber immerhin würde er sofort sehen, wenn Helena, Beryl und die anderen zurückkehrten. Nervös rutschte Niko auf seinem Platz in der Nische herum und ließ den Spiegel dabei nicht aus den Augen. Der Professor warf ihm hin und wieder einen durchdringenden Blick zu, sagte jedoch nichts. Gelegentlich kamen Wanderer durch das Portal, doch die Gruppe, auf die Niko wartete, war nie dabei und je länger er wartete, desto langsamer schien die Zeit zu vergehen. Endlich veränderte sich das Spiegelbild und Niko erkannte eine Reihe von Jägern, die durch das Portal traten. Viele waren verletzt. Manche mussten gestützt und zwei sogar getragen werden. Ihre Kleidung war schmutzig und zerrissen. An manchen Stellen blutdurchtränkt. Der metallene Geruch von Blut, sowohl von Dämonen als auch von Spiegelwanderern, erfüllte die Halle. Niko musste würgen. Die Gesichter der Jäger waren zu grimmigen Mienen verzerrt. Es kamen nicht alle der Jäger, die aufgebrochen waren, auch wieder zurück. Niko stellte fest, dass etwa zehn fehlten. Aber das hatte nichts zu bedeuten. Einige konnten zurückgeblieben sein, um die Überreste der Dämonen und sonstige Spuren zu beseitigen. Nikos Blick flog über die ankommenden Jäger hinweg, doch er konnte weder Beryl noch Helena erkennen. Sein Herz fing an zu rasen und seine Hände zitterten leicht. Langsam begann er das Schlimmste zu befürchten, doch genau da traten Helena und Beryl durch den Spiegel. Hinter ihnen folgten Mirko und Ed. Danach schloss sich das Portal und der Spiegel zeigte nur mehr die Reflexion der angekommenen Jäger. Niko war sofort auf den Beinen und eilte auf Helena, die von Beryl gestützt wurde, zu. Ohne zu fragen, was passiert war, schob er Helenas zweiten Arm über seine Schultern und zusammen brachten sie Helena in den Krankenflügel. Niko musste nicht erst fragen, was passiert war, ein Blick in Helenas tränenverschmiertes Gesicht reichte aus, um sich von dem Vorgefallenen ein Bild malen zu können. Auch einige der anderen Jäger mussten in den Krankenflügel. Eine merkwürdige Stille umgab sie, die nur hin und wieder durch das Stöhnen und schmerzerfüllte Ausatmen der Verwundeten durchbrochen wurde. Nachdem Niko und Beryl Helena auf eines der Krankenbetten verfrachtet hatten, wurden sie von den dort arbeitenden Spiegelwanderern unsanft auf die Seite gescheucht. In diesem Moment betraten auch Catwren und James den Flügel in Begleitung von zwei weiteren Mitgliedern des Ältestenrates. Catwrens Ausdruck war grimmig. James war blass, er hasste Gewalt über alles.

„Wie viele Verluste?", Catwren stellte sich neben Beryl, während James neben Niko Position bezog.

„Fünf", Beryls Stimme klang bitter, sie gab sich selbst die Schuld. Als Anführerin der Jäger war sie für deren Sicherheit verantwortlich.

„War es eine Falle?", fragte James, ohne seinen Blick von den Verwundeten zu nehmen.

„Ich weiß es nicht", antwortete Beryl ehrlich, was ihr einen giftigen Blick von Catwren einbrachte.

„Ich meine, sie schienen wirklich überrascht gewesen zu sein, als wir sie angegriffen haben, aber sie haben sich in so kurzer Zeit so gut formatiert. Ich denke, es hätte eine Falle werden sollen, aber wir sind ihnen wohl zu früh aufgetaucht."

„Was ist mit den Menschen? Gab es unter ihnen auch Opfer?", angestrengt wandte James den Blick von den verletzten Wanderern ab und blickte Beryl an.

„Zwei, von denen wir bis jetzt wissen", ihre Stimme war leise geworden, „aber meine Leute sind noch dort. Die Zeugnisse der Kämpfe müssen noch beseitigt und einige Erinnerungen verändert werden. Ich habe drei Jäger für die nächsten paar Tage in der Stadt positioniert. Nur für alle Fälle."

Catwren nickte, wandte sich schließlich um und verließ den Saal. Die beiden Mitglieder des Rates folgten ihr. James blieb bei Niko und Beryl.

„War John auch dort?", fragte James schließlich.

Nikos Innerstes zog sich allein bei der Erwähnung des Namens schmerzhaft zusammen.

„Wer denkst du, hat sie so zugerichtet?", Beryls Stimme war geprägt von Bitterkeit und Schmerz. Sie gab sich selbst die Schuld, ihre Freundin nicht besser beschützt zu haben. Doch als Ed die Spur der Dämonen aufgenommen hatte, war alles so schnell gegangen, dass Beryl viel zu spät bemerkt hatte, dass Helena nicht mehr bei ihnen war. Und dann waren sie mitten in ein Nest voller Dämonen hineingestolpert. Zehn von denen gegen drei von ihnen. Dem Menschen, den die Dämonen gefangen hatten, er hatte einen Ehering an seinem Finger getragen und ein Bild von zwei kleinen Kindern in seiner Geldbörse gehabt, hatte sie nicht mehr helfen können. Viel zu spät hatte Beryl Helena schließlich gefunden.

Kurz war es still zwischen den dreien. Sie sahen zu, wie eine der Ärztinnen Helena wieder zusammenflickte. Die Wunde an ihrer Wange war nicht tief genug, um genäht werden zu müssen. Vermutlich würde sie nicht einmal eine Narbe davontragen. Dafür hatte sie zwei gebrochene Rippen und eine Gehirnerschütterung. Erbarmungslos wurde ihr für einige Tage Bettruhe verordnet. Die ersten davon sollte sie zur Beobachtung auf der Krankenstation verbringen. Beryl, Niko und James hatten eigentlich gewartet, um mit Helena sprechen zu können, aber zwei weitere Ärzte warfen sie hochkant aus dem Krankenflügel.

„Alles in Ordnung?", fragte James Beryl, die ausdruckslos in die Luft starrte, als wüsste sie nicht, was sie nun mit sich anfangen sollte.

„Nein", gab diese ehrlich zu. „Aber das wird schon wieder. Ich muss mich jetzt um meine Truppe kümmern."

Sie nickte James und Niko noch einmal zu, dann machte sie sich langsam auf den Weg. Die beiden Männer sahen ihr nach, bis sie um die nächste Ecke verschwunden war, dann wandte sich James an Niko: „Ich werde Helena später befragen müssen, was genau passiert ist. Ich möchte, dass du dabei bist."

Überrascht sah Niko ihn an: „Ist das denn nicht Catwrens Aufgabe?"

„Überlass Catwren mir. Wir wissen beide, dass wir besser an Helena herankommen, wenn wir allein mit ihr sprechen. Es gibt einen speziellen Grund, warum John sie am Leben gelassen hat. Oder sie zumindest zurückgelassen und nicht mitgenommen hat."

Niko nickte langsam: „Ich werde da sein." Dann wandte sich auch James zum Gehen und ließ Niko mit seinen Gedanken allein.

Er blieb noch einige Momente verloren vor dem Krankenflügel stehen, drehte sich dann jedoch um und ging wieder hinein. Als Hannah, eine der Ärztinnen, ihn erneut eintreten sah, verfinsterte sich ihr Blick: „Welchen Teil von ‚Verschwinde und lass uns unsere Arbeit in Ruhe erledigen', hast du nicht verstanden, Nikola?"

„Bleib mal locker, Hannah", fuhr auch er sie an. Nach dem, was heute bereits passiert war, war Niko nicht in der Stimmung für Spielchen. „Ich bin wegen Elies hier."

Daraufhin wurde Hannahs Blick sanfter: „Sie ist noch nicht aufgewacht, sollte aber innerhalb der nächsten paar Stunden zu sich kommen."

„Ich warte", ohne auf eine Antwort zu warten, schob sich Niko an Hannah vorbei.

„Ich kann dich auch holen lassen, wenn sie aufwacht", rief sie ihm noch versöhnlich nach, doch Niko winkte ab und verschwand in einem geräumigen Raum, in dem Elies und Ryan lagen. Beide waren noch nicht wiedererwacht und Niko fragte sich, von was sie wohl träumten. Sie hatten die Verwandlung gut überstanden. Obwohl das Ritual schmerzhaft gewesen war, hatte Elies keinen Ton von sich gegeben. Nachdem Ryan anfänglich ein überraschtes Quieken entkommen war, was ihm einen naserümpfenden Blick Catwrens eingebracht hatte, hatte aber auch er sich beruhigt und den Rest des Rituals tapfer ertragen. Niko wusste, wie enttäuscht Elies war, dass Helena nicht dabei gewesen war und wie gerne sie Niko nach dem Grund gefragt hätte. Alles, was sie wusste, war, dass alle Fäden mit diesem John verbunden waren. Wer auch immer er war. Niko hatte ihre Neugierde und Sorge um Helena gespürt. Er setzte sich auf den gepolsterten Sessel neben dem Bett, in dem Elies lag. Hier war es ruhig und er konnte endlich in Ruhe nachdenken. Wenn sie erwachte, war er hier. Auch James würde wissen, wo er zu finden war, wenn es Zeit war, um mit Helena zu sprechen. Das Rascheln des Bettlackens riss Niko aus seinen Gedanken. Ryan war noch nicht erwacht, aber er warf sich unruhig in dem Krankenbett herum, als hätte er einen Albtraum. Er murmelte vor sich hin, doch Niko konnte die Wörter nicht ausmachen. Irgendwann beruhigte er sich und schlief friedlich weiter. Hin und wieder schnarchte er leise. Niko betrachtete ihn noch für einen Moment und als er sich wieder Elies zuwandte, sah diese ihn mit müden Augen an.

„Hallo", sagte er dümmlich. „Wie geht es dir?"

Ein dünnes Lächeln erschien auf ihrem Mund: „Müde. Was ist mit dir passiert? Du siehst schrecklich aus."

„Na vielen Dank auch", er fuhr sich durch die Haare und reichte Elies ein Glas Wasser, das sie gierig austrank.

„Danke", sie gab ihm das leere Glas zurück und setzte sich etwas auf. „Ist Helena schon zurück?"

„Ja", auf Elies besorgten Blick hin fügte er noch hinzu: „Es geht ihr den Umständen entsprechend gut."

„Was heißt ‚den Umständen entsprechend'? Was ist dort draußen passiert, Niko?"

„Sie ist verletzt, aber nicht allzu ernsthaft. Gebrochene Rippen und eine Gehirnerschütterung. Die meisten Dämonen sind getötet oder vertrieben. Beryl hat einige Jäger in der Stadt positioniert, nur für alle Fälle. Mehr weiß ich auch noch nicht. James möchte sich nachher mit Helena unterhalten, wenn sie sich etwas ausgeruht hat."

„Und du wirst dabei sein", für Elies war es keine Frage, vielmehr eine Feststellung.

Genau in diesem Moment klopfte es an der Tür und James erschien im Türrahmen. Freundlich wie immer wandte er sich an Elies und erkundigte sich zuerst nach ihrem Wohlbefinden, bevor er Niko zu Helena mitnehmen wollte.

„Kann ich sie nachher auch sehen?", fragte Elies, bevor die beiden Männer das Zimmer verließen.

„Ich werde dich holen", versprach Niko, „Aber fürs Erste ruh dich noch etwas aus."

Als die Tür ins Schloss gefallen war, wandte sich James an Niko: „Ist dir irgendetwas Besonderes an Elies oder Ryan aufgefallen?"

„Ob sie spezielle Fähigkeiten entwickelt haben?", Niko sah auf. „Nein, aber ich glaube, dafür ist es noch zu früh. Elies ist jedenfalls keine Empathin und kann auch keine Gedanken lesen oder sonst irgendetwas Auffälliges. Das hätte ich bemerkt."
Nachdenklich nickte James: „Lass es mich wissen, falls dir doch noch etwas auffallen sollte."
Zusammen betraten sie den großen Hauptsaal des Krankenflügels, wo die verwundeten Jäger behandelt wurden. In deren Mitte wuselte die Oberärztin von Bett zu Bett.
„Penelope", grüßte James sie und Niko nickte ihr höflich zu. Sofort sah sie auf. Sie lachte ihnen fröhlich entgegen und sogar ihre hellen Augen schienen Freundlichkeit auszustrahlen. Ihre langen, blonden Locken fielen ihr ins Gesicht und als sie auf Niko und James zuging, schob sie sich mit einer Hand ihre Brille zurecht. Niko sah Hannah bei einem anderen Bett stehen und ihnen neugierige Blicke zuwerfen.
„Habt euch ganz schön Zeit gelassen, ihr zwei! Helena liegt mir schon seit Stunden in den Ohren, wann ihr endlich kommt", Penelope hackte sich links bei James unter und rechts bei Niko und führte sie in einen weiteren Raum.
„Da seid ihr ja endlich!", ertönte Helenas Stimme, noch bevor die Tür ganz offen war. Sie versuchte sich aufzusetzen, sank wegen den Schmerzen ihrer gebrochenen Rippen jedoch wieder zurück in ihr Kissen.
„Was hat dieser Bastard dir angetan?", Nikos Stimme war ein wütendes Knurren, doch seine Hand umfasste behutsam ihre, als wäre sie zerbrechlich, wie aus Porzellan. Auch James hatte Probleme, seinen aufkeimenden Zorn im Zaun zu halten. Penelope entfernte sich leise und ließ die drei allein.
„Nikola, mir geht es gut. Wirklich. Das ist nichts, was nicht wieder heilen könnte", mit einem Seitenblick auf James fügte sie hinzu: „Außerdem hätte er mich töten können. John hatte genug Zeit und am Schluss hätte er es sogar fast gemacht."

„Aber er wurde von Beryl aufgehalten?", fragte James und zog einen Sessel zum Bett, um neben Helena sitzen zu können.

„Nein", Helena schüttelte ihren Kopf und bereute es sofort, als erneut Schwindel und ein Übelgefühl in ihr aufkam. „Er hatte mich genau dort, wo er mich haben wollte. Unbewaffnet gegen eine Wand gepresst. Ich konnte mich nicht bewegen. Sein Messer war an meiner Kehle. Ich dachte wirklich, er würde mich töten."

Für einen Moment schloss Helena die Augen, dann atmete sie tief durch: „Aber schlussendlich konnte er es nicht. Egal wie sehr auch er endlich erlöst werden wollte. Er konnte mich nicht töten. Das Messer landete in dem Mauerwerk und nicht in meinem Hals. In diesem Moment war mein Schmerz auch sein Schmerz und sein Schmerz war meiner."

Die letzten Worte waren nur mehr ein Flüstern gewesen. Helena starrte auf ihre Hand, die die Bettdecke wie eine Rettungsleine umklammerte. So gerne hätte Niko etwas gesagt. Irgendetwas, das alles besser gemacht hätte. In James' Augen sah er den gleichen Schmerz. Auch er hätte alles dafür getan, dass dieser schreckliche Fluch endlich ein Ende finden würde. Hätte ihn sogar auf sich selbst genommen. Lange saßen sie schweigend beisammen, genossen das Gefühl, nicht allein zu sein. Schließlich wandte sich Helena an James: „Es gibt noch etwas anderes zu besprechen. John hat deine Annahme bestätigt, dass die Dämonen hinter dem Verschwinden der Spiegelwanderer stecken."

„Aber wie?", wollte Niko wissen. „Ein einzelner Dämon hätte das nie bewerkstelligen können und sie agieren nicht in Gruppen, das haben sie noch nie geschafft. Früher oder später brechen immer Streitigkeiten zwischen ihnen aus, sodass sich kleinere Gruppen sogar gegenseitig auslöschen. Was könnte der Auslöser für ihre jetzige Zusammenarbeit sein?"

„Was hat er dir noch erzählt, Helena?", fragte James und Niko kam es vor, als ob die beiden viel mehr wussten als er.

„John sprach von einem ‚wahren Feind'. Jemand, der sowohl die Dämonen als auch die Spiegelwanderer bedroht. Er sagte, dass es noch viel mehr auf der Welt gäbe als sie und uns. Es klang so, als ob es diesen Feind schon immer gegeben hätte. Natürlich habe ich ihn mit dem Verschwinden der Wanderer konfrontiert und er hat es weder geleugnet noch abgestritten. John hat direkt zugegeben, dass hinter den Entführungen Dämonen stecken. Vielmehr kam es mir sogar vor, als bräuchten sie die entführten Wanderer für ihren Kampf gegen diese dritte Partei."

„Hat er dir gesagt, was sie als Nächstes vorhaben?", fragte James, aber Helena schüttelte nur den Kopf.

Ihre Stimme zitterte leicht, als sie antwortete: „Er war nur kurze Zeit bei klarem Verstand. Das ist alles, was ich aus ihm herausbekommen konnte. Dann habe ich ihn wieder verloren."

Helena wandte ihren Kopf ab und schloss die Augen. Eine einzelne Träne lief über ihre Wange. Gerne hätte Niko sie weggewischt. James griff nach Helenas Hand und drückte sie. Kurz sahen sie sich an, dann erhob sich James: „Ich werde dem Rat Bericht erstatten. Wir müssen unbedingt herausfinden, wer dieser andere Feind ist."

„Wenn sie uns glauben", wandte Niko schnaufend ein.

„Eine solche Warnung einfach in den Wind zu schießen, wäre mehr als dumm", meinte James, allerdings hatte er eine ähnliche Befürchtung. „Außerdem wissen wir jetzt endlich, wer hinter dem Verschwinden der Spiegelwanderer steckt. Es macht langsam Sinn. Egal wofür genau die Dämonen die Wanderer brauchen, es muss irgendetwas mit dieser neuen Macht zu tun haben. Aber selbst, wenn der Rat nicht an diesen Feind glauben sollte, wissen wir doch zumindest, dass sich die Dämonen neu organisieren und für das Verschwinden unserer Leute verantwortlich sind. Egal ob der Rat auch den Rest glaubt, allein in diesem Belangen muss gehandelt werden."

Helena nickte James zustimmend zu. Wenn jemand den Rat der Ältesten auf die richtige Spur lenken konnte, dann war es er.

„Wie geht es dir, Helena? Wirklich?", fragte Niko, als sich die Tür hinter James geschlossen hatte und sie allein waren. „Bist du okay?"

Sie sah ihm direkt in die Augen. Kurz wollte sie lügen, aber es hatte keinen Sinn Niko anzulügen. Nicht, weil er ein Empath war, sondern einfach, weil er sie zu gut kannte. Vielleicht sogar am besten von allen. Also antwortete sie ehrlich: „Nein, bin ich nicht. Aber ich werde es wieder sein."

Kurz sahen sie sich in die Augen und Niko wusste, dass sie wirklich wieder okay sein würde. Natürlich würde sie das.

„Erzähl mir von Elies' und Ryans Ritual", bat Helena, ihre Hand lag noch immer in Nikos, doch sie zog sie nicht weg. „Ich wäre so gerne dabei gewesen! Ist alles gut gegangen?"

„Natürlich", lächelte Niko stolz. „Ich war es ja auch, der Elies angeworben hat und ich finde immerhin nur die Besten. Dabei fällt mir aber ein, wer hat eigentlich Ryan zu uns geholt?"

„Das weißt du nicht?", lachte ihn Helena laut aus. „Phyllis hat tagelang von nichts anderem gesprochen!"

„Phyllis? Wie in Catwrens Phyllis? Du weißt, ich kann sie nicht ausstehen. Seit wann ist sie eigentlich eine Anwerberin?"

„Ist sie nicht", kicherte Helena weiter. „Ich weiß wirklich nicht, warum du sie nicht leiden kannst."

„Sie ist zu laut."

„Du bist auch laut", wandte Helena ein.

Niko beachtete sie nicht und fuhr fort: „Sie ist zu rechthaberisch."

Daraufhin musste Helena erneut laut lachen: „Und was ist mir dir? Hallo, Mr. Arrogant! Wirklich, Nikola, du bist unmöglich!"

„Ich bevorzuge liebenswürdig mit einem Hauch Herausforderung", grinste Niko, wurde jedoch gleich wieder ernst, als er düster hinzufügte, „außerdem ist sie Catwrens Freundin!"

„Du musst Catwren nicht mögen, um mit Phyllis befreundet zu sein. Glaub mir, sie selbst regt sich auch oft genug über den Rat auf."

„Trotzdem ... was hat sie jetzt bitte mit Ryan zu tun?"

„Du solltest dich wirklich mehr mit anderen Spiegelwanderern unterhalten, dann würde dir nicht mehr so viel entgehen", ergänzte Helena, ohne auf seine Frage einzugehen.

„Tue ich doch", verteidigte sich Niko.

„Dann sag mir, mit wem außer James und mir, vielleicht ja noch Beryl oder Jonathon, verbringst du gerne und freiwillig deine Zeit?", abwartend zog Helena eine Augenbraue nach oben und sah ihn an.

Niko rümpfte die Nase: „Was soll ich mit noch mehr sozialen Kontakten, wenn ihr schon anstrengend genug seid?"

Helena wollte noch etwas hinzufügen, aber Niko ließ sie nicht mehr zu Wort kommen: „Erzähl mir jetzt endlich, wie Phyllis Ryan gefunden hat."

Wieder musste Helena kichern. Ryan war schon seit Wochen hier und bis jetzt hatte sich Niko noch nie gefragt, wie er überhaupt zu ihnen gekommen war.

„Phyllis hat einen Hexer verfolgt, sie war seit einigen Wochen an ihm dran."

„Sie war ganz allein an einem Hexer dran?", wiederholte Niko ungläubig.

Helena zuckte nur mit den Schultern, bereute die Bewegung aber sofort, als sie eine Welle aus Schmerz überrollte: „Er war nicht sehr mächtig. Hatte keine nennenswerten Fähigkeiten."

„Warum hat sie ihn dann überhaupt verfolgt?"

„Er war gut im Bauen von Golems", fuhr Helena fort, „und die haben schon einiges an Schaden angerichtet. Einer von ihnen hat Ryans kleine Schwester geholt. Seine Familie hat ihm die Schuld daran gegeben. Sie waren der Meinung, er hätte besser auf sie aufpassen sollen. Ihre Leiche wurde nie gefunden."

„Und Ryan hat gewusst, dass er es mit einem Golem zu tun hatte?"

„Natürlich nicht. Alles, was er gewusst hatte, war, dass es kein Mensch gewesen sein konnte, der seine Schwester getötet hatte. Aber natürlich hat ihm niemand geglaubt und so hat er selbst Jagd auf ihn gemacht."

Auf einmal hatte Niko ein ganz neues Bild von Ryan vor Augen und er beschloss, in Zukunft freundlicher zu ihm zu sein.

„Und so stieß Ryan auf Phyllis", ergänzte er Helenas Erzählung.

Diese nickte: „Genau. Er hat gesehen, wie sie durch einen Spiegel gesprungen ist und hat ihr geholfen, den Hexer aufzu-

halten. Er muss seine Arbeit wirklich gut gemacht haben, sonst hätte Phyllis ihn niemals mit hierher genommen."
Niko nickte nachdenklich, er hatte Ryan niemals zugetraut, dass er allein auf Monsterjagd gegangen war.
„Aber jetzt erzähl mir endlich von dem Ritual!", unterbrach Helena seinen Gedankengang.
„Es war wie jedes andere auch", Niko zuckte mit den Schultern, als ob es etwas ganz Alltägliches wäre, dabei war er selbst erst bei einer Handvoll Rituale anwesend gewesen, seitdem er sein eigenes durchlebt hatte. „Das Blutritual ist problemlos verlaufen."

Dieses Ritual war der erste Teil und wurde von Catwren, als Anführerin der Spiegelwanderer, vollzogen. Es handelte sich um uralte Magie, die die Anwerber für immer an sie band. Ihre Seele würde für immer zu den Spiegelwanderern gehören. Das Schwierigste dabei war, die richtigen Kräuter und seltenen Öle zu bekommen, aber diese hatten die Wanderer in riesigen Vorratsschränken, so groß wie Hallen, immer lagernd. Immerhin hatten sie tausende von Jahren Zeit gehabt, sich ein großzügiges Vorratslager anzulegen. Nur ein kleiner Schnitt in die Hand, etwas Blut und ein Schwur waren von Elies und Ryan abverlangt worden. Niko erinnerte sich, dass er selbst sich danach nicht anders gefühlt hatte. Jedenfalls nicht körperlich. Ihm war es viel mehr erschienen, als ob er endlich zu Hause angekommen wäre. Den Ort gefunden hätte, an den er gehörte. Es war einer der schönsten Tage in seinem Leben gewesen. Er hatte eine zweite Chance bekommen. Helena sah durchaus zufrieden aus, dass dieser Teil problemlos verlaufen war: „Und der zweite Teil? Waren die Schmerzen erträglich?"

Natürlich, jeder reagierte anders auf die Substanz. Manche Wanderer erzählten, dass ihr Innerstes wie Feuer gebrannt hätte, andere wiederum hatten nichts dergleichen gespürt und waren sofort eingeschlafen. Sowohl Elies als auch Ryan hatten jedoch Schmerzen gehabt. Es war ihnen anzusehen gewesen, als sie ihre Gesichter verzogen und sich abgemüht hatten, auf den Beinen zu bleiben und nicht einzuknicken. Doch sie hatten es beide mit Fassung getragen. Elies war kein einziger Laut über die Lippen gekommen. Natürlich wusste Helena, dass Elies damit bei den Wanderern Eindruck schinden hatte wollen. Immerhin hatte sie ihr nur Stunden zuvor selbst erzählt, dass sie eine Jägerin werden wollte. Nachdem die schlimmsten Schmerzen vorüber waren, schlossen beide zum letzten Mal als Menschen ihre Augen. Als Elies aufgewacht war, war sie bereits eine von ihnen gewesen. Vollständig ein Teil ihrer Familie.

KAPITEL 6

Elies

Kurz nachdem Niko gegangen war, glaubte Elies, dass auch Ryan aufwachen würde. Stattdessen aber warf er sich nur unruhig in seinem Bett hin und her. Besorgt beobachtete Elies ihn für einige Minuten. Sie wusste nicht, ob dies eine normale Nachwirkung des Rituals war. Sie wollte schon nach einer Ärztin rufen, da beruhigte sich Ryan wieder und auch seine Atmung entspannte sich. Elies selbst fühlte sich schrecklich müde, wie erschlagen. Sie schloss ihre Augen, konnte aber nicht mehr einschlafen. Lange lag sie mit geschlossenen Augen in dem weichen Krankenbett und konzentrierte sich auf Ryans regelmäßige Atmung, die etwas Beruhigendes an sich hatte. Plötzlich riss sie erschrocken ihre Augen auf und setzte sich kerzengerade auf. Die Erkenntnis hatte sie wie ein Schlag getroffen. Das Wissen, dass sie kein Mensch mehr war. Ihr Wunsch hatte sich erfüllt. Elies war Teil von etwas Größerem geworden. Etwas, das wichtiger war als ihr eigenes Leben. Ein Lächeln breitete sich auf ihrem Mund aus, das immer größer wurde, bis sie laut lachen musste. Sie war glücklich. Seit langer Zeit fühlte sich Elies wirklich glücklich. Nicht nur zufrieden oder zumindest nicht unzufrieden mit ihrem Leben, so wie sie es die letzten Jahre mit Matt gewesen war. Nein, der Tag, an dem Elies kein Mensch mehr war, war der glücklichste in ihrem Leben.

„Na da scheint sich ja jemand zu freuen", meinte die große Ärztin mit den langen, blonden Locken, die eben durch die Tür getreten war. Elies versuchte, sich an ihren Namen zu erinnern. *Penelope? Ja, das muss er gewesen sein.*

„Wie geht es dir?", erkundigte sie sich und fühlte Elies' Puls. „Noch irgendwelche Schmerzen?"

„Nein, mir geht es gut. Ich bin nur wahnsinnig müde."

„Das ist ganz normal, mach dir darüber keine Sorgen", versicherte ihr Penelope. „Dein Körper hat sich in der kurzen Zeit noch nicht an die Verwandlung gewöhnt, die kommenden Tage wirst du fast nur mit Schlafen verbringen, aber danach geht es wieder bergauf."

„Wann werde ich mit meiner Ausbildung beginnen können?"

„Sobald du einige Stunden am Stück wach bleiben kannst, ohne sogar im Stehen einzuschlafen", lachte Penelope. „Aber in spätestens einer Woche solltest du wieder topfit sein."

„Und was ist mit Ryan? Wann wird er aufwachen?", erkundigte sich Elies.

„Das kann man nie genau sagen", wandte sich Penelope nun auch Ryan zu. „Manche Wanderer wachen innerhalb der ersten paar Stunden auf, andere erst nach ein bis zwei Tagen. Es ist einfach von Spiegelwanderer zu Spiegelwanderer sehr unterschiedlich. Da gibt es keine festen Regeln."

„Aber es scheint auch bei ihm alles in Ordnung zu sein", wandte sich Penelope wieder Elies zu.

„Er hat sich vorher herumgewälzt, als ob er einen Albtraum hätte", trotz Penelopes Versicherung war Elies um ihn besorgt.

„Das könnte ein Anzeichen sein, dass sich seine Kräfte entwickeln", meinte die Ärztin, „Aber es ist wirklich noch zu früh, um hier viel hineinzuinterpretieren. Das ist jetzt schon ein paar hundert Jahre her, aber ich hatte einmal einen Patienten, der ist erst zwei Wochen nach der Verwandlung wieder aufgewacht! Hat die ersten paar Tage im Schlaf wie am Spieß geschrien und um sich getreten. So etwas hat damals noch keiner der anderen Spiegelwanderer zuvor gesehen. Im Nachhinein hat mir dieser Wanderer erzählt, nachdem er aufgewacht war, dass er wunderbare Träume von warmen Sommertagen und bunten Blumenwiesen gehabt hätte."

Penelope lachte bei dieser Erinnerung.

„Mach dir jedenfalls keine Sorgen um ihn", zwinkerte sie Elies freundlich zu. „Egal ob es noch eine Stunde oder eine Woche dauert. Gut Ding braucht manchmal Weile. Versuch einstweilen etwas zu schlafen, ich sehe später wieder nach dir."

Penelope winkte Elies noch einmal zu, bevor sie durch die Tür verschwand und diese leise hinter sich schloss. Elies sah erneut zu Ryan hinüber, der nun friedlich zu schlafen schien. Auch ihre eigenen Augenlider wurden immer schwerer und es wurde schwierig, wach zu bleiben, dabei wollte Elies doch auf Niko warten. Irgendwann wurde die Müdigkeit zu groß und sie konnte nicht länger dagegen ankämpfen und fiel in einen leichten, traumlosen Schlaf.

Als sie das nächste Mal erwachte, wusste Elies nicht sofort, wo sie sich befand und war kurz orientierungslos. Schnell kamen die Erinnerungen jedoch zurück und sie versuchte, das Gefühl von Benommenheit abzuschütteln. Noch immer müde streckte sie sich und setzte sich etwas auf. Niko saß in einem Sessel neben ihrem Krankenbett und las ein dickes Buch, das einen schwarzen, abgegriffenen Ledereinband hatte. Er war so in seine Lektüre vertieft, dass er nicht sofort bemerkte, dass Elies ihn beobachtete. Jedenfalls hatte es nicht den Anschein.

„Was liest du da?"

„Ein Buch über berühmte Spiegelwanderer. Wanderer, die große Dinge vollbracht haben. Die gegen Dämonen gekämpft, Zauber entdeckt, Flüche gebrochen oder sonst irgendetwas Nennenswertes erreicht haben", antwortete Niko mit ruhiger Stimme. Er hatte wohl doch bemerkt, dass Elies aufgewacht war. Er las die Seite noch zu Ende, bevor er das Buch zuschlug und sich an Elies wandte: „Mich interessiert besonders, ob und wenn ja, welche besonderen Fähigkeiten diese Wanderer hatten."

„Und was ist dein Fazit?", erkundigte sich Elies und sah sich nach einem Glas Wasser um. Niko entging ihr suchender Blick nicht und er reichte ihr das Glas von dem kleinen Tisch neben dem Bett. Das Wasser war noch kalt, offenbar hatte erst vor kurzem jemand das Glas wieder aufgefüllt.

„Mein Fazit ist, dass diese Fähigkeiten viel zu selten erwähnt und beschrieben werden. Bei den meisten ist diesbezüglich nichts zu finden. Lediglich die Flammenkönigin Eleonore konnte das Element Feuer kontrollieren. Sie lebte vor knapp zweitausend

Jahren und hat in einem einzigen Kampf mehrere hundert Dämonen verbrannt. Das hat ihr auch ihren Beinamen eingebracht. Sie war auch für einige Jahrhunderte die Anführerin der Spiegelwanderer."

„Es gibt Wanderer, die die Elemente kontrollieren können?", wiederholte Elies aufgeregt.

Niko nickte: „Ja, aber in der ganzen Geschichte der Spiegelwanderer, die wir kennen, gab es davon nur eine Handvoll. Ich habe auch von einem Jäger gelesen, der sich teleportieren konnte und ein anderer konnte sich unsichtbar machen, aber grundsätzlich werden diese Fähigkeiten viel zu selten erwähnt."

„Und wenn die anderen einfach keine nennenswerten Fertigkeiten hatten?", warf Elies ein.

„Das wäre natürlich auch möglich", stimmte Niko ihr zu. „Aber dann hätte nur jeder fünfte Spiegelwanderer in diesem Buch eine Fähigkeit gehabt und das ist mehr als unwahrscheinlich, da noch vor ein paar hundert Jahren nahezu jeder Spiegelwanderer eine Fähigkeit hatte und die Ausnahme davon eher selten war."

Ryan warf sich in seinem Bett herum, sodass der Lattenrost laut quietschte. Fast schien es, als würde er Schmerzen haben. Nach ein paar Minuten hatte er sich aber wieder beruhigt.

„Ich mache mir Sorgen um ihn", gestand Elies.

„Ich weiß", antwortete Niko. Natürlich wusste er es. „Das brauchst du aber nicht. Jeder Körper reagiert eben anders. Wenn du dich gut genug fühlst, kann ich dich jetzt zu Helena bringen, wenn du möchtest?"

Auf einmal war Elies hellwach: „Bitte, ich würde sie gerne sehen!"

Niko half ihr aus dem Krankenbett, zu Beginn war sie noch etwas wacklig auf den Beinen, doch schon nach ein paar Schritten, fühlte sie sich sicherer. Vorsichtshalber bot Niko ihr seinen Arm an und führte sie aus ihrem Krankenzimmer durch den Hauptsaal des Krankenflügels in ein weiteres Zimmer. Elies war noch immer etwas benommen und versuchte sich den Schlaf aus den Augen zu reiben. Helena sah sofort auf, als sich die Türe öffnete. Sie hatte eben in einem Buch gelesen, in welches sie nun ein Lesezeichen legte und es auf dem Tischchen neben ihrem Bett platzierte. Sie lächelte ihren Besuchern freundlich entgegen. Dies war genau einer der Gründe, warum Elies Helena so schätzte. Ihre Freude, jemanden zu sehen, war ehrlich und aufrichtig.

„Elies, wie schön dich zu sehen", begrüßte Helena sie und deutete ihr, auf dem Sessel neben ihrem Bett Platz zu nehmen.

„Es tut mir schrecklich leid, dass ich bei deinem Ritual nicht dabei war."

„Mach dir darüber keine Gedanken", lächelte Elies sie an. „Jetzt werdet ihr mich ohnehin nicht mehr los."

Niko hatte sich einstweilen einen weiteren Stuhl geholt und ihn neben Elies gestellt.

„Was ist mit dir dort draußen passiert?", fragte Elies geradeheraus und bereute ihre Frage sofort, als Helena ihren Blick abwandte. Kurz herrschte Stille zwischen ihnen, weswegen Niko für Helena antwortete: „Ich habe dir doch von dem Verschwinden der Spiegelwanderer erzählt. Wir wissen jetzt mit Sicherheit, dass Dämonen dahinterstecken. Aber dafür haben wir jetzt ein weiteres Problem. Laut den Dämonen hat sich irgendeine neue Macht manifestiert. Irgendetwas hat sich im Machtgefüge verändert, sodass sich nun sogar Dämonen untereinander zusammenschließen."

„Und was ist es? Was soll diese dritte Macht sein?"

„Genau das ist das Problem", schaltete sich nun auch Helena wieder ein. „Wir wissen es nicht. Nach dem gestrigen Tag sind noch mehr Fragen offen als zuvor. Die Jäger konnten viele Dämonen vernichten, aber auch einige von uns kamen nicht mehr zurück."

Elies wollte etwas sagen, doch nichts schien ihr passend; wusste sie schließlich nicht, ob Helena die gefallenen Jäger gut gekannt hatte. Stattdessen legte Elies ihre Hand auf Helenas und drückte sie leicht.

Ein unbekanntes Gefühl durchzuckte Elies wie ein elektrischer Schlag. Fast schien es ihr, als würde sie fallen, doch befand sie sich in keinem Raum, es gab keinen Boden unter ihr. Sie hatte niemals etwas Vergleichbares erlebt. Eine Vielzahl von Empfindungen brach über ihr zusammen: Sie spürte Kälte, als wäre sie in Eiswasser gefallen, gleichzeitig aber auch Hitze, als würde sie neben einem Lagerfeuer stehen. Sie spürte Furcht, als würde sie mit ihrem Leben bedroht werden, aber auch Wärme, sogar Liebe. Das Gefühl, das sie früher empfunden hatte, wenn sie morgens aufgewacht war und Matt friedlich neben sich schlafend gesehen hatte. Wenn sie sich wieder umgedreht und er einen Arm um sie gelegt und ganz nah zu sich gezogen hatte. Das Gefühl von Liebe und Geborgenheit. Lange hatte Elies dies nicht mehr gespürt, aber sie erinnerte sich noch ganz deutlich daran. Sie spürte alles gleichzeitig, alles auf einmal und doch auch wieder nicht. Sie konnte es nicht fassen, weder in Worten noch in Gedanken. Sie wusste nicht, was mit ihr passierte, doch alle Emotionen stürzten gleichzeitig auf sie ein. Es war, als würde sie in all den Empfindungen ertrinken und es war zuckersüß und bitter zugleich. Als würde sie aus Wasser auftauchen und die Augen öffnen, erkannte sie auf einmal Umrisse. *Ein Raum, wunderbar eingerichtet, vielleicht spätes 19. Jahrhundert?* Elies konnte es nicht genau datieren. In der Mitte des Raumes sah sie zwei Menschen tanzen. Es war keine Musik zu hören, doch das tanzende Paar brauchte sie nicht. Für sie spielte die Musik allein in ihren Köpfen. Elies konnte nicht sagen, aus welcher Perspektive sie den Raum wahrnahm. War es von oben, oder als würde sie danebenstehen? Fast schien es Elies, als würde sie das Geschehen als Ganzes wahrnehmen. Als wäre sie überall gleichzeitig. Körperlos. Formenlos. Aber trotzdem anwesend. Die Frau hatte wunderschönes, langes Haar, das sie zu einer Hochsteckfrisur gedreht hatte, sodass ihr Locken über den Rücken fielen. Sie trug ein nachtblaues Kleid, das die Farbe ihrer Augen betonte. *Helena.* Elies erkannte sie sofort. Es war die Helena, die sie kannte und doch auch wieder nicht. Helena, als sie noch ein Mensch gewesen war. Langsam bewegte sie sich zur lautlosen Musik, stand so nah es nur ging bei ihrem Tanzpartner und hatte ihren Kopf an seine Schulter gelegt. Sie hatte die Augen geschlossen und ein Lächeln umspielte ihren Mund. Fast kam es Elies vor, als könnte sie spüren, was Helena in diesem Moment empfunden hatte. Oder vielleicht konnte sie es auch? Ihr ganzes Wesen wurde von unfassbarer Liebe überflutet. Elies hatte noch nie etwas Vergleichbares gefühlt. *Helena hat diesen Mann geliebt.* Mit ihrem ganzen Herzen, ihrem ganzen Wesen. Er war ihr sicherer Anker gewesen und sie war sich sicher gewesen, dass er sie niemals loslassen würde. Niemals. Obwohl Helena groß war, war er fast einen Kopf größer. Er hatte schwarze, schulterlange Haare, die er zu einem Zopf gebunden hatte, mit langen Kotletten, wie es damals wohl Mode gewesen war, ansonsten war sein Gesicht glattrasiert. Er hielt Helena an sich gepresst und Elies wusste, dass auch er sie liebte. Mehr noch als das Leben selbst. Er würde sie niemals verletzen. Elies' Herz schmerzte, als ihr bewusst wurde, wie viel Helena ihm bedeutet hatte und er ihr. Aber Helena war eine Spiegelwanderin und der fremde Mann war keiner von ihnen. Irgendetwas musste passiert sein.

Wieder fühlte Elies Kälte. Oder war es Hitze? Das Bild vor ihr verschwamm und sie fand sich in einem weiteren Szenarium wieder.

Erneut war sie eine körperlose Teilnehmerin des bereits Geschehenen. Wieder sah sie Helena und den Mann, dieses Mal noch glücklicher als zuvor. Elies dachte, ihr Herz müsste zerspringen. Helena war so glücklich gewesen, als der Mann um ihre Hand angehalten hatte. Elies konnte es spüren, konnte alles fühlen. Sie nahm es wahr, als wäre es ihre eigene Erinnerung. Das Bild wechselte wieder. Das Paar war auf einem kurzen Gang. Helena hielt die Hand des Mannes und führte ihn in eines der Zimmer. Elies fühlte, wie aufgeregt Helena war, sie waren schließlich noch nicht verheiratet. Aber es spielte für sie keine Rolle. Es war nur noch eine Frage der Zeit, bis sie seine angetraute Frau war. Elies nahm die Zurückhaltung des Mannes wahr. Er sah nur Helena, in seinen Augen gab es niemand anderen und er hätte gewartet, wollte sie zu nichts drängen. Doch es brauchte nur ein Wort und er folgte ihr bereitwillig. Er würde ihr bis ans Ende der Welt folgen, wenn sie es von ihm verlangen würde.

„John", Helena sprach seinen Namen mit so viel Liebe und Zuneigung aus. Die Tür zu Helenas Schlafzimmer schloss sich hinter ihnen.

Wieder änderte sich das Bild, doch auf einmal war alles anders. Kalter Schmerz durchzog Elies und sie hatte das Gefühl, sie müsste ersticken. Panik breitete sich in ihr aus und es dauerte einen schmerzhaften weiteren Moment, bis ihr bewusst wurde, dass nicht sie selbst den Schmerz und die Angst empfand, sondern dass diese Gefühle von Helena kamen. Ihre langen Haare waren unordentlich hochgebunden, einige Strähnen hatten sich aus dem Zopf gelöst und hingen ihr ins Gesicht. Sie trug ein unauffälliges, schlichtes Kleid und ihre Augen waren rot geschwollen. Ein Feuer loderte im Kamin, Helena saß direkt davor auf dem Boden, dennoch konnte sie nicht aufhören zu zittern. Ihre Arme hielten ihren Körper umklammert, als wären sie das Einzige, das sie noch zusammenhielt. Hinter ihr lag eine zerbrochene Teekanne auf dem Boden. Zerbrochen in hundert Teile. So zerbrochen, wie sich Helena fühlte. Ihr Schmerz war allgegenwärtig, sodass Elies den Mann am Fenster zuerst nicht wahrgenommen hatte. *John*. Er hatte die Arme an der Hüfte abgestützt und starrte in die dunkle Nacht hinaus. Versuchte, seine Wut zu unterdrücken, versuchte sich im Zaum zu halten. Irgendetwas an ihm war anders. Elies konnte es spüren, aber sie wusste nicht, was es war. Seine Liebe zu Helena war so stark wie zuvor, aber Elies nahm noch etwas anderes in ihm wahr. *Zorn*. Ein unbeschreiblicher Zorn war in ihm, der zuvor noch nicht dagewesen war. Elies versuchte die Veränderung zu verstehen, versuchte zu begreifen, was mit ihm passiert war, doch das Bild vor ihr verschwamm und wurde zu einem weiteren.

Elies war wieder in dem Korridor, der die privaten Zimmer und Schlafräume beherbergte. Dieses Mal spürte sie nichts. Alles war kalt und still um sie herum. Dennoch wusste Elies, dass etwas Schreckliches passieren würde. Sie wollte aufwachen, wollte von hier fort. Wollte nicht sehen, was als nächstes passieren würde. Sie wollte ihre Augen schließen, doch es war sinnlos. Sie war körperlos. War in dem ganzen Gang und konnte alles sehen. Musste alles mitansehen. Für sie gab es kein Entkommen, sie konnte sich nicht abwenden. Sie sah Helena und John, wusste sofort, dass nur wenige Wochen zwischen dem letzten Einblick und diesem vergangen waren. Sie waren nicht verheiratet, Helena hatte die geplante Hochzeit immer weiter hinausgezögert, nachdem John begonnen hatte, sich zu verändern. Sie wusste nicht, was der Auslöser war, wusste nicht, warum es geschah. Machte es ihm Spaß, sie leiden zu sehen? Elies wusste, dass dies nicht die Wahrheit war. Etwas in John hatte sich verändert und er selbst konnte sich nicht helfen. Konnte nichts dagegen tun. Es war nicht seine Schuld. Elies wusste, dass Helena ein Kind erwartete. Noch war es nicht zu sehen. Nur sie und John wussten davon. Aber Helena hatte Angst. Natürlich machte sie sich Sorgen, sie erwartete ein uneheliches Kind, doch ging ihre Angst noch viel tiefer. Panik durchflutete Elies, als sie erkannte, dass Helena versuchte, von John wegzukommen. Sie hatte Angst um das Leben ihres ungeborenen Kindes und auch um ihr eigenes. Sie musste weg von ihm, war in seiner Nähe nicht mehr sicher. Doch er ließ sie nicht gehen. Lief ihr nach, schrie sie an. John griff nach ihrem Arm, aber Helena riss sich los. Gleich hatte sie die Treppe erreicht, sie musste nur nach unten und durch die Türe, dann würde sie ihn hinter sich lassen können. Wenn er nicht freiwillig dieses Haus verlassen würde, dann musste eben sie gehen. Helena hatte die Treppe fast erreicht, als John erneut nach ihr griff. Er bekam sie an der Schulter zu fassen und riss sie herum. Er wollte sie schütteln und brüllte sie an, doch Helena war eine Kämpferin. Das war sie immer schon gewesen. Sie würde nicht nachgeben, sie wehrte sich. John wollte sie wieder packen, schrie sie an, endlich still zu halten, aber Helena würde niemals nachgeben. Es kam zu einem Handgemenge und Elies wusste nicht, ob Helena gestolpert war, oder ob John sie gestoßen hatte. Helena verlor den Boden unter den Füßen, konnte sich nicht halten und stürzte die lange Treppe hinab. Für einen Moment war es ruhig. John stand am oberen Ende der Stiege und starrte auf Helenas bewegungslosen Körper hinab. Für einige Augenblicke dachte er, sie wäre tot. Angst, Panik, Schmerz, Sehnsucht, Schuld. All dies empfang John und konnte vor Schrecken kaum atmen. Stand wie gelähmt da. Es war das erste Mal seit langem, dass er etwas anderes empfand als Zorn und blinde Wut. Elies wusste, dass er das nicht gewollt hatte. Wusste, dass John einer der gütigsten und freundlichsten Menschen gewesen war, die Helena jemals kennen gelernt hatte. Bis sich etwas in ihm verändert hatte, etwas, wofür er selbst nichts konnte. Elies wusste, dass er sein Leben dafür gegeben hätte, alles ungeschehen zu machen. Als Helena die Augen aufschlug, wusste sie für einen Moment nicht, wo sie sich befand. Sie war orientierungslos. Sie spürte den dünnen Teppich unter sich, der die Stiege in den ersten Stock säumte. Ihr Kopf schmerzte und als sie versuchte sich aufzusetzen, überkam sie Übelkeit. Sie sah John auf dem oberen Ende der Treppe stehen, seine Augen waren weit aufgerissen. Unbeschreibliche Qual spiegelte sich darin. Jetzt spürte auch Helena den Schmerz, aber sie wollte es nicht wahrhaben. Sie presste ihre Augen fest zusammen und hielt eine Hand gegen ihren Unterleib. Das konnte nicht wahr sein. Durfte nicht wahr sein. Helena konnte kaum atmen. Der Schmerz in ihrem Herzen war stärker als alles, was sie jemals zuvor gespürt hatte. Er überrollte sie in Wellen und ihr kam es vor, als müsste sie in den Qualen ertrinken. Noch immer wollte sie die Augen nicht öffnen. Sie spürte das warme Blut, das langsam ihr Kleid durchtränkte. Sie wusste, was geschehen war und doch wollte sie es nicht glauben. Momente vergingen, doch kamen sie Helena vor wie Stunden. Als sie schließlich die Augen öffnete, sah sie das Blut an ihrer Hand. Es war real und kein Albtraum gewesen. Die Realität stürzte über ihr ein. Es konnte nicht rückgängig gemacht werden, egal, wie sehr sie es sich wünschte. Sie hatte ihr Kind verloren. Der Schmerz war kaum auszuhalten, als würde sie in tausend Teile zerbrechen. Helena schrie.

Elies nahm die Stimmen um sich herum nur am Rande wahr. Helenas Schrei hallte schrill in ihren Ohren nach. Sie vernahm Nikos Stimme, spürte ihn neben sich, wie er ihre Schulter berührte, um sie im Sessel zu halten, doch konnte sie seine Worte nicht ausmachen, die Schreie waren zu laut. Elies hatte die Augen fest zusammengepresst und es dauerte einen weiteren Moment, bis ihr bewusst wurde, dass es ihre eigenen Schreie waren, die nicht verklingen wollten. Sie versuchte sich zu beruhigen, versuchte, die Schmerzen, Helenas Schmerzen, abzuschütteln, doch die Erinnerung an sie war so real, als wären es ihre eigenen Gefühle gewesen. Sie vergrub ihr Gesicht in ihren Händen und versuchte sich zu beruhigen, versuchte sich darüber klar zu werden, wo Helenas Gefühle aufhörten und Elies eigene begannen.

„Elies! Elies, sieh mich an", endlich drangen Nikos Worte zu ihr durch. Elies zitterte am ganzen Körper, als sie vorsichtig aus ihren Händen aufsah. Unwillkürlich fuhr sie mit einer Hand über ihren Bauch. Niko kniete vor ihr, sah sie entsetzlich besorgt an, doch Penelope drängte sich zwischen sie. Elies hatte nicht einmal bemerkt, dass sie den Raum betreten hatte.

„Okay Elies, es ist alles in Ordnung, sieh mich an", Penelopes ruhige Stimme war der einzige Fels in dieser Brandung aus Gefühlen und Gedanken. Lange sah sie ihr in die Augen, fühlte ihren Puls und prüfte, ob sie Fieber hatte, doch alles schien normal zu sein. Penelope wandte sich mit einem traurigen Lächeln an Elies: „Körperlich ist alles in Ordnung mit dir, also mach dir darüber keine Sorgen."

Neben sich hörte sie, wie Niko laut die Luft ausblies, die er vor Anspannung angehalten hatte. Noch immer konnte Elies nicht in Helenas Richtung sehen. Wusste Helena, dass sie ihre Vergangenheit gesehen hatte? Unweigerlich fühlte sich Elies schuldig. Natürlich, sie hatte nicht darum gebeten, hatte all dies niemals erleben wollen und doch hatte sie diesen Einblick in Helenas früheres Leben als Mensch erhalten. Ein verbotener Blick in etwas so Privates, das über das Geschehen an sich hinausging. Ein verbotener Blick in Helenas Gefühle und Gedanken.

„Bitte entschuldigt mich", Elies presste die Worte mühsam heraus und stand auf. Kurz drehte sich die Welt um sie herum, doch nach wenigen Schritten konnte sie klarer sehen. Mit einigen kurzen Schritten war sie bei der Tür. Elies merkte, dass Niko ihr nachwollte, doch Penelope hielt ihn zurück.

„Lass sie gehen, Nick. Sie braucht etwas Zeit", Penelopes Stimme klang nicht besorgt, aber doch etwas traurig. Als wüsste sie genau, was mit Elies passiert war. Elies achtete nicht auf sie, sie musste von ihnen allen weg, musste von Helena weg. Sie wusste, dass es nicht fair war, aber sie brauchte Zeit für sich allein, um das eben Erlebte zu verarbeiten. Brauchte Zeit, um sich zu beruhigen und ihre Tränen zu trocknen. Wie ein verwundetes Tier, das seine Wunden leckte, zog sie sich zurück. Ohne noch einmal nach Ryan zu sehen, war sie in ihr Zimmer geeilt. Noch immer bewohnte sie eines der Quartiere im Gästeflügel. Auf dem Weg dorthin traf sie nur auf wenige Spiegelwanderer. Fast alle kannte sie bereits vom Sehen, jedoch konnte sie sich noch nicht an alle Namen erinnern. Was immer mit Elies passiert war, die anderen Wanderer schienen es zu wissen. Zumindest zu vermuten. Elies blickte nicht auf, eilte wortlos an ihnen vorbei, aber ihre wissenden Augen verfolgten sie. In manchen spiegelte sich ein Hauch von Neid, in anderen Anteilnahme und Verständnis. Elies trug noch immer das lange, schwarze Kleid der Spiegelwanderer, eine Festtagskleidung, die alle bei ihrem Aufnahmeritual trugen. Es hatte lange Ärmel, die ihre Narben verbargen und war aus weichem Stoff. Noch Stunden zuvor hatte sie es wunderschön gefunden und hatte sich mehr als wohl damit gefühlt, doch jetzt schien es sie einzuengen. Sie fuhr sich mit einer Hand an die Kehle, als würde sie keine Luft bekommen. Sobald die Tür hinter ihr ins Schloss gefallen war, riss sie sich das Kleid vom Leib, in diesem Moment war es ihr egal, ob sie es dabei zerriss. In diesem Moment war ihr alles egal. Noch immer zitterte sie, konnte sich einfach nicht beruhigen. Sie fuhr sich mit einer Hand durch die Haare und betrachtete sich im Spiegel. Ihre Haut war entsetzlich blass, ihre Augen geschwollen und rot. So rot wie Helenas, als sie am Kamin vor dem Feuer gesessen und versucht hatte, zu verstehen, was mit der Liebe ihres Lebens passiert war. So rot wie das Blut, als Helena alles mit einem Schlag verloren hatte. Laut schrie Elies auf und schlug mit der Faust gegen den Spiegel. Sie konnte sich selbst nicht mehr sehen, konnte dem Blick in ihren eigenen Augen nicht mehr standhalten. Konnte ihn nicht ertragen. Klirrend zerbrach der Spiegel unter ihrer Faust und Scherben fielen zu Boden. Elies beachtete sie nicht. Müdigkeit überkam sie und sie stützte sich gegen die Wand. *Was geschieht mit mir?* Elies schloss ihre Augen und versuchte, tief durchzuatmen. Noch immer konnte sie nicht aufhören zu zittern. Eine unendliche Kälte breitete sich in ihrem Innersten aus, als wäre jegliches Glück aus ihr gewichen. Nur am Rande nahm sie ihre blutende Hand wahr. Ihre Knöchel waren aufgesprungen, doch es schien, als wäre die Wunde von Scherben verschont geblieben. Als Elies wieder klarer denken konnte, ließ sie sich ein heißes Bad ein, versuchte die Kälte abzuschütteln und den Schmerz von sich zu waschen. Versuchte, sich von dem Schmerz zu befreien, als ob er Schmutz wäre, den sie einfach abwaschen konnte. Sie tauchte in dem warmen Wasser unter und hielt so lange sie nur konnte, die Luft an. Sie benutzte so viel Seife, bis das ganze Badewasser voller Seifenblasen war und trotzdem konnte sie die Bitterkeit nicht abwaschen. Elies versuchte zu verstehen, was mit ihr geschehen war. Versuchte, einen Sinn in die letzten Stunden zu bringen. Schließlich wurde die Müdigkeit zu groß und Elies döste vor sich hin. Es wurde immer schwieriger, wach zu bleiben. Penelope hatte sie vor der Müdigkeit gewarnt. Eine der Nachwirkungen, wenn man ein Spiegelwanderer wurde. *Natürlich.* Das war es. Auf einmal kam sich Elies schrecklich dumm vor, dass es ihr nicht sofort aufgefallen war. Sie hatte das Offensichtlichste übersehen! Sie war kein Mensch mehr, sie war ein Wanderer. *Und einige Spiegelwanderer entwickelten spezielle Fähigkeiten.*

Stunden später fand Niko Elies in einem der hintersten Räume der Bibliothek, der von der Galerie weiterführte. Sie schlief zusammengerollt auf ihrem Sessel. Den Kopf hatte sie auf den Tisch gelegt, als Kissen dienten ihre Arme, die auf einem offenen Buch lagen. Auf dem großen Arbeitstisch lag ein weiteres

Dutzend Bücher ausgebreitet vor ihr. Niko hatte nicht lange nach ihr suchen müssen. Als ihm bewusst wurde, was vorgefallen war, zog auch er die richtigen Schlüsse. Er betrachtete die Bücher, die Elies durchgearbeitet hatte, bevor sie eingeschlafen war. Sie alle behandelten dasselbe Themengebiet. Die Fähigkeiten der Spiegelwanderer. Leise setzte sich Niko auf den Platz gegenüber von ihr und blätterte durch einige der Bücher, die vor ihm auf dem Tisch lagen. Er war etwa bei der Hälfte des dritten Buches, als sich Elies langsam rührte. Schlaftrunken richtete sie sich auf und rieb sich den verspannten Nacken. In dieser Position einzuschlafen, war keine gute Idee gewesen. Sie hätte sich die Bücher besser mit auf ihr Zimmer nehmen sollen, eine gute Idee für ein andermal.

„Wie fühlst du dich?", fragte Niko und legte das Buch, das er eben in der Hand hielt, beiseite, um Elies seine volle Aufmerksamkeit zu schenken.

„Wozu fragst du eigentlich, wenn du doch ohnehin schon die Antwort kennst?", fragte Elies etwas unhöflicher als beabsichtigt. Doch Niko nahm es nicht persönlich.

„Angewohnheit", sagte er und zuckte mit den Schultern.

„Und hast du schon eine Ahnung, was du alles kannst?", fragte er Elies, die ihre Ellbogen müde am Tisch abstützte.

„Nun ja, nach dem Fiasko von vorher kann ich mit ziemlicher Sicherheit sagen, dass ich die Vergangenheit anderer Personen sehen kann. Aus dieser einen Erfahrung lassen sich natürlich noch keine genauen Regeln oder Rahmenbedingungen ableiten."

„Deswegen die Buchrecherche", ergänzte Niko.

Elies nickte und rieb sich die Augen: „Genau. Ich dachte, ich könnte irgendeinen Referenzpunkt finden. Irgendetwas, das mir sagt, in welche Richtung sich diese Kräfte entwickeln werden. Ich meine, sehe ich nur die Vergangenheit von Personen oder könnte ich auch die Zukunft sehen? Wie aktiviere ich diese Fähigkeit und, was noch wichtiger ist, wie kann ich sie im Zaum halten?"

„Ich denke nicht, dass man seine Kräfte zu sehr kontrollieren sollte."

Überrascht sah Elies auf: „Hast du dir denn nie gewünscht, nicht zu fühlen, was andere um dich herum empfinden? Ist es denn nicht schon schwer genug, seine eigenen Emotionen unter Kontrolle zu haben? Niko, ich habe Teile aus Helenas Leben gesehen, von denen vermutlich kein anderer Spiegelwanderer etwas weiß. Ich habe ihre Gedanken erahnt und genau gewusst, was sie empfunden hat. Ich wollte aus ihrer Erinnerung ausbrechen, doch ich konnte nicht. Ich wusste nicht, wie ich es beenden konnte. Aber das Schlimmste war, dass ich im Nachhinein nicht einmal mehr wusste, was ihre Gefühle und was meine eigenen waren. Ich habe Angst, Niko. Angst davor, mich selbst zu verlieren."

„Das wird nicht passieren, Elies", meinte Niko mit einer Selbstsicherheit, die sie aufblicken ließ.

„Woher willst du das wissen?", fragte Elies leise.

Nikos Hand glitt über den Tisch und fand ihre. Als er sie drückte, fühlte sie sich warm auf ihrer Haut an: „Ich habe dich nicht ohne Grund ausgewählt."

Er lächelte sein typisches Niko-Lächeln. Elies senkte ihren Blick und starrte auf ihre beiden Hände. Auf einmal riss sie überrascht die Augen auf und sah zu Niko: „Es hat nichts mit Körperkontakt zu tun!"

Auch Niko blickte auf ihre Hände. Ihre Haut berührte sich, doch nichts war geschehen.

Doch im nächsten Moment verfinsterte sich Elies' Blick: „Aber das heißt auch, dass ich meine Kraft nicht kontrollieren kann."

Natürlich. Wenn sich ihre Fähigkeit nicht bei jedem Kontakt aktivierte, hing sie von anderen Faktoren ab, die wesentlich schwieriger zu kontrollieren waren.

„Elies, mach dir keine Sorgen um Dinge, die du jetzt ohnehin nicht ändern kannst. Du wirst sehen, kommt Zeit, kommt Rat."

„Du hast recht", gab Elies seufzend zu. Bis sie das nächste Mal in den Kopf eines Lebewesens eintauchen würde, konnte sie auch nicht mehr über ihre Fähigkeit sagen. Natürlich hatte sie von Spiegelwanderern gelesen, die eine vergleichbare Kraft besaßen. Elies hatte von einer Wanderin gelesen, die Visionen von der Zukunft und der Vergangenheit sah, doch waren ihre viel kürzer gewesen und hatten keinerlei Empfindungen der Leute beinhaltet, die in ihren Visionen vorkamen. Daneben gab es Empathen, so wie Niko, und Spiegelwanderer, die Gedanken lesen konnten, aber Elies hatte von niemandem gelesen, der auch nur annähernd dieselbe Fähigkeit entwickelt hatte. Alles, was sie jetzt tun konnte, war warten. Warten, bis ihre Fähigkeit ihr einen erneuten Einblick in das Leben anderer geben würde.

„Ich hoffe, sie ist nicht allzu verärgert?", fragte Elies, als ihre Gedanken zu Helena zurückkehrten.

„Selbstverständlich nicht", winkte Niko ab, natürlich wusste er sofort, von wem sie sprach. „Sie versteht sehr wohl, dass neue Kräfte durchaus angsteinflößend sein können. Aber eines würde mich interessieren. Ich habe Helena gefragt, ob sie weiß, was du gesehen hast, doch sie sagte nur, dass deine Fähigkeit keinerlei Auswirkungen auf sie selbst gehabt hat. Trotzdem hat es auf mich so gewirkt, als würde sie genau wissen, was du gesehen hast."

„Und du willst jetzt wissen, was ich gesehen habe?", fasste Elies seine unausgesprochene Frage zusammen. Als Antwort nickte Niko schüchtern. Elies atmete einmal tief durch, bevor sie antworten konnte: „Es war ihre Geschichte. Helenas und Johns. Ich habe das Schönste und das Schrecklichste davon gesehen."

Elies erzählte nicht mehr und Niko fragte auch nicht. Kurz war es still zwischen ihnen, beide hingen ihren eigenen Gedanken nach.

„Erzählst du mir ihre ganze Geschichte?", fragte Elies auf einmal und durchbrach die Stille. Sie sah auf und blickte Niko in die Augen. Sie fragte nicht ihrer Neugierde wegen. Lange sah Niko sie an, versuchte, die junge Spiegelwanderin vor sich zu lesen. Er versuchte herauszufinden, was in ihrem Kopf nur vorging. Schließlich nickte er. Er würde Elies Helenas Geschichte erzählen. Elies musste die ganze Geschichte erfahren, um ihre Vision besser verstehen zu können, denn Niko glaubte, dass es einen Grund für das gab, was Elies gesehen hatte. Sogar, wenn sie selbst es noch nicht wusste.

„Wo soll ich nur anfangen ...", Niko atmete laut aus und blickte über Elies' Kopf hinweg, um seine Gedanken zu ordnen. Sein Blick verlor sich in einem der Bücherregale.

„Am besten am Anfang", schlug Elies vor.

„Die Frage ist nur, welcher Anfang", lächelte Niko geheimnisvoll. „Nun gut, ich fange diese große Geschichte an, wie alle großen Geschichten anfangen. Vor langer, langer Zeit, es war 1394, wenn du es genau wissen willst, war ein junger Mann aus dem Kleinadel einer Frau versprochen worden. Ihre Ehe wurde von ihrer beider Eltern arrangiert und die Dame war überglücklich darüber. Sie kannte den adretten, jungen Mann von einem Fest am Hof des Königs. Sie hatten sogar einmal miteinander getanzt und er war höchst zuvorkommend gewesen. Natürlich war sie vor Freude trunken, hatte sie seit jenem Abend auf dem Fest an niemand anderen mehr denken können. Auch der junge Mann störte sich nicht an dieser rein politisch gedachten Verbindung. Er erinnerte sich zwar nicht mehr an die Dame, er hatte an jenem Abend schließlich mit einem Dutzend junger Mädchen getanzt. Doch ihre Eltern ließen ihm ein Gemälde von ihr zukommen und so willigte auch er in die Verbindung ein. Es wurde ein großes Verlobungsfest gefeiert, auf dem sich das Paar zum ersten Mal wirklich kennenlernen konnte. Es stellte sich heraus, dass sie zwar wenig Gemeinsamkeiten hatten, doch beide freuten sich an den schönen Dingen des Lebens und hätten zweifelsohne eine angenehme Zukunft miteinander gehabt. Das Mädchen war noch jung und dumm. Und so verliebt. Der junge Mann konnte sie gut leiden, auch wenn er bei weitem nicht verliebt war. Aber das musste er auch nicht sein. Diese Ehe war eine rein politische Angelegenheit und in zweiter Linie eine ökonomische Zusammenschließung. Er war ihrer jedoch nicht abgeneigt und das genügte. Und so war die Hochzeit beschlossene Sache."

„Warum erzählst du mir das?", unterbrach Elies ihn, „was hat das alles mit Helena zu tun? Ich weiß, dass die Frau, von der du sprichst, nicht Helena sein kann."

Natürlich nicht, Elies wusste, dass John Helena mehr als das Leben selbst geliebt hatte, wie sollte diese Erzählung da hineinpassen? Die Verbindung zwischen Helena und John war keine, die über die Jahre erst gewachsen war. Es war eine, die schon von Anfang an dagewesen sein musste.

„Außerdem lebte Helena fiel später. Meine Einsicht in ihr menschliches Leben stammt aus dem 19. Jahrhundert", fuhr Elies fort, doch Niko lächelte sie nur traurig an und deutete ihr, Geduld zu haben, bevor er seine Erzählung wiederaufnahm.

„Die Hochzeit wurde also beschlossen und jeder schien darüber zufrieden zu sein. Doch dann passierte etwas, mit dem keiner gerechnet hatte. Der Vater des jungen Mannes wurde zu einem Turnier geladen und erlaubte seinen beiden ältesten Söhnen, ihn zu begleiten. Und so kam es, dass der junge Mann, zusammen mit seinem Vater und seinem älteren Bruder, mehrere Tage auf einer Burg verbrachte, auf der er zuvor noch nie gewesen war, um an den Feierlichkeiten des Turniers teilzunehmen. Der Burgherr hatte zwei Söhne und drei Töchter. Einer der Söhne nahm an dem Turnier teil, der andere war noch ein kleiner Bub, doch die drei Töchter hatten dafür Sorge zu tragen, dass es dem Besuch an nichts mangelte. Und so kam es, dass der junge Mann die älteste Tochter besser kennen lernte. Am Tag des Turniers gab sie ihm sogar ein buntes Band als Talisman. Der Gastgeber beobachtete das Geschehen mit Missfallen, er wusste immerhin, dass der junge Mann einer anderen versprochen war. Natürlich wäre er auch für seine eigene Tochter keine schlechte Partie gewesen, aber er versuchte, diesen Gedanken fahren zu lassen und riet seiner Tochter dasselbe. Doch alles Gutzureden der Welt hätte ihnen nicht mehr geholfen, denn der junge Mann hatte sich verliebt und auch die älteste Tochter des Gastgebers konnte ihre Augen nicht von ihm abwenden. Der junge Mann wollte sie heiraten und versprach ihr die Sterne vom Himmel. Er wollte alles tun, um sie glücklich zu machen. Er hatte zuvor noch nie etwas Vergleichbares empfunden. Und der Vater gab dem Begehren seines Sohnes nach, immerhin war er mindestens sein zweitliebster Sohn von vier. Auch war die Tochter des Gastgebers aus politischer Sicht keine schlechtere Partie. Also tat er das, was jeder Vater in einer solchen Situation getan hätte. Er entschädigte die Familie der Verschmähten mit einer beträchtlichen Geldsumme, sodass keine Zwietracht zwischen den Familien gesät war und handelte von seinem Gastgeber eine Mitgift aus, die fast doppelt so hoch war, wie seine Entschädigungszahlung. Und so war diese Hochzeit beschlossene Sache. Alle waren zufrieden. Der junge Mann und die älteste Tochter des Gastgebers hätten nicht glücklicher sein können. Sie verband eine Liebe, wie man sie damals nur aus der hohen Minne kannte. Ihre beiden Familien waren zufrieden mit der beschlossenen Verbindung und auch die Familie der Verschmähten hegte keinerlei Groll gegen sie, hatte sogar der Einladung zu den hochzeitlichen Feierlichkeiten zugesagt. Alles schien perfekt. Doch niemand hatte mit der Wut und dem Schmerz des gebrochenen Herzens der Verschmähten gerechnet. Niemand hatte geahnt, wozu sie fähig war."

An dieser Stelle unterbrach sich Niko und blickte für einige Augenblicke verloren in die Leere.

„Wer, außer dir, kennt diese Geschichte noch?", fragte Elies vorsichtig.

„Die ganze Geschichte mit allem, was dazugehört?", Niko sah auf, „nur Helena, James und ich. Und nach dem heutigen Abend auch du."

„Auch James?", blickte Elies verwundert auf.

Niko nickte: „Er und Helena kannten sich bereits als Menschen."

„Aber das bedeutet dann auch, dass Helena und James etwa zur gleichen Zeit Spiegelwanderer wurden", überlegte Elies laut.

„Aber James ist im Rat der Ältesten."

Niko sah sie abwartend an, konnte ihrem Gedankengang nicht folgen und wusste nicht, auf was sie hinauswollte.

Auf seinen fragenden Blick hin fuhr sie fort: „Ich dachte im Rat der Ältesten sind wirklich nur die Ältesten der Spiegelwanderer."

„Darüber hast du dir Gedanken gemacht?", lachte Niko. „Grundsätzlich sollte es so sein, dass nur die Besten und Fähigsten, die ihr Können bereits unter Beweis gestellt haben, im Rat sind."

Elies sah ihn skeptisch an: „Ach, wirklich?"

„Ja, ich weiß, was du denkst", lenkte Niko ein. „Die Hälfte der Ratsmitglieder sieht aus, als würden sie im Stehen einschlafen. Aber glaub mir, zu ihrer Zeit waren sie die Besten, die die Wanderer hatten. Das Problem ist vielmehr, dass, wenn man einmal im Rat ist, man nicht wirklich hinausgeworfen werden kann, es sei denn, sie hätten ein begründetes Verbrechen begangen. Natürlich würde keiner von ihnen den Rat freiwillig verlassen. Deswegen ist Catwren darum bemüht, die Besten in den Rat zu holen, um das Komitee ausgeglichen zu halten."

„Aber dann werden die Mitglieder im Rat doch nur immer mehr?"

„Langlebig, Elies. Wir Spiegelwanderer sind langlebig, aber nicht unsterblich", erinnerte Niko sie. „Früher oder später sterben wir alle. Jeder weiß, dass der Tod unausweichlich ist."

Für einen Moment war es leise zwischen ihnen, dann bat Elies Niko mit Helenas Geschichte fortzufahren: „Was hat die Frau getan?"

„Sie war jung und ihr Herz war gebrochen. Ich denke, es gibt keine schlimmere Mischung. Sie dachte, ihr Leben wäre beendet. In ihren Augen gab es nichts, was das Leben noch lebenswert machte. Alles, was sie ab diesem Punkt noch wollte, war Rache. Sie wollte den jungen Mann, der ihr Herz gebrochen hatte, leiden sehen und auch die Dame, für die er ihre Verlobung gelöst hatte. Wollte sie beide brennen sehen. Doch sie wusste, dass es zu keiner Fehde kommen würde, ihre Familien hatten sich in Frieden geeinigt. Niemand stand auf ihrer Seite und konnte ihren Zorn, ihren Neid und ihre Trauer nachvollziehen. Sie fühlte sich zutiefst in ihrem Recht verletzt und gedemütigt. Sie wusste, dass sie weder durch ihre Familie noch allein etwas erreichen konnte. Aber sie hatte Gerüchte gehört. Gerüchte über eine Hexe, die im Herzen des Waldes lebte und gegen genügend Bezahlung jegliches Übel heraufbeschwören konnte. Natürlich hatte auch die junge Dame, als sie das erste Mal von dieser mystischen Frau im Wald gehört hatte, nichts darauf gegeben. Es für Geschwätz alter Männer aus der Schenke gehalten. Doch je mehr Zeit verging und je näher die

Hochzeit der jungen Verliebten kam, desto verbitterter wurde sie. Es hatte mehrere Wochen gedauert, bis sie an ihrem Tiefpunkt angelangt war. Vielleicht hatte sie noch immer gehofft, dass der junge Mann seine ihm Versprochene verlassen und wieder zu ihr zurückkehren würde. Irgendwann jedoch, nur mehr wenige Tage bevor die Hochzeit stattfinden sollte, raffte sie ihren ganzen Mut zusammen und ritt nachts in den Wald, um die Hexe zu suchen. Sie wusste, dass es eine leichtsinnige Entscheidung war. Dass sie leicht überfallen werden konnte. Ausgeraubt, getötet oder Schlimmeres. Vielleicht war es ihr ab diesem Punkt auch gar nicht mehr wichtig, vielleicht war ihr eigenes Schicksal für sie nicht mehr von Bedeutung. Alles was sie wollte, war sich für ihren Schmerz zu rächen. Und so suchte sie die Hexe auf, an deren Kräfte sie eigentlich nicht glaubte. Ich kann dir nicht sagen, wie lange sie in der Finsternis im Wald nach ihr gesucht hatte, doch schließlich musste sie ihr verborgenes, kleines Häuschen gefunden haben. Das Haus der Hexe, deren Name Lorraine war. Du musst wissen, Elies, dass es im Großen und Ganzen zwei Arten von Hexen gibt. Die, die nach dem Grundsatz leben, niemandem zu schaden und die, die sich von ihrer eigenen Macht überfluten lassen, bis nichts mehr außer Machtgier in ihnen übrig ist. Lorraine gehört dieser zweiten Sorte an. Und so hatte sie auch keine Skrupel auf den Pakt mit dem verletzten, jungen Ding einzugehen."

„Was war das für ein Deal?", fragte Elies, allerdings war sie sich nicht sicher, ob sie die Antwort überhaupt hören wollte.

„Ein Blutpakt. Ein Leben für ein anderes Leben."

„Aber damit hat sie doch auch ihr eigenes Leben aufs Spiel gesetzt?", rief Elies verwundert.

„Du vergisst, dass sie nichts mehr zu verlieren hatte. In ihren Augen war ihr Leben bereits vorbei", antwortete Niko. „Außerdem denke ich, dass die alte Hexe ihr nicht alles genauestens erklärt hat. Das Mädchen wollte Vergeltung für ihr widerfahrenes Leid. Sie wollte die Gewissheit, dass es dem Paar genauso schlecht ergehen würde wie ihr selbst und dafür war sie sogar bereit zu sterben."

„Aber es war nicht nur ihr Tod, den die Hexe wollte, nicht wahr?", fragte Elies.

„Natürlich nicht", schnaubte Niko. „Doch das Mädchen wusste es nicht besser und hat Lorraine unwissentlich ihre Seele verkauft."

„Wozu brauchen Hexen Seelen? Was machen sie damit?", Elies wusste, dass Dämonen Seelen verschlangen, um sich selbst bei Kräften zu halten, aber es war ihr ein Rätsel, was Hexen damit bewerkstelligen wollten.

„Elies, Lorraine lebt auch heute noch."

Ungläubig riss diese die Augen auf: „Aber dann ist sie doch …"

„Lorraine ist über 1500 Jahre alt. Die Seelen sind es, mit denen sie sich das Leben erkauft. Deswegen ist Helena noch heute auf der Suche nach ihr. Sie ist der Meinung, dass Lorraine die Einzige ist, die den Fluch brechen kann."

„Warte einmal kurz", unterbrach ihn Elies und versuchte ihre Gedanken zu ordnen. „Das heißt, das Paar in der Geschichte, die du mir eben erzählt hast, das waren Helena und John?"

Elies rieb sich mit einer Hand die Stirn, als könnte sie so ihren Kopf dazu bringen, das alles zu verstehen: „Also wurden Helena und John schon im Mittelalter von dieser Hexe verflucht? Und der Fluch hält bis heute an … Aber Helena wurde doch erst vor knappen 150 Jahren eine Spiegelwanderin … Also muss alles mit diesem Fluch zusammenhängen."

Niko nickte: „Es begann zwar alles mit Lorraine, aber ich denke, dass es mehr als einen Weg geben muss, um diesen Fluch zu brechen. Selbst, wenn es ein solch mächtiger ist. Keiner weiß, wo Lorraine heute ist. Sie ist irgendwann Ende des 19. Jahrhunderts untergetaucht. Vielleicht ist sie in der Zwischenzeit auch gestorben, wer weiß das schon? Wir können hier nichts mit Sicherheit sagen."

„Also, das Mädchen hat unwissend ihre Seele verkauft, um Helena und John zu verfluchen", fasste Elies die Erzählung noch einmal zusammen.

„Nur, dass sie damals noch nicht Helena und John waren", antwortete Niko.

Verwirrt starrte Elies ihn an.

„Damals hatten sie andere Körper, andere Namen. Sie lebten in einer anderen Epoche und wurden anders aufgezogen." Elies versuchte, es zu verstehen, versuchte, das ganze Wissen zu verarbeiten.

„Was genau war das für ein Fluch?", fragte sie schließlich.

„Einer, wie es ihn in dieser Stärke und Intensität noch nie zuvor gegeben hat und vermutlich auch niemals wieder geben wird. Aber um das zu verstehen, musst du zuerst wissen, dass es so etwas wie verwandte Seelen gibt. Manche Leute nennen es auch Seelengefährten."

Elies zog kritisch ihre Augenbraue nach oben: „Seelengefährten? Hört sich eher nach einem schlechten Witz an."

Für einen Moment sah Niko sie an und fragte sich, ob dieser Zynismus schon immer in Elies gewesen war, oder ob Matt ihn erst in ihr gepflanzt hatte.

„Es ist wahr. Es ist nicht so selten, wie du vielleicht glaubst, kommt aber auch nicht allzu häufig vor. Seelengefährten sind zwei Seelen, die sich im Laufe ihrer Leben immer wieder begegnen. Es kann auch vorkommen, dass sich zwei miteinander verbundene Seelen in einem Leben überhaupt nicht finden oder auch erst sehr spät. Natürlich kann es ebenso passieren, dass sie sich nicht auf Anhieb wiedererkennen, doch früher oder später wird es wieder ein Leben geben, in dem sie sich wiederfinden."

„Willst du damit sagen, dass Helena und John Seelenverwandte sind?", fragte Elies im ersten Moment ungläubig, doch dann erinnerte sie sich an ihre Vision, erinnerte sich an all das, was sie gesehen und gefühlt hatte und begann, es zu glauben. Sie wusste nicht warum, doch in jenem Augenblick fühlte sich Elies schrecklich allein.

„Helena und John sind Seelenverwandte, oder sie waren es zumindest."

„Was meinst du mit ‚waren'?", schaute Elies auf. Ihre Finger hielten das vor ihr liegende Buch fest umklammert.

„Die Verbindung, die zwei Seelen aneinanderbindet, kann auch getrennt werden."

Ungläubig starrte sie Niko an: „Aber wie? Wie kann man eine so starke Verbindung trennen und warum sollte man das tun? Zwei Seelen sind doch nicht grundlos miteinander verbunden."

„Elies, man kann jede Verbindung trennen", Nikos Stimme klang ruhig, doch er hatte eine Traurigkeit in den Augen, die ihr zuvor noch nie aufgefallen war. Wieder fragte sie sich, was Niko wohl widerfahren war. Immerhin hatten alle Spiegelwanderer eines gemeinsam, den Schmerz einer zerbrochenen Seele.

„Es gibt uralte Zauber, älter sogar noch als die Zeit selbst, die eine solche Verbindung lösen können, doch fehlt es heute an den Magiern, die diese Zauber auch ausführen könnten. Aber es gibt noch eine weitere Möglichkeit eine solche Verbindung zu lösen, durch die verbundenen Seelen selbst."

„Was? Aber warum würde sich jemand freiwillig von seinem Seelengefährten trennen?", für Elies war das, als würde man sich von seinem Bein oder seinem Arm oder seinem Herzen trennen. Als würde man einen Teil seiner Selbst unwiderruflich aufgeben. Doch was wusste sie schon? Sie hatte lediglich einen kurzen Einblick in Helenas Leben gehabt.

„Und wenn der Schmerz einfach zu groß wird?", wandte Niko ein. „Der Fluch begleitet Helena seit fast tausend Jahren. Auch wenn sie zuvor nie das große Ganze gesehen oder sich an ihre vorherigen Leben erinnert hat, jetzt als Spiegelwanderin kennt sie das ganze Ausmaß des Fluches. Du hast gesehen, was passiert ist, Elies, du hast den ganzen Schaden und den Schmerz miterlebt. Natürlich möchte ein Teil von Helena, dass es endlich vorüber ist, sie möchte frei von dem Fluch sein und von John. Möchte ihr Leben selbst in die Hand nehmen, ohne irgendwelche Verbindungen oder Verpflichtungen zu haben. Aber ein anderer Teil ihrer Selbst würde John niemals gehen lassen. Wenn Helena in ihrem nächsten Leben nicht wieder das Opfer des Fluches werden will, hat sie nur wenige Möglichkeiten. Entweder sie löst sich von John, aber glaub mir, das funktioniert nicht aus einer reinen Impulsentscheidung heraus. Dafür braucht es hunderte von Jahren, damit sich zwei Seelen weit genug voneinander entfremden, um die Verbindung zu kappen. Oder sie findet

Lorraine und bringt sie dazu, den Fluch von sich zu nehmen. Möglicherweise findet sie auch noch einen anderen Weg, aber trotzdem stehen ihre Chancen nicht besonders gut."

Elies versuchte, sich in Helena hineinzuversetzen, aber sie empfand nichts als Kälte und Ausweglosigkeit. Auch Niko musste es gespürt haben, denn sein Blick verdüsterte sich merklich.

„Was genau bewirkt dieser Fluch?", fragte Elies schließlich und musste gähnen. Sie spürte langsam, wie erneut Müdigkeit in ihr aufkeimte.

„Es war einer der mächtigsten Flüche, den Lorraine jemals ausgesprochen hat. Sobald sich die Seelengefährten gefunden haben und auf dem höchsten Punkt ihres Glücks befinden, setzt er ein und legt ein schreckliches Unglück über sie, das nicht abzuwenden oder aufzuhalten ist. Es gibt kein Entkommen davon."

„Aber wie äußert sich dieses Unglück?", versuchte Elies Niko zu folgen.

„Es beginnt immer unterschiedlich", erklärte er, „doch es endet immer auf dieselbe Weise. In dem Tod einer oder beider verwandter Seelen."

„Aber Helena und John sind doch beide noch am Leben", wandte Elies ein.

„Helena ist nur wegen James und den Spiegelwanderern am Leben. Sie hat versucht, sich das Leben zu nehmen und es wäre ihr auch gelungen, hätte James sie nicht rechtzeitig gefunden. Und ohne den Spiegelwanderern hätte sie es zweifelsohne erneut versucht. Sie war am Ende, als die Wanderer sie gefunden haben. Mehr noch, als du oder ich es uns jemals vorstellen können. Und was John angeht ... Er mag de facto vielleicht noch am Leben sein, doch sein menschliches Leben hat er schon lange hinter sich gelassen. Ich kann dir nicht sagen, wie sich der Fluch in Helenas früheren Leben geäußert hat. Sie hat noch nie mit jemandem darüber gesprochen. Außer vielleicht mit James ... Aber ich kann dir die Geschichte von ihrem letzten gemeinsamen Leben als Mensch erzählen. Wie du in deiner Vision bemerkt hast, lebten Helena und John in ihrem letzten Leben im 19. Jahrhundert. Sie wurde als einzige Tochter eines Arztes und seiner Frau geboren. John war ebenfalls Arzt und arbeitete mit Helenas Vater zusammen. Helena selbst besuchte ihren Vater gerne bei der Arbeit und lernte so eines Tages John kennen."

„Und sie verliebten sich", ergänzte Elies. „Ich habe sogar den Moment miterlebt, als er um ihre Hand angehalten hat. Ich weiß, was er für sie empfunden hat, wie glücklich sie waren, aber irgendetwas hat ihn verändert. Irgendetwas muss passiert sein?"

„Genau hier setzt der Fluch ein", fuhr Niko fort. „An dem Punkt ihres höchsten Glücks. Der Fluch kann sich unterschiedlich äußern. Zum Beispiel durch Mord, einen einfachen Unfall oder aber auch durch eine Katastrophe wie ein Erdbeben oder ein Feuer."

Unwillkürlich war Elies zusammengezuckt und Niko bereute sofort, das Feuer erwähnt zu haben. Sie atmete tief durch und versuchte, den bitteren Geschmack in ihrem Mund zu ignorieren. Ohne es zu bemerken, zog sie die Ärmel ihres Pullovers etwas weiter nach unten, sodass auch ihre Hände darin verschwanden. Schließlich blickte sie zu Niko auf und deutete ihm mit einem Nicken, mit der Geschichte fortzufahren.

„In diesem Leben manifestierte sich der Fluch in einer Krankheit Johns. Es ist keine Krankheit im wahren Sinne des Wortes, aber besser kann ich es nicht beschreiben. Der Fluch fraß sich in sein Herz und vergiftete ihn innerlich. Er breitete sich einfach wie eine Krankheit in John aus. Langsam, aber sicher, veränderte sie ihn unaufhaltsam."

„Er war voller Zorn", erinnerte sich Elies und blickte auf die hölzerne Tischplatte vor sich. John musste gewusst haben, dass etwas mit ihm nicht stimmte. Dass sich etwas in sein tiefstes Inneres gefressen hatte und doch konnte er nichts dagegen tun. Elies glaubte, dass John so lange dagegen angekämpft hatte, wie er nur konnte, doch am Ende konnte er nur verlieren. Wie sollte sich ein einfacher Mensch denn auch gegen einen so mächtigen Fluch behaupten können?

„Irgendwann hätte er Helena sicher in blinder Raserei getötet …", Elies dachte, es war reines Glück gewesen, dass sich Helena bei dem Sturz von der Treppe nicht den Hals gebrochen hatte. Doch eine neue Frage drängte sich ihr auf: „Wie ist John ein Dämon geworden?"

„Durch einen Handel mit einem anderen Dämon", antwortete Niko. „John dachte, er würde das Richtige tun und so auch Helena helfen, aber der Dämon hat ihn hinters Licht geführt. Ihn ausgetrickst und am Ende hat John nichts gewonnen, aber alles verloren."

„Was ist passiert?", fragte Elies und musste an das Mädchen denken, das den Deal mit Lorraine eingegangen war, ohne den wahren Preis zu kennen.

„John hat einen Tausch mit einem Dämon abgeschlossen. Sein Leben gegen ein anderes."

Erschrocken riss Elies die Augen auf und fuhr mit einer Hand zu ihrem vor Schreck geöffneten Mund.

„Das Leben seines Kindes", Elies' Stimme zitterte, als sie Johns Opfer erkannte. Alles, was er jemals gewollt hatte, war seine Familie zu beschützen.

Niko nickte: „Genau, er tauschte sein Leben gegen das seines ungeborenen Kindes."

„Aber irgendetwas muss schiefgelaufen sein. Helena hat doch keine Kinder? Und warum haben die Dämonen John zu einem von ihnen gemacht? Warum haben sie ihn nicht einfach getötet?", zu viele Fragen waren Elies gleichzeitig in den Kopf geschossen. Sie versuchte, ihre Gedanken zu ordnen, doch die Müdigkeit wurde immer schlimmer.

„Der Dämon, mit dem John den Pakt geschlossen hatte, hatte die Dunkelheit in seiner Seele erkannt. Er schien wohl anzunehmen, dass John mit all seinem Zorn einen guten Dämon abgeben würde. Und somit wurde der Handel beschlossen. Johns Seele gegen das Leben seines Kindes."

Müde rieb sich Elies ihre Augen. Erinnerte sich an Johns Schrecken und den Schmerz, als er erkannte, was an jenem Abend an der Treppe geschehen war.

Aber es passt doch nicht zusammen? Elies sah zu Niko auf.

„Du hast recht", antwortete er auf Elies' unausgesprochene Frage. „Helena hat keine Kinder und wird auch niemals welche bekommen. John ist einen Deal eingegangen und der Dämon musste nun seinen Teil erfüllen. Er gab Helena ihr verlorenes Kind zurück. Doch es ist ein großer Unterschied, ob man nur einen Körper wiederbelebt oder auch die Seele zurückholt. Das Kind wurde hirntot geboren und verstarb einige Tage nach der Geburt. Anstatt Helenas Schmerz zu mindern, hat John sie vollkommen zerstört. Natürlich, er wollte nur helfen, seine Fehler ungeschehen machen, doch er hat damit alles noch schlimmer gemacht."

Elies wollte etwas sagen, brachte aber keinen Ton heraus. Es fühlte sich an, als hätte jemand ein Loch in ihr Inneres gerissen. Sie versuchte, sich Helenas Schmerz vorzustellen und dachte an John, als er erfahren haben musste, dass er trotz allem seine Familie nicht retten hatte können. Er hatte alles gegeben und alles verloren. Sie fragte sich, ob John wusste, dass es nicht seine Schuld war. Dass nicht er das Monster war, sondern Lorraine.

Es dauerte einige Minuten, bis Elies ihre Stimme wiedergefunden hatte: „Was war es?"

Niko blickte sie verwirrt an. Er konnte ihrem Gedankengang nicht folgen.

„Das Kind. War es ein Mädchen oder ein Junge?"

Überraschung spiegelte sich in Nikos Augen wider: „Ich ... Ich weiß es nicht. Ich habe nie danach gefragt."

Lange war es still zwischen ihnen, jeder war in seinen eigenen Gedanken versunken. Nikos Finger trommelten nervös auf einem der offenen Bücher, in denen Elies Stunden zuvor gelesen hatte. Schließlich beugte sie sich über den Tisch und begann die Bücher zuzuschlagen und zu stapeln. Kommentarlos half ihr Niko, sie in die richtigen Regale zurückzustellen. Zusammen verließen sie den kleinen Leseraum und machten sich auf den Weg über die Galerie und den großen Lesesaal zum Ausgang der riesigen Bibliothek.

„Was hast du jetzt vor?", fragte Niko, als die schwere Eichentüre hinter ihnen zugefallen war.

„Zuerst einmal schlafen", gestand Elies und unterdrückte ein Gähnen. Es fiel ihr zunehmend schwer, die Augen offen zu halten. Außerdem brauchte sie Zeit und etwas Abstand, um das Gehörte zu verarbeiten.

„Wenn ich dann wieder zu gebrauchen bin, werde ich Ryan besuchen."

Niko nickte, doch für Elies schien es, als würde er sie nicht mehr wirklich wahrnehmen. Elies musste nicht fragen, um zu wissen, wo seine Gedanken waren. Aufmunternd lächelte sie ihn noch ein letztes Mal an, bevor sie sich umwandte und sich auf den Weg zu ihrem Himmelbett machte.

KAPITEL 7

Helena

Es hatte Tage gedauert, bis Helena Penelope überzeugt hatte, sie endlich aus der Krankenstation zu entlassen. Auf ihre gebrochenen Rippen konnte sie ohnehin auch selbst Acht geben, dafür brauchte sie nicht den ganzen Tag in dem kleinen Krankenzimmer vor sich hinzumodern. Doch Penelope war die ersten paar Tage unerbittlich gewesen und selbst Hannah wollte sie nicht einmal für einige Stunden in die Freiheit entlassen, damit sie sich zumindest etwas aus ihrem Labor holen konnte, an dem sie arbeiten konnte. Die Langeweile schien sie fast zu erdrücken. Wenigstens leisteten ihr Niko und James Gesellschaft und auch Elies hatte sie einmal besucht, wobei diese Zusammenkunft von kurzer Dauer gewesen war. Natürlich wusste Helena, dass Niko Elies ihre Geschichte erzählt hatte. Sie hatte es in jenem Moment gewusst, als Elies schüchtern durch die Tür gespäht hatte, um zu sehen, ob Helena wach war. Ihre Unruhe war ihr ins Gesicht geschrieben gewesen. Nervös war Elies die ganze Zeit auf ihrem Sessel herumgerutscht, hatte ihre Hände geknetet und unaufhörlich auf ihrer Unterlippe herumgekaut. Sie hatte Helena nicht einmal in die Augen sehen können. Selbstverständlich hatte Helena versucht, Elies zu beruhigen, denn sie verstand durchaus, dass Elies sich nicht freiwillig in ihr vergangenes menschliches Leben eingeschlichen hatte. Aber es hatte nicht geholfen. Egal wie oft sie Elies versicherte, dass sie selbst keinerlei Probleme damit hatte, dass Elies ihre Vergangenheit kannte, Elies Unruhe ließ sich nicht vertreiben. Niko beschwichtigte Helena zwar, dass Elies lediglich mehr Zeit bräuchte, trotzdem hatte Helena das Bedürfnis noch einmal mit Elies zu sprechen. Die ersten paar Tage hatte Helena mit Schlafen verbracht. Es waren größtenteils traumlose Stunden gewesen, doch hin und wieder hatte sich John in ihre Träume geschlichen. Wie er über ihr gebeugt stand, das Gesicht zu einem grausamen Lachen verzogen. Wie er ihr das Messer an die Kehle drückte. Das Geräusch des Klappmessers, als er es öffnete. Es schien unaufhaltsam in ihren Ohren nachzuhallen. Doch waren es nicht nur diese Erinnerungen, die sie verfolgten. So sehr Helena sich auch bemühte, sie schien nie von John loszukommen. In diesen ersten paar Tagen hatte sie schreckliche Kopfschmerzen gehabt, sodass sie nicht einmal in zu grelles Licht blicken konnte. Sobald sie sich zu schnell oder überhaupt bewegte, schien alles um sie herum zu verschwimmen. Der Schwindel breitete sich in ihr aus, wie ein Sturm, den man nicht aufhalten konnte. Und die Übelkeit schien einfach nicht enden zu wollen. Erst nach einer knappen Woche ging es Helena endlich wieder besser, sodass sie sich nur mehr mit den gebrochenen Rippen herumschlagen musste. Während Niko kam und ging, wie es ihm in den Sinn kam, besuchte James sie jeden Tag pünktlich zum Tee. Für gewöhnlich waren seine Unterhaltungen gesellig und munter. Er berichtete ihr von allem, was einstweilen geschehen war. Sowohl in der Welt der Menschen als auch im Rat der Ältesten. Doch an jenem Tag war James viel zu spät dran. Helena wunderte sich, was ihn nur aufgehalten haben konnte, da Unpünktlichkeit nun wirklich nicht seine Art war.

Erst am späten Abend öffnete sich die Tür und James trat ein. Doch er kam nicht wie sonst mit einem Lächeln auf den Lippen und einem freundlichen Strahlen in den Augen. Nein, an jenem Abend schlug er die Türe hinter sich zu und seine Schritte hallten in dem kleinen Raum viel zu laut nach. Wutentbrannt lief er die Länge des Zimmers mehrere Male ab, versuchte sich zu beruhigen, starrte die ganze Zeit stur auf den Boden. Helena setzte sich, so gut es ihre schmerzenden Rippen zuließen, weiter auf und stützte sich in den fast zu weichen Kissen ab. Sie hatte schon vor langer Zeit gelernt, dass sie James in diesem erregten Gemütszustand nicht ansprechen sollte. Sie hätte ohnehin kein vernünftiges Wort aus ihm herausbekommen. James würde mit ihr sprechen, wenn er so weit war. Alles, was er in jenem Moment wollte, war Helenas stille Gesellschaft.

Schließlich wurden seine Schritte langsamer und der feurige Blick in seinen Augen hatte etwas an Intensität verloren. Mit einem lauten Seufzer nahm er auf dem Sessel links von Helenas Bett Platz und starrte verloren vor sich hin. Sein Verhalten hätte auf andere Spiegelwanderer komisch gewirkt, doch nicht auf Helena. Sie wusste, dass etwas sehr Ernstes vorgefallen sein musste, wenn es ihren ältesten Freund derartig aus der Bahn warf. Noch immer sagte sie nichts, sondern betrachtete James schweigend. Abwartend. Er würde das Wort ergreifen, wenn er bereit war. Aber James sagte für einige weitere Minuten nichts, stattdessen schüttelte er leicht den Kopf und rieb sich die Stirn.

„Wann sind wir Spiegelwanderer eigentlich so stumpfsinnig und blind für das Offensichtliche geworden?", fragte er schließlich erschöpft und sah Helena enttäuscht an. Sein Ausdruck war jener, den Eltern für gewöhnlich für ihre Kinder reservierten, wenn sie etwas unglaublich Dummes getan hatten.

„Was ist passiert?", fragte Helena und auch ihr Blick verfinsterte sich.

„Catwren", antwortete James und Helena wusste augenblicklich, dass das große Probleme bedeutete.

„Sie glaubt uns nicht. Sie glaubt weder deinen Informationen noch meinen Beweisen. Wie kann sie nur so blind sein? Helena, ich habe ihr unbestreitbare Beweise vorgelegt! Fakten, die beweisen, dass etwas für uns noch Unbekanntes vor sich geht. Allein die verschwundenen Spiegelwanderer! Wie will sie sich das sonst erklären? Wir hatten schon länger die Theorie, dass sich die Dämonen formieren und zu Gruppen zusammenschließen und jetzt haben wir den Beweis! Allein das stellt eine neue Bedrohung dar, auf die wir umgehend reagieren müssen."

„Aber wie kann sie das nicht glauben? Ich meine, Beryl war auch dort und all die anderen Jäger! Glaubt sie denn, wir alle haben das aus der Luft gegriffen? Soll sie doch die anderen Jäger befragen!"

James seufzte und fuhr sich mit einer Hand durch die Haare. In diesem Moment sah er so müde aus, wie Helena ihn noch nie zuvor gesehen hatte. Sie griff nach seiner Hand und drückte sie leicht: „Erzähl mir, was passiert ist."

James atmete tief durch, um seine Gedanken zu ordnen, bevor er begann, Helena sein Treffen mit Catwren zu beschreiben: „Ich wusste bereits zu Beginn, dass irgendetwas falsch war. Schon als ich durch die Tür zu ihrem Arbeitszimmer getreten bin, war die Atmosphäre anders. Es lag etwas in der Luft, aber ich konnte nicht genau sagen, was es war. Sie selbst wirkte auch anders, ganz durch den Wind. Würde ich sie nicht so gut kennen und wüsste ich nicht, dass Catwren die unnachgiebigste Person ist, die die Spiegelwanderer jemals hatten, würde ich fast sagen, dass jemand anders hier die Strippen zieht."

„Was? Wovon redest du, James?", Helena sah ihn entgeistert an.

„Ich rede davon, dass hier etwas nicht mit rechten Dingen zugeht! Die ganze Sache stinkt doch zum Himmel! Helena, ich bin doch auch im Rat und ich weiß, dass es einige andere Wanderer gibt, die genauso denken wie wir! Du kennst Catwren so gut wie ich. Also sag mir, wäre dir jemals in den Sinn gekommen, dass sie irgendetwas höherstellen könnte, als das Leben der unsrigen? Und nicht nur das. Mit ihrem eselhaften Verhalten bringt sie auch die Welt der Menschen in eine uns noch unbekannte Gefahr!"

Helena starrte ihn mit offenem Mund an, sie wollte etwas sagen, doch James hatte sich derart in Rage geredet, dass er ihr keine Zeit dazu gab: „Sie war hier in der Krankenstation, sie hat gesehen, wie die Dämonen euch zugerichtet haben! Herrgott, du hast ihr erzählt, was passiert ist. Alles deutet darauf hin, dass sich unsere Feinde zusammenschließen."

„Aber es war doch Catwren selbst, die uns auf diese Mission geschickt hat! Sie war es doch, die Jonathons Quelle in erster Linie Glauben geschenkt hat. Sie war es, die Beryl angewiesen hat, sofort zu reagieren", Helena fühlte sich wie vor den Kopf gestoßen.

„Was passiert hier, James?", fragte sie leise, doch James schüttelte nur seinen Kopf, als könnte auch er sich keinen Reim daraus machen.

„Ich habe lange darüber nachgedacht und mir fallen nur zwei mögliche Szenarien ein, was sich hier abspielen könnte", antwortete er schließlich mit leiser Stimme und vergewisserte sich mit einem Blick zur Tür, dass diese auch geschlossen war. Er beugte sich weiter zu Helena und begann ihr seine Theorie zu erläutern: „Erstens, Catwren steckt mit den Dämonen unter einer Decke. Meiner Meinung nach können wir noch immer nicht zu hundert Prozent ausschließen, dass es diese unbekannte Macht wirklich gibt. Es könnte auch ein reines Ablenkungsmanöver sein."

„Aber für was?", Helena erinnerte sich an ihre Begegnung mit John. Sie war sich sicher, dass er ihr die Wahrheit gesagt hatte. Welchen Sinn hätte es denn auch gehabt, ihr so etwas zu erzählen? Zuzugeben, dass seine Art für das Verschwinden der Spiegelwanderer verantwortlich war und Helena dann fast zu töten? Natürlich, es hätte auch alles ein abgekartetes Spiel sein können ... Doch Helena glaubte nicht daran, dass John alles so perfekt eingefädelt hatte. Es war reiner Zufall gewesen, dass sie auf ihn gestoßen war und nicht eine andere Jägergruppe. Helena erinnerte sich an den Ausdruck in Johns Augen. Sie wusste, dass er die Wahrheit gesagt hatte. Helena glaubte ihm und sie glaubte auch, dass es diese neue Macht gab.

„James, es gibt diese Macht wirklich. Du musst mir glauben."

Aber genau das ist doch das Problem, dachte James. Natürlich glaubte er ihr. Aber sie glaubte daran, weil John es ihr gesagt hatte und James wusste, dass Helenas Urteil nicht mehr zu trauen war, wenn es um John ging. James würde ihr sein Leben anvertrauen, er vertraute Helena wie niemand anderem. Doch ging es hier nicht um ihn und Helena. Es ging um John. Lange blickte James Helena an. Versuchte, aus ihr schlau zu werden. Der Moment war gekommen, an dem er sich entscheiden musste. Doch im Endeffekt lief es auf die einfache Frage hinaus. Ob er Helena glaubte. Und war die schwerwiegende Frage einmal auf diese elementare Entscheidung heruntergebrochen, war die Antwort für James offensichtlich.

James nickte: „Ich vertraue deinem Urteil." Und damit war die Frage über die Existenz dieser Gefahr zwischen ihnen geklärt.

Sanft lächelte ihn Helena an und nickte dankbar. James setzte all sein Vertrauen in sie und sie war sich dessen nur allzu bewusst.

„Also entweder verschweigt uns Catwren etwas und arbeitet mit jemanden zusammen, um ihre eigenen Ziele zu verfolgen oder ...?"

„Oder es sind nicht ihre eigenen Ziele, die sie verfolgt."

„Was meinst du damit?", verwirrt zog Helena ihre Augenbrauen zusammen, sodass sich eine nachdenkliche Falte auf ihrer Stirn bildete.

„Ich meine damit", antwortete James und seine Stimme wurde erneut etwas leiser, „dass Catwren die Ziele eines anderen verfolgt. Ich meine, dass für sie nicht mehr das Wohl der Spiegelwanderer an erster Stelle steht und auch, dass sie keine eigennützigen Ziele verfolgt."

„Aber wessen Ziele verfolgt sie dann?", auch Helenas Stimme war nur mehr ein Flüstern.

James lehnte sich etwas zurück: „Genau das ist die große Frage." Erneut erhob er sich und lief nachdenklich die Länge des Krankenzimmers ab, während auch Helena die neuen Informationen verarbeitete. Selten hatte sie James in einem solchen Gemütszustand erlebt. Schließlich setzte er sich wieder auf seinen Platz, schob seinen Sessel jedoch erneut nahe zu Helena: „Wie dem auch sei, ob Catwren eigene Ziele verfolgt oder die von jemand anderen, Fakt bleibt für uns, dass wir niemandem mehr vertrauen können."

James' Stimme war nur noch ein Flüstern.

„Es gibt einige wenige, die ihre Loyalität schon des Öfteren unter Beweis gestellt haben", wandte Helena ein. „Wir können auf jeden Fall Nikola vertrauen. Auch Beryl und Penelope mit Sicherheit. Einigen anderen sicher auch."

Nachdenklich neigte James den Kopf: „Was ist mit den Neuzugängen. Ryan und Elies?"

Kurz dachte Helena nach, sie kannte beide doch erst seit kurzer Zeit: „Ich denke, dass wir beiden vertrauen können. Elies vertraut Nikola und ich denke, mir auch. Außerdem hat sie eine erstaunliche Gabe, die uns noch von Nutzen sein kann. Ryan hingegen ist sehr schüchtern und chaotisch. Ich zweifle nicht an seiner Loyalität, denn er ist mit ganzem Herzen dabei. Was mir jedoch Sorgen bereitet, ist die Entscheidung, die er treffen wird. Ob er an der Seite der Spiegelwanderer bleibt, egal, wofür diese unter Catwren stehen werden, oder ob er für unsere Sache einsteht."

„Eine schwerwiegende Entscheidung, gerade für jemanden, der so jung ist", dachte James laut nach. „Doch im Endeffekt machte es keinen Unterschied. Sie werden noch alle vor eben jener Entscheidung stehen.

„Ich möchte sie alle, solange es nur irgendwie geht, aus der Sache heraushalten", bat Helena. „Wir haben noch nicht genügend Beweise, um zu einem offiziellen Widerstand aufzurufen. Derweilen würden wir sie nur unnötig in Gefahr bringen."

„Wir brauchen mehr Informationen", stimmte James ihr zu. „Allem voran müssen wir herausfinden, was diese ominöse Macht ist. Wenn wir nicht wissen, was dort draußen auf uns lauert, können wir uns nicht verteidigen."

„Aber wir müssen vorsichtig sein, James. Wenn Catwren etwas ahnen sollte, könnte sie uns leicht wegen Hochverrats hinrichten lassen", gab Helena zu bedenken, doch James winkte ab: „Eine der besten Wissenschaftlerinnen und ein Ratsmitglied einfach hinrichten lassen? Ich denke, das würde doch vielen zu denken geben und genau das sollte es doch sein, was Catwren zu vermeiden wünscht."

„Nicht, wenn sie Catwren fürchten", Helena sah zu James auf. „Einige respektieren sie ihrer Stärke und ihres Willens wegen. Andere jedoch fürchten sie. Du weißt, was Angst auslösen kann. Und du weißt, wozu Catwren fähig ist. Wir sollten sie auf keinen Fall unterschätzen!"

James nickte nachdenklich und fuhr sich erneut mit einer Hand durch die Haare: „Du hast recht. Ihr ist alles zuzutrauen." Er drückte Helenas Hand ein letztes Mal, bevor er sich erhob: „Ich werde versuchen, etwas herauszufinden und werde dich auf dem Laufenden halten. Aber bevor wir weitere Beweise haben, sollten wir kein Wort darüber verlieren. Zu niemand. Nicht einmal zu Nikola. Einverstanden?"

Helena nickte; bevor sie etwas Handfestes vorzuweisen hatten, wollte sie niemand weiteres in Gefahr bringen.

Seit Helenas und James' Unterhaltung waren Wochen vergangen und sie hatten immer noch nichts Brauchbares herausgefunden. Helena wurde von dieser Ahnungslosigkeit unruhig und auch Niko merkte ihre Verstimmung. Es wurde immer schwieriger, ihr Wissen vor ihm geheim zu halten. Aber das Schlimmste war, dass er genau wusste, dass sie und James etwas vor ihm verbargen. Er versuchte, sich nichts anmerken zu lassen, aber Helena konnte deutlich erkennen, wie enttäuscht er über diesen Ausschluss war. Doch anstatt Niko einzuweihen, hatte Helena ihn über Catwren ausgefragt. Ob ihm in letzter Zeit etwas Merkwürdiges an ihr aufgefallen war. Was die anderen Spiegelwanderer über sie dachten, ob sie ihr im Fall der Fälle blind Gefolgschaft leisten würden oder für die eigentliche Daseinsberechtigung der Spiegelwanderer eintreten würden. Immerhin war Niko der Schlüssel in die Köpfe der anderen Wanderer.

Natürlich tat Niko, worum Helena ihn bat. Hörte sich um, lauschte etwas intensiver, als er es für gewöhnlich getan hätte. Niko war nicht dumm, er wusste, dass Helena ihn nicht grundlos um etwas Derartiges bitten würde. Auch wenn er noch nicht genau wusste, um was es sich eigentlich handelte. Er vertraute ihr und tat, worum sie ihn gebeten hatte.

Helena sah Elies nun immer häufiger. Sie schien sich langsam an ihre Fähigkeit zu gewöhnen, wobei sie sie bei weitem noch nicht unter Kontrolle hatte. Elies und Ryan waren bereits mitten in ihrer Ausbildung, die Zuteilung der Mentoren hatte schon vor einigen Tagen stattgefunden. Elies war Dean zugeteilt worden und Helena hatte die Vermutung, dass Richard dabei seine Finger im Spiel gehabt hatte. Helena konnte Dean nicht ausstehen, viele der anderen Wanderer fürchteten ihn regelrecht. Zu Beginn seines Lebens als Spiegelwanderer war er ein Jäger gewesen, doch hatte sein Blutrausch eines Tages überhandgenommen. Helena hatte nur davon gehört, denn es war weit vor ihrer Zeit gewesen. Wegen eines blutigen Zwischenfalls in der Welt der Menschen war er schließlich versetzt worden. Warum er dann ausgerechnet in das Mentorenprogramm gekommen war, war Helena unbegreiflich. Er schindete seine Auszubildenden förmlich. Immer wieder hatte es deswegen Beschwerden gegeben und so war Dean innerhalb der letzten Jahre immer seltener jemandem zugeteilt worden. Stattdessen hatte er sich zu Catwrens persönlichem Vollstrecker gemausert. Die Tage an denen Elies unpünktlich zum Abendessen kam oder überhaupt nicht erschien, wurden immer häufiger. Sie sah fürchterlich blass und müde aus. Dennoch beschwerte sie sich niemals über Dean. Jedenfalls nicht Helena gegenüber. Von Beryl hatte Helena einmal gehört, dass Dean sie regelrecht zu einer Kampfmaschine ausbildete. Unweigerlich hatte sie sich gefragt, ob dies schon Richards ganzer Plan war. Eine kampfwütige Marionette aus Elies zu machen? Sicher, es war kein Geheimnis, dass Elies eine Jägerin werden wollte, aber sogar Beryl fand, dass Dean es zu weit trieb. Ryan hingegen war zwar auch ein talentierter Kämpfer, jedoch wollte er den Spiegelwanderern auf andere Weise zu Diensten sein. Neben seiner allgemeinen Ausbildung spezialisierte er sich gegenwärtig unter Penelopes Aufsicht auf Medizin und arbeitete auch eng mit Helena zusammen. So hatte sie die Möglichkeit, ihn besser kennenzulernen und Helena war durchaus positiv überrascht von ihm. Selten hatte sie mit einer so jungen Person gearbeitet, die einen dermaßen hohen Wissensdurst an den Tag legte und noch dazu so talentiert war.

Während James noch immer versuchte herauszufinden, was Catwren im Schilde führte, was oder wer wirklich hinter ihren Taten steckte, fand auch Niko nichts Neues heraus. Für ihn erschien Catwren wie immer, nur, dass sie seit Neuestem etwas nervöser und reizbarer wirkte. Was die anderen Spiegelwanderer betraf, hatte Helena mit ihrer Vermutung diesbezüglich ins Schwarze getroffen. Es gab einige, die Catwren grundsätzlich misstrauten, jedoch waren diese nicht ausschließlich Wanderer, denen Helena und James trauen konnten. Unter anderen war auch der Professor unter diesen, jedoch vielmehr, da er generell allen misstraute. Allein schon des Prinzips wegen. Aber es gab zu viele Wanderer, die Catwren wie Marionetten benutzen konnte und die sich niemals gegen sie erheben würden. Sie fürchteten Catwrens Kräfte viel zu sehr. Allerdings berichtete Niko Helena auch von einigen Spiegelwanderern, die das große Ganze im Blick hatten und sich noch entsinnen konnten, wofür die Spiegelwanderer eigentlich standen. Diese würden den Glauben an das Richtige immer höher schätzen als blinden Gehorsam gegenüber einer einzigen Person.

Parallel dazu versuchte Helena pausenlos herauszufinden, was die Gefahr sein könnte, von der John gesprochen hatte. Und dies war kein leichtes Unterfangen, denn ihre Priorität lag auch darauf, unentdeckt zu bleiben. Besonders, da Catwren bei einer der letzten Versammlungen verlautbart hatte, dass es keine andere Gefahr außer den Dämonen gab. *Mit welcher Überzeugung sie ihre Rede vorgetragen hatte!* Sie war eine gute Rednerin, das musste auch James ihr zugestehen. Catwren hätte es sogar bewerkstelligen können, dass man ihr glaubte, dass der Himmel grün wäre.

Doch durch ihre Rede hatte Catwren auch einige gegen sich aufgebracht. Niko erzählte Helena später von dem Missmut und dem Ärger, den er gespürt hatte. Denn alle wussten, dass es schon seit längerem nicht mit rechten Dingen zuging. Spiegelwanderer verschwanden spurlos, viele wussten, dass Helena erzählt hatte, dass die Dämonen dahintersteckten, doch Catwren verlor kein Wort darüber. Besonders James musste innerhalb des Rats auf der Hut sein. Dreiviertel der Mitglieder waren wie Butter in Catwrens Händen. Einige der Übriggebliebenen dachten zwar wie James und Helena, doch James konnte noch nicht mit Sicherheit sagen, wer auch tatsächlich auf ihrer Seite stand und wer sie lediglich ans Messer liefern wollte.

Zudem konnten sich Helena und James nicht so oft treffen, wie es für ihren Zweck dienlich gewesen wäre. Saß James während der Mahlzeiten immer am Tisch der Ratsmitglieder, aß Helena mit Niko und Elies, vorausgesetzt, dass sie es zum Essen schaffte. Aber sowohl Elies als auch Niko wussten, dass Helena ihnen etwas verheimlichte. Da Helena und James zurzeit nicht an gemeinsamen Projekten arbeiteten, konnten sie sich lediglich abends sehen, ohne zu viel Aufmerksamkeit zu erwecken. Schließlich wussten sie nicht, ob Catwren ihnen ebenso misstraute wie sie ihr und sie vielleicht sogar beschatten ließ. Immerhin war ihr alles zuzutrauen. Und so dauerte es, bis sich Helena und James wieder treffen konnten.

Es war bereits später Abend, das Dinner war schon lange beendet, als James Helena in ihrem Labor aufsuchte.

„Hat dich jemand gesehen?", fragte sie, als sie leise die Tür hinter ihm schloss.

„Nein, ich bin extra zwei Mal weitergelaufen, damit auch wirklich niemand sieht, wo ich hingehe", versicherte ihr James und nahm auf dem gepolsterten Sessel auf der gegenüberliegenden Seite von Helenas Schreibtisch Platz.

„Was hast du herausgefunden?", fragte Helena, während sie eine Kanne Tee abstellte. James trank seinen schwarz, was Helena sofort als ein schlechtes Zeichen auffasste. Für gewöhnlich nahm er immer zwei Löffel Zucker.

„Nichts Gutes", bestätigte James ihre Vermutung. „Dem Rat ist nicht zu trauen. Die meisten wollen einfach keinen Ärger, aber es gibt einige, die Catwren blind folgen werden. Natürlich gibt es auch einige, wenn auch wenige, die den Entwicklungen im Rat durchaus kritisch gegenüberstehen, aber es ist zu früh, um eine Voraussage darüber zu machen, ob sie, wenn die Zeit gekommen ist, den richtigen Weg wählen oder den einfachen."

„Nikola sagte etwas Ähnliches über die anderen Spiegelwanderer. Ich hatte ihn gebeten, während der letzten Versammlung auf ihre Gesinnung zu achten."

„Also stehen wir wieder am Anfang", fasste James ihre Situation verdrossen zusammen, „Wissen nicht, wem wir vertrauen können und wem nicht."

Helena nippte an ihrem Tee: „Hast du bezüglich der Bedrohung etwas herausgefunden? Ich habe unzählige Bücher durchgearbeitet und konnte keinen einzigen Anhaltspunkt finden. John sagte, dass diese Gefahr alt ist, also habe ich mich über alle möglichen magischen Kreaturen der letzten paar Jahrhunderte informiert. Doch nichts schien bedrohlich genug zu sein, dass sogar Dämonen es fürchten müssten."

„Ich denke, du hättest noch weiter zurückgehen müssen", meinte James und verzog das Gesicht, als wüsste er bereits, mit was sie es zu tun hätten.

„James?", Helena starrte ihn an und stellte ihre Tasse ab, doch er schüttelte leicht den Kopf, bevor er antwortete: „Hoffen wir, dass ich mich irre, doch je mehr ich darüber nachdenke, desto eher scheint es die einzige Möglichkeit zu sein, die noch bleibt."

Helena hatte sich weiter über den Tisch gelehnt: „Wovon sprichst du?"

„Ich meine, dass es innerhalb der letzten Jahrhunderte keine nennenswerte Bedrohung für uns gab. Für die Menschen schon, aber nicht für uns Spiegelwanderer. Natürlich gibt es Dämonen, Werwölfe, Vampire und viele andere, aber nichts, mit dem wir nicht fertigwerden. Deswegen dachte ich zuerst, es müsste sich um eine neue Bedrohung handeln. Vielleicht sogar eine Waffe. Etwas, das geschaffen oder gezüchtet wurde. Doch auch das erscheint nicht naheliegend."

„Außerdem hat John gesagt, dass es sich um eine *alte* Macht handelt", ergänzte Helena James' Gedankengang.

James nickte leicht und blickte in die Reste seines Tees, bevor er fortfuhr: „Wenn es also keine neu geschaffene Kraft ist und keine der letzten Jahrhunderte, die wir bereits kennen, was ist dann das Einzige, was noch überbleibt?"

Als Helena nicht antwortete, blickte James auf. Entsetzen spiegelte sich in ihren Augen und sie schüttelte ihren Kopf. *Das kann nicht sein.*

„Das ist unmöglich", Helenas Stimme war kaum mehr als ein heiseres Flüstern. „Ich habe alle anderen Möglichkeiten ausgeschlossen, es ist die Einzige, die noch bleibt."

Helena war schneeweiß geworden und ihre Hände zitterten leicht: „Das kann doch nicht sein." Sie hatte eine Hand vor den Mund geschlagen und versuchte, nachzudenken. *Das kann nicht sein. James muss sich getäuscht haben. Das ist schlichtweg unmöglich!*

„Aber wie und warum jetzt?", stieß Helena schließlich hervor.

„Wir wissen fast nichts über diesen uralten Feind", gab James zu bedenken. „Alles, was wir tun können, ist Theorien aufzustellen."

„Und was ist deine Annahme?"

„Nun ja, das Tagebuch, das diese Kraft erwähnt, ist über dreitausend Jahre alt. Eine der ältesten Quellen der Spiegelwanderer, die uns heute noch erhalten ist. Sie beinhaltet jedoch nicht viele Informationen. Alles, was wir daraus entnehmen können, ist, dass dieser Feind für den Tod hunderter von Spiegelwanderern verantwortlich war. Aber nicht nur das, er unterschied nicht zwischen Wanderern, Dämonen oder Menschen. Diese Kraft war eine allesverzehrende und sie ging einfach auf jedes Lebewesen los. Diese Macht hätte fast den ganzen Planeten vernichtet, wenn die Spiegelwanderer nicht gewesen wären, denn das Tagebuch spricht von einem letzten, alles entscheidenden Kampf."

„Aber dann wurde die Entität doch vernichtet? Ich habe das Tagebuch doch auch gelesen, James! Ich kenne die Passage über die Schlacht und auch, dass die restlichen überlebenden Spiegelwanderer diesen Ort hier erschufen, in dem wir auch heute noch leben. Aber ihr Feind wurde doch vernichtet!"

„Nicht unbedingt", fuhr James fort und neigte leicht den Kopf. „Es steht geschrieben, dass der Feind besiegt wurde, aber nicht, dass sie die Kraft vernichten konnten. Was ist, wenn es ihnen nicht gelang? Wenn es vielleicht nicht einmal möglich ist? Was ist, wenn sie ihren Feind nur verbannen konnten, ihn einsperrten?"

Helenas Knöchel traten weiß hervor, so fest hielt sie die Teetasse umklammert: „In eine Art Gefängnis?"

James nickte und kurz war es ruhig zwischen ihnen. Langsam breiteten sich Kopfschmerzen in Helena aus und sie blinzelte einige Male, als könnte sie den Schmerz durch reine Willenskraft loswerden.

„James, wenn du recht hast", setzte Helena an, „dann schweben wir alle in enormer Gefahr. Nicht nur die Spiegelwanderer, sondern alle Lebewesen!"

Erneut waren Tage vergangen, seit James Helena seine Deduktion mitgeteilt hatte. Ununterbrochen hatte sie sich den Kopf darüber zerbrochen, ob er auch wirklich recht haben konnte. Doch je mehr sie selbst darüber nachdachte, desto offensichtlicher wurde dieselbe Schlussfolgerung auch für sie. Doch was wussten sie dann eigentlich über ihren Feind? Nicht wer er war oder woher er kam. Was seine Fähigkeiten oder Intentionen waren. Nicht einmal die äußere Gestalt war ihnen bekannt. Erst Tage später saßen sich Helena und James erneut gegenüber. Keiner von beiden hatte etwas Brauchbares herausgefunden. Weder über die Macht noch über Catwren, denn diese hielt James so gut sie konnte, aus den wichtigsten Angelegenheiten heraus. Er selbst konnte seine Enttäuschung über ihren plötzlichen Wandel nur schwer verbergen, waren sie ursprünglich doch gute Freunde gewesen. Unweigerlich fragte sich Helena, was Catwren wohl dazu bewegt hatte, nicht nur ihre eigenen Prinzipien und die Sicherheit der Menschen und Spiegelwanderer über Bord zu werfen, sondern auch ihre Freunde, die ihre Familie waren, derart zu hintergehen. *War es aus reiner Machtgier oder weil sie erpresst wurde?* Unterm Strich spielte es für Helena jedoch keine Rolle, auch sie hatte Catwren vertraut und war bitter enttäuscht worden.

„Hier werden wir keine Antworten mehr finden", sprach James das aus, was sich Helena bereits seit Tagen dachte. „Wir haben keine Quellen, keine Aufzeichnungen. Nichts, das uns sagen könnte, mit was wir es zu tun haben."

„Aber wir können nicht einfach verschwinden, James. Sollten wir auf einmal unsere Posten verlassen, würde man uns wegen Hochverrats anklagen. Wir könnten nicht mehr zurück und damit wäre weder den Spiegelwanderern noch den Menschen geholfen. Wir können aber auch nicht einfach nach Belieben in die Welt der Menschen reisen. Du weißt, dass Catwren uns mit ziemlicher Sicherheit beobachten lässt. Wir sind nie viel gereist und würden wir jetzt damit anfangen, würde dies mit Sicherheit Aufmerksamkeit erregen. Außerdem würden wir mehr Zeit benötigen, um wirklich etwas zu finden, als wir durch einige kürzere Reisen legitimieren können."

„Ich stimme dir in allen Punkten voll und ganz zu", James blies vorsichtig an seinem Tee und nahm einen kleinen Schluck. „Da wir uns einig sind, dass wir beide nicht von hier wegkönnen, brauchen wir also ein anderes Sprachrohr nach draußen. Jemanden, der sich für uns umhört und Nachforschungen anstellt."

Helena zog skeptisch eine Augenbraue nach oben, sagte jedoch nichts. Sie war überrascht, dass James eine derart wichtige Aufgabe jemand anderen als sich selbst, und vielleicht noch ihr, zutraute.

„Wir brauchen jemanden, der unauffällig in der Welt der Menschen agieren kann. Jemanden, bei dem es nicht auffällt, wenn er sich unter sie mischt. Jemanden, dem wir vollkommen vertrauen können und der auch den nötigen Mut für eine solche Aufgabe hat."

„James, an wen denkst du?", fragte Helena mit wachsamer Stimme, obwohl sie ein gutes Bild davon hatte, wen er im Sinn hatte.

„Er wäre perfekt dafür! Wir können ihm vertrauen, wissen, wo seine Loyalität liegt!"

„James, ich möchte ihn nicht in die Sache mithineinziehen. Jedenfalls nicht sofort, wenn es noch andere Möglichkeiten gibt", kurz schloss Helena die Augen, sie fühlte, wie sich ihre Kopfschmerzen langsam wieder bemerkbar machten.

„Helena, wir sind schon alle mitten in dieser Sache drinnen! Ob wir es wollen oder nicht", argumentierte James und Helena wusste, dass er recht hatte. „Wir können Nikola vertrauen und wir wissen, dass er dieser Aufgabe auch gewachsen ist."

Natürlich wusste sie, dass es keinen besseren Kandidaten als Niko gab und doch hätte sie ihn lieber in Sicherheit gewusst. Eine Mission wie diese hielt viele Gefahren bereit. Nicht nur, dass ihnen Catwren schlussendlich doch auf die Schliche kommen könnte. Wenn man nach derart alten und gefährlichen Informationen sucht, bleibt dies für gewöhnlich nicht lange unentdeckt. Was, wenn er Dämonen auf sich aufmerksam machte? Oder Schlimmeres.

KAPITEL 8

Elies

Für Elies waren die vergangenen Wochen sowohl die besten als auch die schrecklichsten zugleich gewesen. Die besten, da es so viel Neues für sie zu lernen und zu erleben gab. Man unterwies sie endlich in der Kunst, durch Spiegel zu springen, auch wenn sie darin noch nicht besonders gut war. Einmal war sie sogar mitten in einem Sprung stecken geblieben. Sie lernte zu kämpfen und mit Waffen umzugehen. Sie fühlte sich ihrem Traum, eine Jägerin zu werden, so nahe und gleichzeitig so fern. Beryl versicherte ihr zwar immer wieder, dass sie unglaubliche Fortschritte machte und objektiv betrachtet wusste auch Elies, dass sie im Messerwerfen, aber auch im Umgang mit Schusswaffen immer besser wurde. Sie konnte Ryan, der die gleiche Grundausbildung wie sie selbst durchmachte, in einem Zweikampf ohne größere Anstrengung zu Boden bringen. Aber dennoch schien für ihren Mentor nichts gut genug zu sein. Dean war der schrecklichste und fürchterlichste Spiegelwanderer, den Elies je getroffen hatte. Aber genau er war ihr als Mentor zugeteilt worden. Was hätte sie dafür gegeben, einfach tauschen zu können. Natürlich, sie lernte unglaublich viel von ihm, aber dennoch gab er ihr das Gefühl, nicht gut genug zu sein. Zu schwach, zu langsam, zu dumm. Deans Blicke sprachen all dies aus. Oftmals ließ er sie so lange Strecken laufen, bis sie einfach nicht mehr konnte und zusammenbrach. Sie hatte sich bereits des Öfteren wegen Überanstrengung übergeben, doch Dean zeigte keinerlei Mitgefühl. Hatte er sie zu Beginn nur verspottet und angeschrien, lachte er sie in letzter Zeit immer häufiger aus. In Elies formte sich ein Zorn gegen diesen Spiegelwanderer, der für sie allgegenwärtig war und sie immer begleitete. Wenn sie morgens erwachte, bekam sie einen bitteren Geschmack im Mund, allein bei dem Gedanken, erneut mit Dean trainieren zu müssen. Wenn sie abends schlafen ging, begleiteten sie Bauchschmerzen. Langsam formte sich ihr Zorn zu reinem Hass und immer öfter beschäftigte sich Elies mit dem Gedanken, auf welche Art sie ihm am liebsten Schmerzen zufügen wollte. Denn das nötige Können besaß sie bereits. Es gab keine Person auf dieser Welt, die sie mehr verabscheute. Und genau das machte diese grandiosen Wochen gleichzeitig zu den schlimmsten überhaupt.

An manchen Tagen wollte Elies nichts sehnlicher, als einfach aufzugeben. Alles hinzuwerfen. Das Einzige, das Elies weitermachen ließ, war das Bedürfnis, Dean nicht zu unterliegen. Wäre es doch ein gefundenes Fressen für ihn gewesen, wenn sie auf einmal keine Jägerin mehr werden wollte. Nein, sie würde ihm diesen Triumph nicht gönnen und ihre Ausbildung würde nicht ewig dauern. Sie musste durchhalten. Sie wusste, dass sie es konnte. In letzter Zeit hatte sie Niko und Helena nur selten zu Gesicht bekommen, jedoch hatte sie in Ryan einen guten Freund gefunden. Abends saßen sie oft noch zusammen und pflegten, miteinander zu frühstücken. Sie konnte ihm vertrauen und genau das war es, was sie mehr als alles andere brauchte. Jemanden, der genauso neu an diesem noch immer etwas fremden Ort war, wie sie selbst. Jemanden, der mit denselben Schwierigkeiten und Problemen zu kämpfen hatte. Der sich, so wie Elies, noch immer in den weitläufigen und verzweigten Gängen dieses Reichs verlief und wie sie die Sorge hatte, dass sie nie lernen würde, durch Spiegel zu springen. Denn das war es, worin beide gleichermaßen Schwierigkeiten hatten.

„Geduld, Konzentration und innere Stärke", pflegte Jonathon in diesem Fall immer zu sagen. Elies wusste, dass ihr Lehrer jener Spiegelwanderer war, der Niko angeworben hatte. Sie wusste nicht, warum er sich mit ihrer und Ryans Ausbildung beschäftigte, aber er hatte so lange darauf bestanden, sie zu unterrichten, bis Dean eingewilligt hatte. Jonathon war Elies durchaus sympathisch, doch Ryan misstraute ihm.

„Natürlich ist er sehr charmant, Elies. Gar keine Frage! Aber trotzdem irritiert mich sein Verhalten. Ich meine, was wissen wir über ihn? Er war Anwerber, wie du selbst erzählt hast, er ist aber auch wichtig für den Rat der Ältesten, obwohl er selbst kein Mitglied davon ist. Jonathon scheint immer zu wissen, wo was passiert und hat überall seine Quellen und Informanten. Warum also sollte er Interesse daran haben, uns zu unterweisen? Er hat sicher Besseres zu tun und genau deswegen vertraue ich ihm nicht. Ich bin mir sicher, dass er damit nur seine eigenen Ziele verfolgt", hatte Ryan seine Bedenken bezüglich Jonathon Elies gegenüber erklärt und dabei missfällig seine buschigen Augenbrauen zusammengezogen, sodass sich eine tiefe Sorgenfalte bildete.

Natürlich konnte Elies seinen Argwohn zu einem Teil nachvollziehen, aber dennoch erschien ihr Jonathon als nichts anderes als sehr freundlich, zuvorkommend und auch vertrauenswürdig. Im Endeffekt war es jedoch irrelevant, was Elies und Ryan von Jonathon hielten. Er war ihr Lehrer und würde es auch bleiben. *Geduld, Konzentration und innere Stärke.* Das war sein Mantra, das er seinen beiden Schülern immer wieder vorbetete, doch half ihnen dies in der Praxis nur wenig. Elies hatte nicht erwartet, dass es derart schwierig war, durch einen Spiegel zu schreiten. Es sah bei den anderen Wanderern doch so leicht aus. Und sie selbst hatte auch keinerlei Probleme gehabt, als sie zusammen mit Niko gesprungen war. Langsam keimten Gedanken in ihr auf, dass bei ihrer Verwandlung irgendetwas schiefgegangen sein musste. Einen Spiegel als Portal benutzen zu können, war doch schließlich die wichtigste Fähigkeit für einen Spiegelwanderer und doch schafften es weder Elies noch Ryan, auch nur ein halbwegs anständiges Bild in ihrem Geist hervorzurufen, geschweige denn wirklich den Ort wechseln zu können. Natürlich ließ Dean Elies seinen ganzen Spott spüren. Sie versuchte den Hass, den sie gegen ihn empfand, hinunterzuschlucken, doch ihr stiegen stattdessen heiße Tränen in die Augen. Selbstverständlich hatte Dean dies mitbekommen und sofort einen neuen Spruch losgelassen, während Jonathon und Ryan es höflich ignoriert hatten. In diesem Moment war Elies so nahe dran, wie noch niemals zuvor, jemanden ins Gesicht zu schlagen. Sie wollte nichts mehr, als das Knacken hören, wenn ihre Faust Deans dumme Visage traf und ihm hoffentlich die Nase brach. Es verlangte Elies ihre gesamte Zurückhaltung ab, doch Deans Lachen schien nicht verstummen zu wollen. Blinde Wut verbannte alle rationalen Gedanken aus ihrem Kopf und ihr gesamter Körper begann zu zittern. Doch genau in jenem Moment als Elies dachte, sie würde zerspringen, würde der Explosionsgefahr ihres Zornes nicht mehr standhalten können, flackerte ein Bild in dem Spiegel auf, der nur Augenblicke zuvor ihr eigenes Spiegelbild beherbergt hatte. Es war, als würde sie durch ein Fenster blicken, als wäre der Raum, den sie sah, wirklich vor ihr. Ryan atmete überrascht aus und auch Dean blieb sein Lachen im Hals stecken. Jonathon hingegen lächelte und klatsche einige Male hocherfreut in die Hände.

„Zorn ist ein großartiger Motivator, meine liebe Elies!", er klopfte ihr anerkennend auf die Schulter und ließ mit einem Wink seiner Hand das Bild wieder verschwinden.

„Nochmal", forderte Jonathon sie auf. Hinter ihnen flog die Tür laut ins Schloss, als Dean den Raum verließ.

Elies starrte noch einige Momente auf den Spiegel, der eben noch ihr altes Zimmer im Haus ihrer Eltern gezeigt hatte. Sie wusste nicht, wie sie es genau bewerkstelligt hatte; sie hatte lediglich versucht sich zu beruhigen und dabei an einen Ort gedacht, der ihr Sicherheit bot. Natürlich hatte es Tage gedauert, bis sie wieder eine Verbindung zustande brachte, die erneut so stabil war wie diese erste.

Nach jenem Tag war Elies' Beziehung zu Dean noch schlechter geworden, sofern das überhaupt möglich war. Immer länger und härter wurden ihre Trainingseinheiten. Dean zeigte sich unerbittlich, aber Elies' Fähigkeiten ließen nicht zu wünschen übrig, denn sie trainierte jeden Tag mit ihrem Mentor und in ihrer Freizeit mit Ryan und Beryl, sofern diese Zeit hatte. Es war nicht nur das körperliche Training, das endlich eine Veränderung in ihr zeigte, auch ihre mentalen Fähigkeiten wuchsen mit jedem Tag. Elies konnte stundenlang ruhig in der Bibliothek sitzen, ohne sich zu bewegen. Ihre Konzentration hatte sich erheblich verbessert und sie wurde auch nicht mehr so schnell müde. Innerhalb der ersten paar Wochen hatte sie noch mit den körperlichen Veränderungen zu kämpfen gehabt, die die Verwandlung mit sich gebracht hatten, doch langsam, sehr langsam, fühlte sie sich immer mehr als wirkliche Spiegelwanderin. Sie brauchte nicht mehr so viel Schlaf, wie sie ihn als Mensch benötigt hatte. Konnte sich besser konzentrieren, fühlte sich fitter und bereit. Bereit für alles, was dort draußen auf sie lauerte. Sie wusste, was sie konnte und woran sie noch arbeiten musste. Fast fühlte es sich an, als hätte sie sich selbst gefunden. Als Elies mit Matt zusammen gewesen war, war sie darin geübt gewesen, sich selbst zu verlieren. Zu vergessen, wer sie eigentlich war und was sie ausmachte. Hatte das gemacht, was von ihr erwartet und verlangt wurde. Doch jetzt war alles anders. Sie war so viel mehr. Als hätte sie endlich zu sich selbst gefunden und Elies kam nicht daran herum, der festen Überzeugung zu unterliegen, dass dies das großartigste Gefühl auf der ganzen Welt war. Sie wusste endlich, wer sie war und hatte ihrem Leben einen Sinn gegeben. Sie hatte einmal versucht mit Ryan darüber zu sprechen, aber er hatte sie nicht verstanden. Hatte sie nicht verstehen können, denn er war auch als Mensch glücklich gewesen. Erst als Spiegelwanderin erkannte Elies, wie unglücklich sie in Wahrheit in ihrem menschlichen Dasein gewesen war. Jetzt fühlte sie sich befreit, fühlte sich wie ein Blatt im Wind, nun war sie endlich nicht mehr verloren, sondern frei.

Wochen später gelang es Elies endlich, eine konstante Verbindung zu anderen Spiegeln aufzubauen. Zu Beginn zwar nur zu Orten, zu denen sie eine starke emotionale Verbindung hatte. Orte, die sie gut kannte und die ihr etwas bedeuteten. Ryan hingegen hatte diese Kunst von einem Tag auf den anderen zu

Vollendung gebracht, als wäre ihm einfach ein Lichtlein aufgegangen. Es dauerte noch einige weitere Tage, bis auch Elies diese Fähigkeit perfektioniert hatte.

„Ich möchte in die Welt der Menschen springen", teilte Elies eines Tages Jonathon mit, „Allein."
Er sah sie lange an, nachdenklich und berechnend. Er fragte nicht, wohin sie wollte oder warum sie allein gehen wollte. Er musterte sie einige Minuten, doch Elies hielt seinem Blick stand. Schließlich nickte er: „Aber nicht länger als eine Stunde und verlass das Reich niemals unbewaffnet."
Für einen Moment konnte Elies kaum glauben, dass sie seine Zustimmung hatte. War von seiner Einwilligung beinahe überrumpelt. Sie wollte sich zum Gehen wenden, aber Jonathon hielt sie noch für einen Moment zurück: „Gib nicht dem Hass und der Kälte in deinem Herzen nach, Elies. Sie werden dich sonst früher oder später zerstören."
Kurz sah sie ihn an, wusste nicht, was sie antworten sollte. Schließlich nickte Elies. Sie würde es sich merken, denn es gab einen bestimmten Grund für diesen Ausflug. Dean hatte sie die Existenz allerhand magischer Wesen gelehrt. Nächtelang war sie in der Bibliothek gesessen, um alles zu lernen, was sie wissen musste. Es gab so viele Geschöpfe, die sie aus Erzählungen, Legenden und Sagen kannte, aber noch so viele weitere, von denen sie noch nie zuvor gehört hatte. Einige waren bereits ausgestorben, doch viele lebten noch immer unentdeckt in der Welt der Menschen. Einige besaßen unglaubliche Kräfte und hielten sich versteckt. Andere konnten unauffällig in der Welt der Menschen agieren und lebten unbemerkt unter ihnen. Doch während ihrer Studien war Elies auf ein Thema aufmerksam geworden, das sie selbst betraf. Jedenfalls glaubte sie es zumindest. Es handelte von verlorenen Seelen. Geister, wie die Menschen sie nannten. Dabei waren es Seelen, die nach ihrem Tod noch immer auf der Erde herumirrten. Seitdem sie darüber gelesen hatte, musste Elies ununterbrochen an jene Nacht zurückdenken, die ihre vorerst letzte in der Welt der Menschen gewesen war. Die Nacht, in der sie ihr abgebranntes Haus sehen hatte wollen

und den Spiegel entdeckt hatte. Jener Spiegel, der einfach unzerstörbar zu sein schien. Jedoch wollte sie nicht deswegen an diesen Ort zurück. Jedenfalls nicht primär. Seit dieser Nacht fragte sie sich nämlich, ob der Matt, den sie gesehen hatte, lediglich eine Einbildung ihrer Fantasie gewesen war. Ein Fragment einer Erinnerung. *Oder war er es tatsächlich gewesen?* Diese Frage ließ Elies nicht mehr los und sie brauchte Gewissheit. Sie wusste, dass sie anders keine Ruhe finden würde. Sie wollte sich noch am selben Abend auf den Weg in die Welt der Menschen machen. Elies plante, direkt nach dem Abendessen aufzubrechen. Natürlich war sie aufgeregt, immerhin war es ihre erste Reise in die Welt der Menschen, die sie als Spiegelwanderin antrat. Sie freute sich darauf. Es war jedoch nicht der Gedanke daran, dass sie ihren ersten richtigen Sprung allein machen würde, sondern vielmehr die Erkenntnis, dass, egal was sie in dem Haus erwarten würde, sie keine Angst davor hatte. Elies war so viel stärker als bei ihrem letzten Besuch. Sie hatte sich weiterentwickelt und so viel gelernt. Sie würde sich von niemandem mehr unterkriegen lassen. Nicht einmal von Matt. Und genau dieses Wissen war es, das ihr Innerstes mit wohliger Wärme füllte. Sie wusste, dass sie ihre Vergangenheit nach dem heutigen Abend für immer hinter sich lassen konnte. Sie würde endlich damit abschließen können.

Ryan ließ das Abendessen ausfallen, er arbeitete gerade an einem, seiner Meinung nach, wahnsinnig interessanten Projekt und wollte keine Zeit für, ebenso alleinig seiner Meinung nach, etwas so „Nebensächliches" wie Essen vergeuden. Elies hatte sich kopfschüttelnd umgewandt und allein auf den Weg in die große Halle gemacht, während ihr Magen lauthals grummelte und knurrte. Sie wollte sich zu Niko und Helena setzen, doch als sie in die Halle der Ältesten trat, erblickte sie lediglich Helena an ihrem üblichen Platz, von Niko war weit und breit keine Spur.

Überrascht blickte Helena auf, als Elies gegenüber von ihr Platz nahm, sie hatte sie zuvor überhaupt nicht bemerkt. Fast schuldig blickte sie Elies an, aber diese starrte nur verwirrt zurück.

„Habe ich etwas verpasst?", fragte Elies schließlich und bediente sich an einer Portion Nudeln. Helena presste ihre Lippen fest zusammen, als müsste sie sich davon abhalten, Elies etwas zu verraten. Stattdessen schob sie den Rest ihrer Mahlzeit mit der Gabel von einer Seite des Tellers zur anderen. Da Helena keine Anstalt machte zu antworten, fragte Elies sie stattdessen, wo Niko abgeblieben war, doch Helena seufzte leise auf und richtete ihren Blick zum ersten Mal, seit Elies Platz genommen hatte, wirklich auf sie.

Wieder zeichnete sich dieser nachdenkliche und angestrengte Blick auf Helenas Zügen ab, als würde sie mit sich selbst kämpfen. Als wüsste sie nicht, ob sie Elies ihr Geheimnis anvertrauen sollte oder nicht. In jenem Moment öffnete sich die schwere Doppeltür, die in die Halle führte und Catwren trat ein, dicht gefolgt von den restlichen Mitgliedern des Rates der Ältesten der Spiegelwanderer. Offensichtlich waren sie eben erst mit einer Besprechung fertig geworden. Auch James war unter ihnen. Er warf Helena einen Blick zu, den Elies nicht deuten konnte, als er zu den restlichen Mitgliedern aufschloss.

Helena jedoch seufzte und blickte wieder zu Elies. Dieser war, als hätte Helena von einem Moment auf den nächsten eine Maske übergezogen. War wenige Augenblicke zuvor noch ersichtlich gewesen, dass sie etwas bedrückte, wirkte sie nun so starr wie immer.

„Helena?", fragte Elies mit leiser Stimme, aber diese winkte ab.

„Sag mir, Elies, vertraust du mir?", Helenas Stimme war nicht mehr als ein Flüstern.

Elies wusste nicht, woher diese Frage auf einmal kam, doch antwortete sie, ohne zu zögern: „Natürlich tue ich das."

„Gut", Helena nickte zufrieden.

„Was geht hier vor, Helena?", fragte Elies erneut und sah misstrauisch zu Catwren und dem Rat.

„Du wirst alles erfahren, wenn der richtige Zeitpunkt dafür gekommen ist. Darauf hast du mein Wort. Doch bis es so weit ist, muss ich dich bitten, James und meinem Urteil zu vertrauen."

Von einem Moment auf den anderen fühlte sich Elies schrecklich überfordert. Natürlich vertraute sie Helena, aber sie wusste noch nicht einmal, um was es überhaupt ging! „Hat Nikos Verschwinden etwas damit zu tun?", fragte sie stattdessen. Helena nickte, verlor aber kein weiteres Wort darüber. Ebenso wenig wie Elies. Sie wusste zwar nicht, um was es ging, es war ihr aber dennoch bewusst, dass es etwas Großes, Wichtiges und Gefährliches sein musste. Und so ließen beide das Thema auf sich beruhen.

Nach dem Abendessen bereitete sich Elies auf ihren Ausflug vor. Sie wechselte ihre leichte Bluse und den Rock gegen eine schwarze Hose und eine dicke, ebenso dunkle Jacke, in dessen Innenseite sie einen langen Dolch trug. Außerdem steckte sie ein kleines Säckchen in ihre Jackentasche. Als sie sich die Haare zurückband und sich im Spiegel betrachtete, war es, als würde jemand anderes zurückblicken. Die dunklen Augen wirkten entschlossen, furchtlos. Mit einem letzten Blick auf den Spiegel drehte sich Elies um, verließ ihr Zimmer und machte sich auf den Weg in die große Halle, die den Abreisespiegel beherbergte. An diesem Abend war wenig los. Vor Elies reisten zwei weitere Spiegelwanderer ab, deren Namen sie zwar nicht kannte, aber schon des Öfteren gesehen hatte. Die eine trug ein wunderbares, dunkelrotes Ballkleid, während ihre Begleitung einen Anzug mit Fliege und Stecktuch trug. Sie waren wohl auf dem Weg zu einem Ball. Elies fragte sich, ob es sich dabei um einen Auftrag handelte, oder ob die beiden einfach einen Abend in der Welt der Menschen genießen wollten. Kurz schüttelte Elies ihren Kopf, um ihre Gedanken zu ordnen, da veränderte sich das Spiegelbild erneut und eine Gruppe von Jägern kam durch den Spiegel. Ihre Gesichter waren grimmig verzogen, ohne aufzublicken marschierten sie zwischen Elies und dem Professor durch und verschwanden um die nächste Ecke. Kurz sah sie ihnen nach, es schien niemand verletzt zu sein, dennoch machten sie keinen glücklichen oder gar zufriedenen Eindruck.

Als Elies endlich vor das Arbeitspult des Professors trat, um sich abzumelden, las dieser in einem seiner handgeschriebenen, dicken Bücher. Natürlich hatte er gehört, dass Elies zu ihm getreten war, allerdings blickte er nicht auf. Der alte Mann schien sie gekonnt zu ignorieren, selbst, als sie sich geräuschvoll räusperte. Seit sie ihn das erste Mal gesehen hatte, war er ihr unsympathisch gewesen und diese Antipathie wurde in jenem Moment nur noch verstärkt. Sie gab ihm noch einen Moment, um seine Umgangsform zu ändern, doch als dies nicht geschah, schlug sie mit der Handfläche auf das Pult. Dies hatte er wohl nicht erwartet, denn er zuckte merkbar zusammen und sah endlich von seinem Buch auf. Ohne ihn zu Wort kommen zu lassen, forderte ihn Elies mit fester Stimme auf, sie auszutragen, wandte sich um und marschierte zielstrebig auf den Spiegel zu. Hinter sich hörte sie den Professor missmutig murren und etwas von „verkommener Generation" vor sich hinmurmeln, doch sie ließ sich davon nicht weiter beirren.

Als Elies vor dem riesigen Spiegel stand, atmete sie tief durch und schloss für einen Moment die Augen. Es war das erste Mal, dass sie dieses Portal selbst öffnete und allein hindurchtrat. Eine Mischung aus Nervosität und Vorfreude machte sich in ihr breit. Noch konnte sie nicht durch reine Willenskraft ein Portal öffnen, sie musste dazu immer als Unterstützung eine Handfläche auf den Spiegel legen. Dabei rief sie in ihrem Geist die Bibliothek auf, die einer der Orte war, an die alle Spiegelwanderer springen mussten, bevor sie in der menschlichen Welt weiterreisen konnten, denn es war bei schweren Strafen verboten, ohne Erlaubnis zu einem anderen, ungeschützten Ort zu springen. Als Elies ihre Augen öffnete, sah sie den menschenleeren Bibliotheksraum vor sich. Hinter ihr fluchte der Professor noch immer mit rauer Stimme vor sich hin. Ohne zurückzublicken, trat Elies durch den Spiegel.

Auf der anderen Seite empfing sie der bekannte Geruch von alten und staubigen Büchern. Ohne eine weitere Minute zu vergeuden, wandte sich Elies erneut dem Spiegel zu und konzentrierte sich. Jonathon hatte sie ermahnt, nicht länger als eine Stunde wegzubleiben und daran wollte sie sich auch halten. Wieder legte sie ihre Handfläche auf den Spiegel und konzentrierte sich. Eine Welle aus Kälte überkam sie, als sie an ihr altes Haus dachte, denn damit war unweigerlich auch die Erinnerung an Matt verknüpft. Es war kein Gefühl von Angst oder Zorn, lediglich die kalte Erkenntnis einer unglücklichen Vergangenheit, die nicht mehr änderbar war. Als Elies ihre Augen öffnete, konnte sie durch den Spiegel direkt in den Dachboden blicken. Er wirkte fürchterlich verfallen und einsam. Dieses Mal zögerte sie einen kurzen Moment, doch dann straffte sie ihre Schultern und trat durch die Spiegelung.

Auf der anderen Seite empfing sie augenblicklich ein kalter Windstoß. Ein Pfeifen war zu hören, als der Luftzug durch die Holzritzen pfiff und Mondstrahlen drangen durch das vom Feuer beschädigte Dach. Elies ließ die Umgebung einige Minuten auf sich wirken. Unschlüssig machte sie einige Schritte nach vorne. Vielleicht hatte sie sich getäuscht und Matt war bei ihrem letzten Besuch nur ein Produkt ihrer Einbildungskraft gewesen. Sie spürte nichts außer Kälte und dem eisigen Windzug auf ihrer Haut. Elies tat einige weitere Schritte, bis sie zu der Stelle mit dem zerstörten Boden kam. Von diesem Platz aus konnte sie sehen, dass die Leiter, die hier hinaufführte, wieder hinaufgezogen war, obwohl sie Elies bei ihrem letzten Besuch nicht angerührt hatte. Durch eine kaputte Schraube oder dergleichen konnte sich die Leiter vielleicht von selbst absenken, jedoch unmöglich auch wieder hinauflassen. Sie starrte die Leiter einige Momente an, doch nichts tat sich. Eine ungewöhnliche Stille breitete sich aus und für einen Augenblick vernahm Elies nicht einmal mehr den Wind. Dann spürte sie es. Dasselbe Gefühl beobachtet zu werden, wie sie es bei ihrem letzten Besuch empfunden hatte. Doch dieses Mal wusste sie, dass sie nicht allein war. Zu Beginn war es nichts weiter als ein Kitzeln in ihrem Nacken gewesen. Dann hatte sich Gänsehaut zusammen mit dem Bedürfnis wegzulaufen in ihrem Körper ausgebreitet. Doch Elies lief nicht weg. Sie hatte genug Zeit ihres Lebens mit Weglaufen und Verstecken verbracht. Stattdessen schloss sie ihre Augen, gab sich völlig dem Gefühl der Angst hin und atmete tief durch. Sie zwang sich die Augen fest geschlossen zu halten, bis sich ihr Herzschlag wieder beruhigt hatte. Bis sich ihr Körper an das Gefühl der Angst gewöhnt hatte. Ein letztes Mal atmete Elies tief durch, bevor sie ihre Augen öffnete.

Er stand direkt vor ihr. Matt trug dasselbe hämische Grinsen wie jeher auf seinem Gesicht. Für einen Moment blieb Elies ihr Herz im Hals stecken. Für einen Moment war es so, als hätte sich nichts verändert. Für einen Moment fühlte sie sich wieder klein und schwach und unterwürfig. Aber nur für einen Moment. Dann besann sie sich darauf, weswegen sie eigentlich gekommen war.

„Matt", setzte Elies an, doch sie wusste nicht, wie sie diesen Satz beenden sollte.

Er tat nichts, starrte sie einfach weiter an und lächelte.

„Matt, du kannst hier nicht länger bleiben, du bist tot", sie versuchte, zu ihm durchzudringen, doch er lächelte sie noch immer an. „Du kannst nicht hierbleiben, es ist zu gefährlich für dich. Sollte jemand hier deine Seele finden, eine Hexe oder ein Dämon, würden sie dich unweigerlich auslöschen. Matt, du bist tot, du musst weitergehen."

„Aber natürlich bin ich tot", begann Matt schließlich in seiner süßesten Stimme zu sprechen. „Natürlich bin ich tot, meine liebe Elies, immerhin warst du es doch, die mich umgebracht hat."

Für Elies war es wie ein Schlag ins Gesicht: „Aber ... Aber Matt, es war ein Unfall! Ein schrecklicher Unfall!"

„Ja, der dir gerade gelegen kam, um von mir wegzukommen", sein Gesicht begann sich zu verzerren, bis nur mehr eine unkenntliche Fratze überblieb. Unweigerlich stolperte Elies einige Schritte zurück, um etwas Abstand zwischen sich und ihn zu bringen.

„Nein", sagte Elies mit fester Stimme. „Dein Tod war nicht meine Schuld. Du hast mich gestoßen. Dein Tod war ein Unfall."

„Aber du hättest mit mir sterben sollen!", Matts Stimme verzog sich zu einem undeutlichen Knurren und in diesem Moment hatte er nichts mehr mit dem Matt gemeinsam, den Elies einmal gekannt hatte.

„Matt, deine Seele ist hier nicht sicher", versuchte ihn Elies erneut zu erreichen. „Wenn dich jemand hier findet, dann wirst du ausgelöscht! Verstehst du denn nicht, was ich sage?"

„Die sollen sich erst einmal an mich herantrauen", knurrte Matt leise und Elies kam es vor, als würde auf einmal der ganze Dachstuhl beben. Ein dumpfes Grollen breitete sich aus. Wieder wollte Elies einen Schritt zurückmachen, doch sie stieß dabei mit dem Rücken an die Wand. Erneut hatte Matt sie in die Enge getrieben. Er schaffte es sogar im Tod. Natürlich wollte Elies Matt helfen, wenn sie konnte, dennoch war ihr eigentliches Anliegen einer völlig anderen Art. Sie wollte sich selbst und auch diesen Ort ein für alle Mal von ihm befreien. Sie war jetzt eine Spiegelwanderin und sie würde keine Angst mehr haben. Weder vor einem Geist noch vor irgendeinem Menschen. Damit war Elies endgültig durch. Matt näherte sich ihr. Sein Äußeres hatte sich weiter verändert, sein ganzes Wesen sah jetzt mehr gräulich-schwarz aus, als wäre er über und über mit Asche bedeckt. Mit jedem Schritt, den er nähertrat, nahm das Beben auf dem Dachboden zu, aber für Elies wirkte er in diesem Moment nicht mehr bedrohlich. Es war, als könnte sie endlich einen Blick hinter den Vorhang werfen. Sie sah Matt als das, was er eigentlich war. Nichts weiter als ein tragischer Clown. Er hatte keine Macht mehr über sie und sie hatte keine Angst mehr.

„Wenn du nicht gehen willst, dann warte eben hier auf Erden auf dein Ende! Früher oder später wird sich jemand deiner Seele annehmen und dann ist es dein Ende, Matt! Tu, was du nicht lassen kannst, aber dieses Haus hier gehört mir und ich will dich hier nicht haben!"

„Du kannst mich hier nicht rauswerfen", grinste die Fratze zurück.

„Doch das kann ich", antwortete Elies mit leiser Stimme und griff in ihre Jackentasche. Vorsichtig zog sie das kleine Säckchen hervor. Alles, was sie noch tun musste, war es anzuzünden.

„Was soll das sein?", lachte Matt überheblich. „Willst du mich damit bewerfen, um zu sehen, ob es durch mich hindurchfliegt?"

Sein Lachen hallte laut in Elies Ohren nach, aber sie ließ sich davon nicht aus der Ruhe bringen.

„Das ist ein Reinigungszauber", antwortete sie mit beherrschter Stimme. „Du kannst freiwillig gehen, oder ich kann dich dazu zwingen, dieses Haus zu verlassen. Es ist deine Entscheidung."

Für einen Moment sah Matt aus, als wüsste er nicht, ob er ihr glauben sollte.

„Was habe ich davon, wenn ich freiwillig gehe? Du bekommst so oder so, was du willst", sein Hass war deutlich in seiner Stimme zu hören.

„Wenn du jetzt gehst, kannst du an diesen Ort zurückkommen. Ihn besuchen oder auch als Zufluchtsstätte aufsuchen, wenn du sonst nirgendwo hinkannst. Aber Matt, du gehörst nicht mehr in die Welt der Lebenden. Du musst loslassen."

Kurz war es still zwischen ihnen und für einen Moment wagte Elies zu hoffen, dass sie zu ihm durchgedrungen war.

„Ich werde niemals loslassen und ich werde dich niemals gehen lassen", schrie Matt wütend und das tiefe Grollen wurde so laut, dass Elies Ohren schmerzten. Mit einer schnellen Bewegung holte sie ein Feuerzeug aus ihrer Hosentasche. Sie hatte das kleine Säckchen schon vor Tagen vorbereitet, als ihr das erste Mal der Gedanke gekommen war, dass sie Matt vielleicht gewaltsam von hier vertreiben musste. Es war ein einfacher Zauber, den sie in einem der Bücher der Bibliothek gefunden hatte. Sie hatte dafür nur alle nötigen Zutaten in dem kleinen Säckchen vermengen müssen. Alles, was sie noch zu tun hatte, um den Reinigungszauber freizusetzen, war, das Säckchen anzuzünden. Es war ein wirklich einfacher Zauber, den fast jeder durchführen konnte. Für derartige Tricks musste man keine Hexe sein.

„Was hast du jetzt vor? Willst du mich ausräuchern?", Matt lachte hämisch und für einen Moment ließ das allumfassende Dröhnen nach.

„Matt, du bist tot, du musst doch spüren, dass auch ich mich verändert habe", wollte Elies es ein letztes Mal versuchen. „Du bist kein Mensch mehr und ich bin es auch nicht."

„Was interessiert es mich, was aus dir geworden ist?", schrie Matt und erneut wallte Wut in ihm auf. „Es ist deine Schuld, es ist alles deine Schuld!"

„An allem, was dir widerfahren ist, trägt niemand anders Schuld als du selbst. Ich bin es so leid! Deine Lügen und Schuldzuweisungen. Du hast mich betrogen. Du hast mich wie deinen Besitz behandelt. Und ich war zu naiv, um die Wahrheit früher zu erkennen. Ich bin eine Spiegelwanderin, Matt, und glaube mir, ich habe die Fähigkeit, dich für immer aus diesem Haus zu verbannen. Also leg es nur darauf an! Mach noch einen Schritt auf mich zu und du wirst hier nie wieder eine sichere Zuflucht finden und da draußen wirst du nicht lange überleben! Du hast doch nicht den Hauch einer Ahnung, was dich dort erwartet. Wer es aller auf deine Seele abgesehen hat! Du glaubst, du bist stark und unbesiegbar, aber ich will dir die Wahrheit über dein jämmerliches Dasein mitteilen. Du bist ein Geist, Matt. Eine verlorene Seele. Wenn du dich selbst retten willst, dann verlass diesen Ort."

Für einen Moment sah er sie ausdruckslos an. Abschätzend. Aber Matt hatte sich in seinem Wahn verloren, er konnte nicht mehr klar denken. Sein Blick war ausdruckslos und sein Gesicht verzog sich langsam wieder zu einer hässlichen Fratze. Seine Augen strahlten rötlich vor Hass, während sein restliches Wesen unnatürlich weiß und durchsichtig wurde. Das Dröhnen nahm zu und fast schien es, als würde der gesamte Boden vibrieren. Als Elies ihn anblickte, erkannte sie, dass sie alles in ihrer Macht stehende getan hatte, um ihm zu helfen. Aber was konnte sie noch ausrichten, wenn er seine Wahl bereits getroffen hatte? Er wollte diese Welt nicht verlassen. Wollte ihr nicht zuhören und hatte nichts als Hohn und Spott für sie übrig. Die Erkenntnis war traurig und es kam ihr vor, als würde sie einen Teil von sich selbst verlieren. Immerhin war Matt so lange eine Konstante in ihrem Leben gewesen. Elies wusste, dass es Matts Todesurteil wäre, wenn sie das kleine Säckchen anzünden würde. Ihr Zauber würde ihn aus den Ruinen ihres Hauses verbannen und dann gab es keinen Rückzugsort für ihn. Er wäre nirgendwo sicher. Elies war nicht mit der Absicht gekommen, Matt zu verletzen. Sie hatte ihm helfen wollen, doch ihm konnte niemand mehr helfen. Bedrohlich näherte er sich ihr. Es war an seinem Gesicht abzulesen, dass ihm nichts mehr Freude bereiten würde, als seiner ehemaligen Partnerin Schmerzen zuzufügen. Er wollte sie leiden sehen. Tränen liefen über Elies Wangen und sie konnte nur schwer atmen. Dennoch entzündete sie das Feuerzeug, ohne zu zögern. Sie nahm ihre Augen nicht von Matt, als sich die Flamme dem Stoffsäckchen näherte. Er wusste, was sie vorhatte und trotzdem ließ er nicht von seiner Absicht ab. Er wollte Elies leiden sehen. Wollte, dass sie dieselben Qualen erfuhr, die auch er bei seinem Tod erlebt hatte. Er wollte sie brennen sehen. Matts Anblick war furchterregend, dennoch hatte Elies keine Angst. Stattdessen tat er ihr leid, denn er war verloren. Elies zündete das Säckchen an, welches sofort Feuer fing. Als es brannte, ließ sie es vor sich zu Boden fallen, ihre Augen waren weiterhin auf Matt gerichtet. Als die Flammen den Zauber freisetzten, spürte Matt die Veränderung im Raum augenblicklich. Ein Gefühl, das ihn wegzog. Zu Beginn konnte er sich noch widersetzen, doch das Gefühl entwickelte sich zu einem Sog, dem er sich nicht entziehen konnte. Elies sah den Schmerz und den inneren Kampf an Matts Miene, doch mit dem nächsten Windzug war er verschwunden. Das Beben des Bodens hatte aufgehört und auch das Dröhnen war mit einem Schlag vorbei. Matt würde an diesen Ort nie mehr zurückkehren können. Stille breitete sich auf dem Dachboden aus und Elies war allein. Sie hatte es tatsächlich getan. Sie hatte damit gerechnet, dass sie traurig sein würde, wütend vielleicht, aber stattdessen breitete sich nur eine tiefe Leere in ihr aus. Als würde man in einem nackten Zimmer stehen und die weißen Wände anstarren. So oft hatte sie in den vergangenen Wochen an Matt gedacht. Hatte sich über ihre Beziehung Gedanken gemacht. Sie hatte sich gefragt, ab welchem Punkt es so fürchterlich falsch gelaufen war.

Wann er sich verändert hatte und wann sie aufgehört hatte, zu kämpfen. Es war nicht leicht, solche Fragen zu beantworten. Elies hatte so sehr gehofft, nach dem heutigen Tag endlich einen Schlussstrich ziehen zu können. Ihre menschliche Vergangenheit ein für alle Male hinter sich lassen konnte. Aber Elies fühlte sich jetzt nicht besser oder schlechter. Einfach leer. Ihr kam auf einmal ein merkwürdiger Gedanke, als sie in die Dunkelheit des Dachbodens starrte. Etwas, an das sie vorher noch nie gedacht hatte. *Vielleicht ist der Trick ja überhaupt nicht, mit seiner Vergangenheit abzuschließen, sondern die Vergangenheit vielmehr zu akzeptieren und ein Teil seiner selbst werden zu lassen?* Vielleicht sollte sie mit Helena sprechen. Sie fragen, wie sie mit ihrer Vergangenheit fertig wurde, die sie noch immer heimsuchte. Kopfschüttelnd wandte sich Elies dem Spiegel zu und betrachtete ihn nachdenklich. *Warum hatte genau er als einziges das Feuer überstanden?* Mit den Fingern fuhr sie über den Rahmen und ein leichtes Lächeln deutete sich in ihren Zügen an. Sie schloss ihre Augen und dachte an den kleinen Leseraum in der Bibliothek. Nach einigen Sekunden gelang es ihr problemlos, das Portal zu öffnen und als sie hindurchtrat, füllte sich die Leere in ihr und wurde von einer Gewissheit ersetzt. Die Gewissheit den richtigen Weg gefunden zu haben.

Eigentlich hatte Elies vorgehabt, ohne Verzögerung in das Reich der Spiegelwanderer zurückzureisen. Eigentlich. Doch als sie durch den Spiegel trat und sich in dem kleinen Bibliotheksraum wiederfand, vernahm sie aufgeregte Stimmen und Rufe, die durch die geschlossene Tür gedämpft in den kleinen Leseraum drangen. Im Gegensatz zu der kalten Stille ihres Hauses bildeten die Stimmen einen harten Kontrast, der Elies sofort aufhorchen ließ. Neugierig öffnete sie die Türe einen Spalt und lugte hindurch, sie wollte doch eigentlich sofort weiterreisen, um pünktlich wieder zurück zu sein; so, wie sie es Jonathon versprochen hatte. *Eigentlich.*

Es waren zu viele Stimmen, als dass Elies von ihrer Position hinter der Tür viel verstehen konnte. Sie sah durch den kleinen Spalt nur wenige Meter von dem kleinen Gang vor ihr. Im nächsten Moment aber wurde die Tür aufgerissen und Elies stolperte nach hinten. Zwei Jäger traten hindurch und machten sich augenblicklich daran, das Portal zu öffnen. Sie waren sichtlich aufgewühlt und Anspannung, fast schon Angst, zeichnete ihre Gesichter. Sie waren so abgelenkt, dass sie Elies nicht einmal bemerkten, die der aufschwingenden Tür ausgewichen war und noch immer an die Wand gepresst dastand. Erst nachdem die beiden Jäger durch den Spiegel geschritten waren, löste sich Elies von der Wand. Die aufgeregten Stimmen außerhalb des Raumes waren noch lauter geworden und Elies glaubte herauszuhören, dass die höchste und lauteste davon Beryl gehören musste. Langsam ging Elies den Gang entlang und gelangte über die Treppe in den großen Lesesaal. Vorsichtig öffnete sie die Tür, die in den Hauptlesesaal führte, in dem absolutes Chaos ausgebrochen war. Jäger liefen wirr umher, Waffen lagen auf den Tischen verstreut und dazwischen stand Beryl und brüllte Befehle. Als sie Elies erkannte, winkte sie sie zu sich her.

„Herzlichen Glückwunsch, deine Ausbildung wurde eben beschleunigt. Wir können jede Hilfe brauchen, die wir kriegen können und da du doch ohnehin eine Jägerin werden willst, trifft sich das nur zu gut. Nimm dir, was du brauchst und mach dich bereit. In fünf Minuten geht es los."

„Aber wohin? Was ist passiert?", fragte Elies und mit einem Schlag holte sie die Realität ein.

„Dämonen", antwortete Beryl grimmig. „Ich habe eben zwei Jäger losgeschickt, um Verstärkung zu holen, aber alle die hier sind, bilden die erste Angriffswelle."

„Einer unserer Jäger konnte einem Dämon folgen. Dachte, er würde ihn lediglich zu einem kleinen Haufen führen, aber nichts da! Stattdessen hat er ihn zu einem ganzen Nest geführt", erklärte Beryl weiter, während Elies nach einer Waffe griff und den Holster an ihrem Oberschenkel befestigte. „Es sind sogar noch mehr als beim letzten Mal, wir brauchen alle unsere Leute. So eine Chance dürfen wir uns nicht entgehen lassen!"

„Aber warum? Dämonen sind keine Gruppenwesen, die schließen sich doch nicht zusammen. Warum dann jetzt?"
Beryl zog scharf die Luft ein, als würde sie sich davon abhalten müssen, Elies zu viel zu verraten. Doch Elies kam nicht mehr dazu, noch weitere Fragen zu stellen, Beryl gab bereits das Kommando zum Abmarsch. Sie führte ihre Jäger zwei Stockwerke höher in einen weiteren Lesesaal. Die gesamte Bibliothek schien wie ausgestorben. Sie waren nur zwei Dutzend Jäger, doch Beryl meinte, dass die Verstärkung bald aufschließen würden. Dennoch wollte Beryl nicht auf sie warten und damit kostbare Zeit vergeuden. Sie wollte sofort zuschlagen. Und so fand sich Elies unter zwei Dutzend gut ausgebildeter Jäger wieder, bereit für ihren ersten wirklichen Kampf gegen Dämonen. Erst als sich Elies mit den anderen vor dem Spiegel aufreihte, bemerkte sie das flaue Gefühl in ihrem Magen. Ihr Atem ging stoßweise und ein bitterer Geschmack breitete sich in ihrem Mund aus. Die Gewissheit zu töten, der Gedanke, getötet zu werden. Keiner der Jäger wirkte ängstlich, alle schienen fest entschlossen, dürstend, Dämonenblut zu vergießen. Elies fragte sich, ob auch sie daran dachten, dass möglicherweise einige von ihnen heute nicht mehr zurückkehren würden. Unbewusst griff Elies nach ihrem Dolch, um sich zu vergewissern, dass er noch immer in ihrer Jackentasche steckte. Die Jäger setzten sich in Bewegung und einer nach dem anderen sprang durch den Spiegel. Elies atmete ein letztes Mal tief durch, dann war sie an der Reihe. Auf der anderen Seite formierten sich die Jäger in fünf Gruppen, wobei sich Elies nahe an Beryl hielt. Sie waren durch einen kleinen Spiegel, gerade groß genug für eine Person, gesprungen, der in einen kurzen Gang führte. Sie befanden sich in einem kleinen Restaurant, welches an dem heutigen Abend bereits geschlossen hatte. Als Elies durch eines der Fenster sah, blickte sie auf eine von Straßenlaternen erhellte Straße, auf der nur vereinzelt Autos vorbeifuhren. Auf der gegenüberliegenden Straßenseite befand sich eine Tankstelle und daneben einige weitere Gebäude. Es handelte sich um ein kleines Städtchen, die Dämonen mussten sich in unmittelbarer Nähe aufhalten.

Beryl gab den Befehl, dass einer der Jäger zurückbleiben und auf Verstärkung warten sollte, dann marschierten sie ab. In jeder Gruppe übernahm ein Jäger die Führung, während die anderen aufschlossen. Niemand sprach und die Teams bewegten sich wie Schatten durch die finsteren Gassen. Die Jäger liefen nahezu lautlos die Straßen entlang. Sie mussten sich in einem Gewerbegebiet befinden. Die Gegend wirkte wie ausgestorben. Kein Mensch kam ihnen entgegen und auch sonst kein Lebewesen. Nicht einmal eine streunende Katze. Mit jeder dritten Gasse trennte sich eine Gruppe ab, um mehr Terrain abzudecken. Elies blieb in Beryls Gruppe. Ein scharfer Wind pfiff durch die engen Gassen. Einige Strähnen hatten sich aus Elies Zopf gelöst und wehten ihr ins Gesicht. Je weiter sich die Gruppe von der Hauptstraße entfernte, desto dunkler schien es zu werden. In unregelmäßigen Abständen waren Straßenlaternen angebracht, einige waren kaputt und der Großteil der Straßen war in Finsternis gehüllt. Ein Zittern durchfuhr Elies und sie wusste nicht, ob es von der Kälte oder ihrer Nervosität stammte. Mit einer schnellen Handbewegung versicherte sie sich, dass ihre Waffe noch immer in dem Holster saß. Sie wusste nicht, was genau sie erwarten würde und unwillkürlich fragte sich Elies, wie viel Beryl eigentlich wusste. *Konnte es sich um eine Falle handeln?*

Die anderen Jäger hatten Elies in die Mitte genommen, während Beryl die Spitze bildete. Wenngleich Elies alle vom Sehen kannte und sich mit einigen auch unterhalten hatte, konnte sie sich nicht mehr an ihre Namen erinnern. Sie wirkten nicht angespannt, doch höchst konzentriert. Obwohl Elies festgestellt hatte, dass sie, seit sie eine Spiegelwanderin geworden war, deutlich besser sehen konnte, sowohl am Tag was ihre Weitsicht betraf als auch nachts bei spärlichem Licht, hatte sie Probleme, in den dunklen Gassen viel zu erkennen. Es roch nach Kanal und des Öfteren versperrte ihnen eine Mülltonne oder sonstiges Gerümpel, das achtlos hingeworfen worden war, den Weg.

Beryl hob die Hand und deutete den anderen Jägern stehen zu bleiben. Angestrengt lauschte Elies, versuchte das zu vernehmen, was Beryl aufhorchen hatte lassen. Ohne dass es ihr bewusst war, glitt ihre Hand zu ihrer Schusswaffe. Vor ihnen war niemand und auch hinter ihnen war die Straße leer. Elies wusste nicht, ob es vielleicht nur von ihrer Nervosität kam, doch glaubte sie die Anwesenheit von Dämonen zu fühlen. Ihr Blick schweifte die Fenster der großen, leerstehenden Häuser entlang, aber auch dort war niemand. Erst als sie ihren Kopf weiter anhob, vernahm sie eine schnelle Bewegung auf dem Dach. Für einen Herzschlag übermannte sie die Furcht und sie war wie erstarrt. Doch dann war der Moment vorbei.

„Sie sind auf dem Dach!", rief Elies und zog ihre Waffe. Ohne zu zögern, taten es ihr die anderen Jäger gleich, aber sie waren nicht schnell genug. Noch bevor Elies ihre Schusswaffe entsichern konnte, sprangen die Geschöpfe der Finsternis von den Dächern und landeten mit einer Leichtigkeit und Eleganz, die Elies ihnen niemals zugetraut hätte, auf dem harten Asphalt. Ein Rauschen hallte durch ihren ganzen Kopf und sie vernahm, wie die anderen Jäger angriffen. Elies' Körper handelte wie von allein, als wäre er eine Maschine. Programmiert, um zu töten. Sie zielte und schoss auf den ersten Dämon. Ohne zu warten, dass er zu Staub zerfiel, drehte sie sich und suchte ihr nächstes Ziel, doch dieser Dämon war schneller als der erste. Sie schoss zweimal auf ihn, aber er wich mit einer Leichtigkeit aus, die Elies nicht einmal bei den Spiegelwanderern gesehen hatte. Sie schoss ein drittes Mal auf ihn, doch wieder wich er der Kugel aus. Elies ließ ihre Waffe fallen, er war bereits zu nahe. Sie wich seinem Schlag aus und zog dabei den langen Dolch aus ihrer Jackentasche. Noch in derselben Drehung schlitzte sie ihm den Unterarm auf. Der Dämon heulte vor Schmerz und Wut zeichnete sich auf seinem Gesicht ab. Gut so. Wut würde ihn unachtsam werden lassen. Er sprang auf Elies zu, aber damit hatte sie gerechnet und rollte sich zur Seite ab. Bevor der Dämon zu einem weiteren Angriff ansetzen konnte, wirbelte Elies herum und stach ihm den Dolch in die Kniekehle. Der Dämon ging brüllend zu Boden, doch Elies war wieder auf den Beinen und sofort hinter ihm. Mit der einen Hand riss sie seinen Schädel an den fettigen Haaren zurück, während sie ihm mit der anderen die Kehle durchschnitt. Warmes Blut spritzte über ihren Arm und durchtränkte ihre Jacke. Der Gestank ließ Elies würgen und sie ließ den Körper los. Noch bevor er den Boden berührte, war er zu Staub zerfallen. Elies fuhr herum, wollte sich einen neuen Gegner suchen. Sie hatte Blut geleckt und das Gefühl der Macht, über Leben und Tod zu entscheiden, hatte ihre Angst verdrängt. Doch bevor Elies reagieren konnte, traf sie eine Kralle und schlitzte ihre Schulter auf. Sie ließ sich nach hinten fallen, um einem weiteren Angriff zu entgehen, aber noch bevor sie sich wegrollen konnte, war der Dämon über ihr. Sein Gewicht drückte ihr jegliche Luft aus der Lunge. Verzweifelt holte Elies mit dem Dolch aus. Wie durch ein Wunder traf sie ihren Angreifer, der schmerzerfüllt seinen Arm an die Brust presste. Elies hatte ihm zwei Finger abgetrennt. Raserei spiegelte sich in seinen Augen. Er packte Elies an der Kehle und schlug sie hart gegen den schmutzigen Asphalt. Elies versuchte, sich aus seinem Griff zu befreien, doch er war zu stark. Die Bilder verschwammen vor ihren Augen und sie konnte nichts mehr hören. Dann wurde ihr schwarz vor Augen und sie wusste von nichts mehr.

Elies wusste nicht, was mehr schmerzte. Ihr Nacken war so steif, dass sie, als sie wieder zu sich kam, nicht einmal den Kopf heben konnte. Der Schmerz an ihren Handgelenken pochte nur mehr dumpf nach, langsam hatte sie wohl jegliches Gefühl in ihren Händen verloren, aber ihre Schultern brannten wie Feuer und der Schmerz breitete sich über ihre Oberarme und ihren ganzen Rücken aus. Ohne es zu wollen, stöhnte sie leise auf. Elies versuchte, ihren Kopf zu heben und zwang sich ihre Augen zu öffnen, doch die Bewegung reichte aus, um Übelkeit in ihr hervorzurufen. Sie atmete einige Male tief durch, versuchte den Boden unter ihren Füßen zu finden. Langsam wurde die Übelkeit durch Schwindel abgelöst und für einen Moment konnte Elies nicht mehr sagen, wo oben und unten war. Fast musste sie sich übergeben, als sie das Blut in ihrem Mund schmeckte. Nur langsam gewöhnten sich ihre Augen an das schwache Licht. Ein

Stöhnen entfuhr ihren Lippen, als Elies endlich ihren Kopf heben konnte und erkannte, was sie in dieser Position hielt. Eine von der Decke hängende Eisenkette war an ihren Handgelenken festgemacht. Mit Mühe konnten ihre Zehenspitzen den Boden berühren, um etwas von dem Gewicht ihrer Schultern und Arme zu nehmen. Orientierungslos wandte sie sich um. Sie war in einer leeren Lagerhalle. Von den anderen Jägern war keine Spur.

„Beryl", flüsterte Elies heiser, aber sie war in der dunklen Halle allein.

Wo waren die anderen? Wer hatte sie hierhergebracht? Es musste ein Dämon gewesen sein, warum wäre sie sonst angekettet? Doch warum war sie überhaupt noch am Leben? Elies erinnerte sich an den Kampf. Sie hatte zwei Dämonen getötet, doch der dritte war zu schnell gewesen. Elies musste sich beruhigen, musste klar denken. Doch zuerst musste sie sich von den Ketten befreien. Sie versuchte, an ihnen zu ziehen, doch das Eisen grub sich nur noch weiter in ihre blutenden Handgelenke.

„Wenn ich du wäre, würde ich das sein lassen", ertönte eine Stimme hinter ihr. Elies zuckte bei dem Klang seiner Stimme zusammen. Obwohl sie ihn noch nie persönlich gesehen hatte, wusste sie so viel über ihn. Kannte seine Vergangenheit und wusste, wozu er fähig war. Elies hatte nicht bemerkt, dass noch jemand anderes in der Lagerhalle war. Wie eingefroren hing sie an den Eisenketten, wagte es nicht, sich zu bewegen.

„Ich nehme an, du bist eine der Neuauszubildenden? So wie du gekämpft hast, kannst du noch nicht allzu lange bei den Spiegelwanderern sein ... Ist Catwren denn so verzweifelt, dass sie jetzt sogar Schwächlinge wie dich schickt?"

„Ich bin nicht schwach!", rief Elies wütend. In diesem Moment wusste sie nicht, was über sie gekommen war. Sie würde sich nicht von jemandem wie ihm anhören, dass sie schwach wäre. Elies hörte seine Schritte, als er sie langsam umrundete. Erst als er direkt vor ihr stand, konnte sie in Johns Gesicht blicken. Ein grausames Lächeln bildete sich in seinen Zügen, doch Elies sah nicht weg. Sie würde ihm nicht die Befriedigung geben, ihre Angst zu zeigen. Würde nie wieder jemandem so viel

Macht über sich geben. Ohne seinen Blick von ihr abzuwenden, holte John langsam ein Klappmesser hervor. Elies beachtete es nicht, sie starrte weiterhin ihn an.

„Bitte verzeih meine Bemerkung", von einem Moment auf den anderen war seine Stimme anders. Sie klang wie Samt und für einen kurzen Augenblick erlaubte sich Elies, aufzuatmen. Doch dann sah sie das Monster in seinen Augen. Für diesen kurzen Augenblick hatte sie beinahe vergessen, wer vor ihr stand und wozu John fähig war.

„Natürlich bist du nicht schwach, immerhin hast du zwei Dämonen getötet, bevor dich ein anderer ausgeschaltet hat. Die anderen Jäger haben wie viele getötet? Acht? Neun? Deine Freundin Beryl hat sogar vierzehn geschafft, bevor ich ihr die Kehle durchgeschnitten habe."

Elies versuchte, sich nichts anmerken zu lassen, aber sie hatte vor Schreck die Augen weit aufgerissen und den Mund leicht geöffnet. *Konnte es wahr sein? War Beryl wirklich tot?* Nein, Elies wollte es nicht glauben. Konnte es nicht. Das war es, was Dämonen taten. Sie logen und betrogen. Einige der anderen Jäger mussten es geschafft haben, mussten geflohen sein. Genau das war es, was auch Elies tun musste. Sie musste sich von der Eisenkette befreien und von hier verschwinden. Doch war es, als hätte John ihre Gedanken gelesen: „Hier wirst du keinen Spiegel finden. Du wirst nirgendwo hingehen, bevor ich nicht mit dir fertig bin."

Mit einer flüssigen Bewegung klappte John das Messer auf. Elies biss ihre Zähne fest zusammen. Sie würde ihm nicht die Befriedigung geben und ihre Angst zeigen. Ohne ihre Haut zu berühren, schnitt John die Ärmel ihrer blutdurchtränkten Jacke auf, sodass sie in losen Streifen über ihren Rücken hingen.

„Hässliche kleine Narben" ein kaltes Lächeln breitete sich in Johns Gesicht aus, als er die Ränder ihrer Verbrennungen mit seinem Messer nachzog.

„Was willst du von mir?", knurrte Elies und setzte alles daran, sich ihre Angst nicht anmerken zu lassen, dennoch durchzog ein Zittern ihre Stimme.

„Nur eine kleine Unterhaltung", lächelte John freundlich, doch ein mörderischer Schein legte sich über sein Gesicht. Mit der Spitze seines Messers hob er Elies' Kinn an und sie musste ihm in die Augen sehen. *Das war es also? So werde ich sterben?* Die Gewissheit überflutete sie wie eine Welle. Sie würde hier nicht lebend herauskommen. Doch mit dieser Klarheit über ihr Schicksal verschwand auch ihre Angst. Alles, was zurückblieb, war Bedauern. Bedauern darüber, dass sie nicht genug Zeit gehabt hatte, um zu einer Person zu werden, auf die sie stolz sein konnte. Bedauern, dass sie keine Möglichkeit gehabt hatte, etwas in der Welt zu verändern. Bedauern, dass sie genauso sterben würde, wie sie gelebt hatte. Wehrlos ausgeliefert an einen Mann, der sie leiden sehen wollte. Doch war das wirklich die Wahrheit? Elies hatte sich verändert und sie würde nicht wehrlos sterben. Sie würde kämpfen und wenn es das letzte war, was sie tat. Wut durchzuckte sie und ohne nachzudenken oder auf ihren schmerzenden Körper zu achten, stieß sie sich vom Boden ab, verlagerte ihr gesamtes Gewicht auf die eisernen Ketten, die sich noch enger um ihre Handgelenke zusammenzogen und holte mit einem Bein aus. Dem ersten Tritt konnte John problemlos ausweichen, doch mit dem zweiten hatte er nicht gerechnet. Elies traf ihn direkt am Kinn. Kurz stolperte der Dämon, aber er ging nicht zu Boden. Als er sich wieder aufrichtete, tropfte Blut aus seiner aufgesprungenen Lippe und sein Kiefer machte knirschende Geräusche, als er es bewegte. Elies hatte erwartet, dass John auf sie losgehen würde, war auf seinen Angriff vorbereitet, aber als sich dieser ihr zuwandte, lachte er. Als schien ihm das alles viel Spaß zu machen.

„In dir steckt mehr Mut, als es auf den ersten Blick den Anschein hat", belächelte er sie und wischte sich das Blut aus dem Gesicht, „und da soll Helena noch einmal sagen, dass sich Dämonen und Spiegelwanderer nicht ähnlich sind."

„Wir sind nicht wie ihr!", schrie Elies und wollte erneut zutreten, doch John wich ihrer Bewegung aus und schlug ihr mit aller Kraft ins Gesicht.

„Ich habe keine Zeit für weitere Spielchen", knurrte John. Er war mit seiner Geduld am Ende. Elies kämpfte damit, nicht das Bewusstsein zu verlieren und als John sein Messer unterhalb ihres Schlüsselbeins ansetzte, holte sie der Schmerz in die Realität zurück. Elies presste die Lippen zusammen, um ein schmerzerfülltes Wimmern zu unterdrücken.

John blickte konzentriert auf die Wunde, als er das Symbol in Elies' Haut ritzte. Als er fertig war, sah er das Zeichen noch für einen Moment an und wählte seine folgenden Worte mit Bedacht: „Zeig es Helena. Sie wird verstehen, was es bedeutet. Wenn sie die Wahrheit über Catwren herausgefunden hat, wird sie hoffentlich auch meinen Worten Glauben schenken."

„Welche Wahrheit über Catwren?", presste Elies hervor, doch John antwortete nicht. Stattdessen öffnete er Elies eiserne Fesseln. Da ihr Gewicht nicht mehr davon gehalten wurde, sank sie stöhnend zu Boden. Ihre Hand hielt sie gegen die blutende Wunde gepresst.

„Du lässt mich gehen?", fragte Elies verwirrt, als sie sich aufrappelte.

„Du bist nur eine kleine Eintagsfliege", antwortete John spöttisch. „Geh und überbring Helena meine Nachricht, bevor ich es mir anders überlege und mir einfach einen weiteren Spiegelwanderer hole."

Kurz sah Elies ihn an, doch John meinte es ernst. Sie war nur seine Botin und wenn sie sich weigerte, würde er sie töten und sich einfach einen anderen Wanderer holen. Kurz spielte sie mit dem Gedanken ihn anzugreifen, aber Elies wusste, dass sie keine Chance gegen John hatte. Sie drehte sich um und rannte um ihr Leben.

KAPITEL 9

James

Er wusste, dass etwas vorgefallen war, sobald Helena nach ihm geschickt hatte. In aller Eile warf sich James seinen Morgenmantel über und eilte auf die Krankenstation. Zu dieser nächtlichen Stunde lag die Abteilung verwaist im Zwielicht der flackernden Kerzen. Lediglich eine schmollende Hannah hockte auf einem der Stühle, sie hatte wohl heute Nachtschicht. Da sie jedoch keine Anstalt machte, sich zu bewegen, kam James auf sie zu und erkundigte sich nach Helena. Ohne zu antworten, hob Hannah ihre Hand und zeigte auf eine Tür gegenüber von ihr. Verwirrt ging James auf diese zu, klopfte und betrat das Krankenzimmer.

„Um Himmels Willen, was geht hier vor?", stieß James hervor, als er die Szene vor sich aufgenommen hatte. Penelope stand über ein Krankenbett gebeugt, Helena wachte auf der anderen Seite des Bettes. Ihr Gesicht war blass vor Sorge. Erst als James nähertrat, konnte er sehen, wen Penelope versorgte. Elies lag mit schmerzverzerrter Miene vor ihm. Ihr Gesicht war geschwollen und Penelope reinigte eben eine Wunde unter Elies Schlüsselbein. Die Schnitte an ihrer Schulter hatte sie bereits genäht.

„Was ist mit ihr passiert?", fragte James und wandte sich an Helena.

„Dämonen", antwortete diese heiser, „vor wenigen Stunden brach jeglicher Kontakt zu den Jägern ab."

„Aber warum war Elies unter ihnen? Sie ist doch noch keine Jägerin", James fuhr sich mit der Hand durch die Haare, so, wie er es immer tat, wenn er versuchte, alle Teile eines Puzzles zusammenzufügen.

Helena schüttelte den Kopf: „Wir wissen es nicht. Als Elies zurückkam, wurde sie sofort auf die Krankenstation gebracht.

Hannah hat heute Nachtdienst, aber Elies hat sie nicht an sich rangelassen und nach Penelope verlangt."

„Warum? Ich verstehe schon, dass Elies Penelope besser kennt und dass sie es war, die sich nach dem Ritual um sie gekümmert hat, aber Hannah ist eine genauso fähige Ärztin."

„Ich denke nicht, dass es etwas damit zu tun hatte", fügte Penelope der Unterhaltung hinzu, ohne von Elies' Wunden aufzusehen.

„Ich denke, es hat vielmehr hiermit zu tun", sie deutete auf die Verletzung unterhalb Elies' Schlüsselbein. Erst jetzt erkannte James, dass es sich nicht um eine Kampfverletzung handelte, sondern, dass jemand mit besonderer Genauigkeit ein Symbol in ihre Haut geritzt hatte. Für James war auf den ersten Blick klar ersichtlich, dass es sich um jemanden gehandelt haben musste, der wusste, wie man mit Messern umging. Die Schnitte bildeten ebene Linien in ihrer Haut, ohne, dass die Enden ausgefranst waren. Dennoch waren die Schnitte nicht so präzise, dass sie von einem Skalpell hätten stammen können. James befürchtete, diese Handschrift zu kennen und zum ersten Mal wünschte er sich, dass er sich irrte und falsch lag. Auch Helena hatte sich nach vorne gelehnt, um die Wunde besser betrachten zu können, nachdem Penelope sie gereinigt hatte.

„Oh mein Gott", stieß sie hervor und starrte mit weit aufgerissenen Augen auf das blutige Zeichen.

„Er sagte, ich soll es dir zeigen", Elies Stimme war durch den Schmerz verzerrt und zitterte leicht. „Er sagte, du würdest ihm dann glauben."

Elies atmete schwer, allein diese wenigen Worte waren eine große Anstrengung für sie. Penelope strich ihr fürsorglich eine Haarsträhne aus dem Gesicht und griff nach einer Spritze. Vermutlich ein Beruhigungsmittel, das sie schlafen ließ. Erst als Penelope Elies' Ärmel vorsichtig aufrollte, um nach einer Vene für die Injektion zu suchen, sah James die Narben ihrer Verbrennungen. Es war kein schöner Anblick und er verstand, warum Elies sie unter Westen und Pullovern versteckte. Dennoch gab es keinen Grund, sich ihrer zu schämen. Vielmehr sollte Elies sie mit Stolz tragen. Sein Blick glitt von Elies' Arm zu Helena. Sie hatte sich abgewandt und starrte zu einem der Fenster, die durch einen Zauber jegliches Bild zeigen konnten. Heute war es eine wolkenlose Nacht und die Sterne leuchteten hell am Firmament. Dennoch schien Helena sie nicht wahrzunehmen. Fast hatte es den Anschein, als wäre sie in eine Art Trace gefallen.

„Helena?", fragte James leise und trat einen Schritt auf sie zu. Sie reagierte nicht und unwillkürlich musste er an das letzte Mal denken, als er sie in diesem Zustand gesehen hatte. Sofort versuchte er, die Erinnerung an ihre dunkelste Zeit zu verdrängen und berührte sie leicht am Arm, um sie in die Gegenwart zurückzuholen. Fast schon verwirrt blickte sie schließlich zu ihm.

„James?", ihre Stimme war leise und es dauerte einen Moment, bis ihr Blick klar wurde. Sie atmete tief durch und straffte ihre Schultern, so, wie sie es schon hunderte von Malen getan hatte, wenn sie ihre eigenen Sorgen verdrängte und sich auf das Leben anderer konzentrierte.

„Ich habe das Symbol schon einmal gesehen", begann Helena und blickte zu Penelope. James verstand ihre unausgesprochene Frage. Sollten sie Penelope einweihen? Er sah Helena an und neigte leicht den Kopf. Er würde ihr die Entscheidung überlassen. Sie nickte unmerklich.

„Penelope", begann Helena, unsicher, was sie als nächstes sagen sollte.

Die Ärztin versicherte sich erneut, dass Elies gut versorgt war, bevor sie einen Stuhl zu sich zog und sich erwartungsvoll vor Helena und James setzte.

„Erzählt ihr mir jetzt, was ihr in den letzten Wochen getrieben habt?"

Überrascht sah James auf: „Woher weißt du davon?"

Seine Stimme klang etwas harscher als er es beabsichtigt hatte.

„Atme mal tief durch, Jimmy", zog Penelope ihn auf. Sie wusste, er hasste nichts mehr als so genannt zu werden, erinnerte es ihn doch immer an seine Kindheit. Denn schon damals hatten Kinder es nicht leicht, wenn sie deutlich klüger waren als ihre Altersgenossen.

„Ich denke nicht, dass irgendjemandem sonst aufgefallen ist, dass ihr etwas aushekt. Aber ich bitte euch, wie lange kennen wir uns nun schon? Denkt ihr, dass ich in den letzten hundert Jahren nichts über euch gelernt hätte? Helena und ich treffen uns regelmäßig zum Essen und doch hat es jedes Mal so gewirkt, als wären ihre Gedanken meilenweit weg. Und James, du bist ohnehin immer angespannt, aber in den letzten Wochen hast du ausgesehen, als würdest du das Gewicht der ganzen Welt auf deinen Schultern tragen. Ich kenne euch und das reicht, um mir zu sagen, dass irgendetwas nicht in Ordnung ist."

Also erzählten sie Penelope alles, was sie wussten. Zugegeben, es war nicht viel. Seit Wochen versuchten sie schon etwas herauszufinden und trotzdem waren sie genauso weit wie am Anfang. Sie wussten, dass etwas vor sich ging und dass Catwren darin verstrickt war. Helena und James konnten jedoch nicht sagen, ob Catwren ihre eigenen Ziele verfolgte, oder, ob sie von jemandem kontrolliert wurde. Aber es machte keinen Unterschied, denn das Wohl der Menschen wie auch der Spiegelwanderer stand nicht mehr an oberster Stelle für sie. Beide vermuteten, dass Catwren auch etwas über das Schicksal der verschwundenen Wanderer wusste. Offiziell vertrat sie zwar die Position, dass die Dämonen nichts mit dem Verschwinden der Wanderer zu tun hätten, aber Helena und James wussten, dass dies eine Lüge war.

„Und das würde bedeuten, dass Catwren mit den Dämonen zusammenarbeitet", schloss James die Erzählung. Er hatte lange darüber nachgedacht und war zu keinem anderen Ergebnis gekommen. Sie wussten, dass die Dämonen vermehrt Jagd auf die Wanderer machten und doch stritt Catwren dies vehement ab. Die einzig logische Schlussfolgerung war somit, dass sie mit ihnen im Bunde stand.

„Aber das ist noch nicht alles", fuhr Helena fort und James war überrascht, dass sie Penelope auch von ihrer anderen Vermutung erzählen wollte. Denn das war es schließlich, bloß eine Vermutung. Aber er vertraute Helena. Und sie vertraute Penelope. Vielleicht würde James in Zukunft versuchen, mehr Vertrauen in andere zu setzen. Er war es gewohnt, auf sich allein gestellt zu sein, denn niemand fühlte sich bei ihm wohl, sobald klar wurde, dass James' Intelligenz jedem deutlich überlegen war. Erst in Helena hatte er jemanden gefunden, zu dem er selbst aufsehen konnte. Sie erzählten Penelope von der Befürchtung, wer ihr eigentlicher Feind sein könnte. Natürlich kannte auch sie das Tagebuch, das von einem letzten erbitternden Kampf erzählte und wie das Reich der Spiegelwanderer geschaffen wurde. Jeder Wanderer kannte diese Geschichte.

„Ihr glaubt doch nicht etwa, dass das, gegen das die Spiegelwanderer vor tausenden von Jahren gekämpft haben, noch immer am Leben ist? Es wurde doch vernichtet!", Angst spiegelte sich in Penelopes Augen.

„Nicht zwingend", widersprach Helena leise. „Wir vermuten, dass es nicht vernichtet wurde, lediglich fürs Erste besiegt."

„Aber wie?", wollte Penelope wissen. Ihre Hand zitterte merklich, als sie ihre Brille zurechtschob.

„Vielleicht wurde es nur eingesperrt", wandte sich James wieder der Unterhaltung zu und fuhr fort: „Fakt ist, wir wissen es nicht. Wir können nichts mit Sicherheit sagen, wir haben keinerlei Beweise. Aber falls wir recht haben, sind wir alle in größter Gefahr."

„Ich denke, wir könnten jetzt einen Beweis haben."

Penelope und James sahen zu Helena, sie hatte sich abgewandt und blickte zu Elies.

„Das Zeichen auf ihrer Brust. Ich habe es schon einmal gesehen."

„Was? Wo?", mit einigen schnellen Schritten stand James vor ihr und wiederholte: „Wo hast du es gesehen?"

Helena blickte von Elies zu James: „In Catwrens Studierzimmer."

Penelope starrte sie entgeistert an, während James bereits versuchte, die letzten Teile des Puzzles zusammenzusetzen. Nachdenklich fuhr er sich mit der Hand durch die Haare, dachte alle möglichen Szenarien durch.

„Dämonen entführen Spiegelwanderer und trotzdem lassen sie Elies gehen, um eine Botschaft zu überbringen", murmelte

James leise vor sich hin. „Diese Botschaft führt zu Catwren, die uns weismachen will, dass die Dämonen nichts mit dem Verschwinden der Spiegelwanderer zu tun haben. Wenn Catwren mit den Dämonen zusammengearbeitet hat, hat sich irgendetwas verändert. Irgendetwas muss passiert sein, sonst hätten wir nicht diese Nachricht von den Dämonen erhalten, die auf Catwren deutet. Irgendetwas entgeht uns. Nur ein kleines Detail, eine kleine Information."

James wandte sich wieder Helena zu: „Wo genau in Catwrens Studierzimmer hast du das Symbol gesehen? War es auf einem Bild oder einem Schmuckstück? Denk nach, Helena!"

Fast schon ungeduldig trat James einen Schritt auf sie zu. Sein Blick hatte etwas Animalisches und für einen kurzen Moment fühlte sich Helena von ihm in die Enge getrieben. Doch er musste etwas in ihren Augen gesehen haben, denn sofort trat er zurück und gab ihr mehr Raum.

„Wie ihr wisst, arbeite ich gelegentlich in Catwrens Studierzimmer, wenn ich etwas aus ihrer Privatbibliothek brauche. Es ging um einen Bann für einen Geist, der zu einem Nachtmahr wurde."

„Ein Geist, der ohne fremdes Zutun zu einem Traumdämon wurde?", rief Penelope erschrocken aus, aber ein Blick von James bracht sie zum Schweigen. Ungeduldig verlagerte er sein Gewicht von einem Bein auf das andere.

„Es war das erste Mal, dass ich von einem so mächtigen und zornerfüllten Geist gehört habe, der etwas Derartiges geschafft hat. Genau deswegen war ich in Catwrens Bibliothek", nahm Helena ihre Erzählung wieder auf. „Als ich eingetreten war, hatte sie auf einer der Fensterbänke gesessen und in einem Buch gelesen. Ich erinnere mich daran, weil es einen dunklen, abgegriffenen Umschlag hatte, aber auf der Vorderseite war ein rotes Amulett befestigt. Es sah fast so aus, als wäre es in das Leder eingewachsen. Mir war es aufgefallen, weil das Rot zu pulsieren schien. Als wäre es eine Blutader. Als Catwren mich gesehen hat, hat sie das Buch sofort zugeschlagen und es so gedreht, dass ich das Amulett nicht mehr sehen konnte. Sie wirkte wütend darüber, dass ich sie beim Lesen gestört hatte und war besonders darauf bedacht, das Buch so schnell wie möglich verschwinden zu lassen. Sie hat es in einer der Laden ihres Schreibtisches eingeschlossen."

„Dann muss es sich um etwas äußerst Wichtiges handeln", wandte James ein, „denn sie hat alle Laden und Fächer mit Schutzzaubern belegt. Niemand außer ihr kann sie öffnen."

„Niemand außer ihr und jemand mit einem dementsprechend starken Gegenzauber", fügte Helena hinzu.

„Zum Glück kennen wir ja jemanden, der sich mit Zaubern und Flüchen auskennt", lächelte James. Langsam schien sich in seinem Kopf ein Plan zu bilden.

„Wie lange wirst du brauchen, um eine Möglichkeit zu finden, den Schutzzauber zu umgehen?", fragte Penelope.

Kurz überlegte Helena: „Das wird nicht einfach. Ich brauche Zeit, um mir die Schubladen genauer anzusehen. Zuerst muss ich herausfinden, um welche Art von Schutzmechanismus es sich handelt. Es sollte nicht allzu schwer sein, in Catwrens Studierzimmer zu gelangen, aber jemand müsste sie herauslocken, damit ich in Ruhe arbeiten kann. Für gewöhnlich lässt sie mich nicht allein."

„Das übernehme ich", meldete sich James sofort.

„Das ist keine gute Idee", hielt Penelope dagegen und schob sich ihre Brille zurecht, „wenn du sie ablenkst, könnte sie vermuten, dass etwas vor sich geht. Catwren könnte erraten, dass du Helena nur etwas Zeit allein in ihrem Arbeitszimmer verschaffen willst. Aber wenn ich sie weglocken kann, würde sie keinen Verdacht schöpfen."

„Das ist viel zu gefährlich", entgegnete James, „was wir hier vorhaben, ist Hochverrat! Wir können dich hier nicht mithineinziehen."

Kurz lachte Penelope: „Aber Jimmy, ich bitte dich, ich bin doch schon längst mittendrin."

„Wenn das, was ihr vermutet, der Wahrheit entspricht, muss Catwren aufgehalten werden", fuhr Penelope fort. Sie hatte ihre Seite gewählt.

„Wer ist noch in dem Ganzen involviert?", fragte sie schließlich.
„Bis jetzt haben James und ich alle unsere Informationen nur mit dir und Jonathon geteilt. Nikola weiß auch einen Teil, aber noch nicht alles. Wir müssen warten, bis er aus der Welt der Menschen zurückkehrt."
„Ich habe mich schon gewundert, warum er so lange wegbleibt. Was genau macht er eigentlich?", fragte Penelope, „Und wie passt Elies in das alles hinein? Sie hat doch noch nicht einmal ihre Ausbildung abgeschlossen."
„Wir dachten, dass wir hier im Reich der Spiegelwanderer keine Antworten mehr finden würden", begann James, „mit Elies hat sich jetzt natürlich alles verändert. Nikola versucht einstweilen anderweitig Informationen zu bekommen. Vielleicht findet er Hinweise, die uns endlich sagen, mit was genau wir es hier zu tun haben. Möglicherweise verstehen wir dann auch Catwrens Rolle in all dem besser. Was Elies angeht ... ich denke, es war pures Glück, dass sie nicht getötet wurde. Die Dämonen hätten genauso gut jeden anderen Spiegelwanderer mit der Nachricht zurückschicken können."
„Vielleicht wurde sie aus einem Grund ausgewählt", hielt Helena dagegen. „Du vermutest doch genauso wie ich, dass es John war."
„Aber woher sollte er überhaupt wissen, dass du und Elies euch nahesteht?", fragte Penelope.
„Unterschätzt John nicht. Seine schärfste Waffe ist noch immer sein Verstand. Ich bezweifle nicht, dass er ebenso seine Informationsquellen hat wie wir", Helena setzte sich auf einen Stuhl neben Elies' Bett. Für einen Moment sah sie schrecklich müde aus. „Ihr solltet wieder schlafen gehen. Ich bleibe bei ihr, bis sie aufwacht."
„Ich leiste dir Gesellschaft", James nahm neben ihr Platz.
„Und ich werde mit Hannah sprechen", Penelope wandte sich der Tür zu, „das Letzte, was wir jetzt brauchen, ist, dass irgendwelche Gerüchte entstehen."
Bevor sie jedoch die Tür hinter sich schloss, wandte sie sich erneut zu Helena und James: „Catwren wird mit Elies sprechen

wollen, sobald sie davon erfährt. Ihr solltet sie also darauf vorbereiten. Ihr wisst, wie Catwren sein kann, wenn sie denkt, dass man ihr nicht die ganze Wahrheit sagt."

Helena hatte ihre Lippen zu einem dünnen Strich zusammengepresst und nickte unmerklich.

Noch vor Sonnenaufgang kam Elies wieder zu sich. Sie war geschwächt und ihre Stimme zitterte, als sie versuchte, das Erlebte für Helena und James zu rekonstruieren.

„Dann weißt du also auch nicht, was aus den Jägern geworden ist?", fragte James.

„Nein", antwortete Elies leise. „Ich war mit John in der Lagerhalle allein. Als er mich gehen ließ, bin ich einfach losgerannt und durch den erstbesten Spiegel gesprungen, den ich finden konnte. Ich habe niemand anderen gesehen."

Die unausgesprochene Frage lag schwer in der Luft. Sie alle dachten es, doch keiner wollte seine Angst in Worte fassen. Waren wirklich alle Jäger tot, die auf dieser Mission gewesen waren? Denn wenn es Überlebende gab, hätten sie schon vor Stunden zurückkehren oder zumindest Kontakt aufnehmen müssen. James klammerte sich an den Hoffnungsfunken, dass sie vielleicht Gefangene der Dämonen und somit immer noch am Leben waren. Sollte dies jedoch zutreffen, wäre es fast unmöglich, sie zu befreien und vor einem grausamen Ende zu bewahren. Für James schienen dies die beiden einzigen plausiblen Möglichkeiten zu sein, Tod oder Gefangenschaft. Dennoch war da ein Schimmer von Hoffnung, der James nicht losließ. Vielleicht hatten einige Jäger entkommen könnten. Beryl hätte sich ohne einen Plan B niemals in eine Falle locken lassen. Auch Phyllis, die die Nachhut angeführt hatte, war auf alles vorbereitet gewesen. *Es muss einfach Überlebende geben!*

„Elies, wie gut kannst du lügen?", fragte Helena schließlich und durchbrach die unangenehme Stille. Auch James konzentrierte sich auf das drängendste Problem, nämlich Elies auf Catwren vorzubereiten.

„Macht euch darüber keine Sorgen", versicherte ihnen Elies, doch James kam nicht umhin zu fragen, wie sie dies bewerkstelligen wollte: „Du darfst nicht vergessen, Catwren darf nicht wissen, dass wir ihr auf der Spur sind. Sie darf absolut nichts von Johns Nachricht erfahren."

„Vertraut mir, ich weiß was ich tue", antwortete Elies, „Ich weiß selbst, dass ich keine gute Lügnerin bin und genau deswegen werde ich Catwren auch die Wahrheit sagen. Nur eben nicht alles. Glaubt mir, ich schaffe das."

„In Ordnung", Helena nickte. „Penelope soll die Wunde noch gut verbinden, damit Catwren das Zeichen nicht sehen kann. Ruh dich jetzt noch etwas aus. James wird später bei der Befragung dabei sein, also mach dir keine Sorgen."

Elies versuchte, zuversichtlich zu lächeln, aber es wollte ihr nicht ganz gelingen. Langsam wurde ihr von der Verantwortung, die dieses Wissen mit sich brachte, schlecht und sie fühlte sich merkwürdig schwummerig. Vielleicht war es aber auch nur die Gehirnerschütterung.

„Du schaffst das", nickte Helena Elies zu und auch James' Sorgen wurden durch ihre sanfte Stimme etwas gemildert. Damit erhob sich Helena und James tat es ihr gleich.

Schweigend gingen sie nebeneinander Richtung Helenas Labor. Keiner von ihnen wollte jetzt allein sein.

„Ich hoffe, du weißt, was du tust", James' Stimme klang nicht wütend, dennoch war er über die ganze Situation alles andere als erfreut, während er die Tür hinter ihnen schloss. Die Zukunft der Spiegelwanderer, ja, die Sicherheit der ganzen Welt lag in den Redekünsten einer auszubildenden Spiegelwanderin.

„Elies wird ihre Sache gut machen. Sie weiß, wie wichtig es ist, dass Catwren nichts erfährt. Außerdem bist du bei der Befragung dabei. Wenn wirklich alles schief geht, müssen wir uns etwas Neues einfallen lassen."

„Und was denkst du, soll ich machen, wenn die Befragung nicht nach Plan verläuft? Soll ich Elies ein Bauernopfer werden lassen?", fragte James überrascht.

„Nein, natürlich nicht", hielt Helena dagegen, „Elies ist eine von uns. Catwren wird ihr kein Haar krümmen, dafür werde ich sorgen!"

„Wir werden noch alle wegen Hochverrats hingerichtet", brummte James, „dann lass uns wenigstens noch eine Tasse Tee trinken. Vielleicht wird es ja unsere Letzte sein."

„Denkst du wirklich, dass Elies der Aufgabe gewachsen ist?", fragte James wenig später, als er nachdenklich seinen Tee umrührte. Zufrieden stellte Helena fest, dass er einen Löffel Zucker nahm. Denn er trank ihn nur schwarz, wenn er sich ernstzunehmende Sorgen machte. James begann wohl endlich mehr Vertrauen in andere Spiegelwanderer zu setzen.

„Du solltest Elies nicht unterschätzen", begann Helena, „das hat Matt auch getan und schau, was aus ihm geworden ist."

„Ich hätte es ihr ehrlich gesagt nicht zugetraut, einen derartigen Zauber erfolgreich durchzuführen. Du hast recht, sie scheint wirklich Potential zu haben. Aber wie heißt es so schön ... stille Wasser sind tief."

Darauf musste Helena lächeln: „James, hat dir noch nie jemand gesagt, dass stille Wasser genau die sind, in denen man am leichtesten ertrinkt?"

Sie saßen in angenehmer Stille, doch James' Blick ruhte unerlässlich auf Helena. Er konnte hinter ihre Fassade sehen. Er wusste, dass sie nicht in Ordnung war. Natürlich war sie das nicht. Nicht nach dem, was John Elies angetan hatte. Was er möglicherweise den anderen Jägern angetan hatte. Helena fühlte sich noch immer für ihn verantwortlich und dies hatte zur Folge, dass sie die Schuld an dem möglichen Tod der Jäger bei sich selbst sah. Alles, was sie tun konnten, war darauf zu hoffen, dass John gelogen hatte. Er hatte Elies quälen wollen und welch bessere Möglichkeit hatte sich ihm geboten, als ihr zu erzählen, dass er ihre Freunde abgeschlachtet hätte. James ließ Helena nicht aus den Augen. Er würde da sein, wenn sie ihn brauchte. Helena wirkte vielleicht unnahbar, aber das war sie nicht. Denn in ihrem Innersten war sie sensibel und ihre Seele aus Glas, aber John warf immer mehr Steine, bis sie irgendwann wieder zerbrechen würde. Doch dann würde James da sein und die Einzelteile wieder zusammenfügen.

Helena hatte ihre Augen geschlossen, aber James wusste, dass sie nicht schlief. Wenig später klopfte es an der Labortür und Jonathon trat ein.

„Gibt es irgendwelche Neuigkeiten von den Jägern?", fragte James sofort, noch bevor Jonathon die Tür hinter sich geschlossen hatte. Helena schenkte ihm eine Tasse Tee ein, er war nur mehr lauwarm, aber er nahm ihn trotzdem dankend entgegen.

„Nichts", Jonathon lehnte sich an Helenas Schreibtisch, „aber Catwren wird demnächst Elies befragen."

James stellte seine Tasse auf dem Teetischchen zwischen Helena und ihm ab: „Dann werde ich mich wohl besser auf den Weg machen."

Kaum war er aufgestanden, hatte sich Jonathon auf seinen Platz gesetzt und blickte nun erwartungsvoll Helena an: „Und ich hoffe, du erzählst mir jetzt, was dieser ganze Aufruhr um Elies überhaupt soll und wie um Himmels Willen sie mit Dämonen in Berührung kam? Sie sollte doch innerhalb einer Stunde wieder zurücksein! Hätte ich gewusst, dass ihr erster Ausflug derart katastrophal endet, hätte ich sie nie gehen lassen!"

James überließ es Helena, Jonathon auf den neuesten Stand der Dinge zu bringen. Er machte sich einstweilen auf den Weg zur Krankenstation, doch sobald er eintrat, wusste er, dass er zu spät kam. Catwren musste bereits bei Elies sein, denn der Ratsdiener Richard versperrte mit einem selbstgefälligen Grinsen den Durchgang zu Elies' Zimmer. Er saß breitbeinig auf einem Sessel und sah aus, als führte er Böses im Schilde.

„Tut mir leid James, aber hier kann ich dich nicht durchlassen. Anweisung von Catwren", sagte Richard wichtig, noch bevor dieser vor ihn getreten war. Kurz sah sich James verführt, auf Konfrontationskurs zu gehen, nur, um Richard zu zeigen, wer von ihnen tatsächlich am längeren Hebel saß. Aber es gab momentan wichtigeres als James' Stolz und so nickte er freundlich und trat zu den Fenstern des großen Saals, wo er warten würde. In seinem Kopf spielten sich bereits düstere Szenarien ab, was bei der Befragung alles schiefgehen könnte. Würde Elies etwas

Falsches sagen, wäre es ein leichtes für Catwren, sie in den Kerker werfen zu lassen. Und dies wäre nur der Anfang vom Ende, denn niemand, der einmal im Kerker saß, kam wieder lebend heraus. Catwren könnte sie foltern lassen und zum Schluss sogar so weit gehen und Elies' Seele vernichten. Bei dem Gedanken spielten sich schreckliche Bilder in James' Kopf ab, während er weiterhin mit ausdrucksloser Miene die Türe beobachtete. Sobald sie sich öffnete, stand er neben Richard.

„Guten Morgen, Catwren", begrüßte James sie mit einem freundlichen Lächeln, so, wie er es immer tat.

„Ich wollte eben nach unserer Patientin sehen. Sie hat uns allen einen schönen Schrecken eingejagt! Gibt es schon etwas Neues von den Jägern?"

Kurz betrachtete sie ihn mit ihren stechenden Augen aufmerksam, bevor sie ebenso freundlich antwortete: „Ihr geht es gut und nein, wir haben noch keine neuen Informationen. Weder von Phyllis Gruppe noch von Beryls."

James begleitete sie bis zum Ausgang der Krankenstation und hielt ihr die Tür auf.

„Ich habe Kundschafter ausgeschickt, aber das ist alles, was wir gegenwärtig tun können", damit wandte sich Catwren von ihm ab und Richard lief ihr wie ein Hund treuergeben hinterher. Erst als sich die Tür hinter ihnen geschlossen hatte, atmete James laut aus. Anscheinend war noch einmal alles gut gegangen. Erleichterung durchflutete ihn und gleichzeitig machte sich die Müdigkeit bemerkbar, die eine schlaflose Nacht mit sich brachte. Er klopfte an Elies' Tür, bekam aber keine Antwort. James wartete einen Moment, bevor er erneut klopfte. Dieses Mal lauter. Wieder keine Antwort. Vorsichtig öffnete er die Tür, darauf bedacht, seine Augen gen Boden gerichtet zu lassen, um auf ihre Privatsphäre Rücksicht zu nehmen.

„Elies?", fragte er, bevor er zögernd aufblickte. Ihr Bett war verwaist. Nervosität breitete sich in ihm aus, als seine Augen das Zimmer nach ihr absuchten. Sie war nicht hier. Langsam keimte Panik in ihm auf. *Hatte Catwren doch etwas erahnt? Hatte sie Elies bereits fortschaffen lassen? Saß sie möglicherweise bereits im Kerker?*

James' Gedanken überschlugen sich, als sich die kleine Tür auf der anderen Seite des Raums öffnete und Elies eintrat.

„James?", fragte sie überrascht. Er musste wohl einen ziemlich zerrütteten Eindruck auf sie gemacht haben. „Ist alles in Ordnung?"

Vorsichtig humpelte Elies wieder zu ihrem Bett, in der Hand trug sie ein Glas Wasser.

Fast musste James über seine Paranoia lachen. Er nahm ihr das Wasserglas ab und half ihr wieder in das Krankenbett. Ihr Gesicht war noch immer stark geschwollen und hatte eine ungesund aussehende violettgrüne Farbe angenommen, doch der Lebenswille in ihren Augen war ungebrochen.

„Warum warst du nicht dabei?", fragte Elies. Es war nur eine Frage und kein Vorwurf, aber dennoch bekam James ein schlechtes Gewissen.

„Ich bin zu spät gekommen und Richard wollte mich nicht hineinlassen. Ich hielt es für klüger, auf dein Können zu vertrauen, anstatt mit dem Ratsdiener einen Streit zu beginnen."

Elies nickte nur und lehnte sich etwas zurück: „Catwren hat das Zeichen nicht bemerkt. Wenn ich es mir recht überlege, hat sie meine Verletzungen nicht sonderlich beachtet. Zu Beginn war sie wie immer freundlich, aber trotzdem fiel mir sofort ihre Ungeduld auf. Sie wollte unbedingt wissen, was aus Phyllis geworden ist. Fast wurde sie ungehalten, als ich ihr nicht weiterhelfen konnte."

Elies nahm einen Schluck Wasser, bevor sie weitersprach: „Ich habe versucht ihre Hand zu berühren, aber sie hielt immer etwas Abstand und kam nie nahe genug."

„Natürlich nicht. Catwren weiß von deiner Gabe. Wenn sie es verhindern kann, wird sie dich vermutlich nie berühren, aus Angst, deine Kraft zu aktivieren."

„Aber wenn ich nur etwas über ihre Vergangenheit sehen könnte! Irgendetwas könnte uns schon weiterhelfen."

„Elies, du hast uns schon genug geholfen", versicherte ihr James. „Lass uns den Rest allein erledigen."

Fast wütend blickte sie ihn an: „Ich bin keine Spiegelwanderin geworden, um bei der ersten Gefahr den Kopf in den Sand zu stecken! Ich bin hier, weil ich etwas verändern möchte. Weil ich den Menschen helfen will. Wenn all das, was du und Helena sagt, wahr ist, dann werde ich an eurer Seite kämpfen. Erwarte nicht von mir, wie ich zusehe, dass ihr euer Leben für das Richtige riskiert, während ich mich weiterhin von Dean schikanieren lasse! Mir ist durchaus bewusst, dass ich noch viel lernen muss. Ich bin nicht dumm, James! Ich weiß, dass ich meine Kraft unter Kontrolle bringen muss. Ich weiß, dass ich Spiegelportale noch viel schneller öffnen muss. Und ich weiß auch, dass drei tote Dämonen noch keine Jägerin aus mir machen. Aber weißt du, was das Wichtigste ist? Ich weiß, wo ich hingehöre. Und das ist an eurer Seite im Kampf gegen die Dämonen und auch gegen Catwren. Also erspar mir die Plattitüde und sag mir lieber, wie ich euch helfen kann!"

James kam nicht umhin, als von Elies beeindruckt zu sein. Sie erinnerte ihn an Helena, allerdings konnte er nicht sagen, ob es wegen ihrer Selbstsicherheit oder aufgrund ihres Mutes war.

„Wenn es zu einer Rebellion kommt, wenn es zu einem Kampf unter den Spiegelwanderern kommt, kann niemand für deine Sicherheit garantieren. Elies, ich spreche hier nicht von einem kleinen Klaps auf die Finger. Sollte man uns als Denunzianten enttarnen, so wäre eine Hinrichtung noch das geringste Übel. Elies, ich spreche hier von Folter und der vollständigen Auslöschung deiner Seele. Sie würden dich einfach vernichten und dann gäbe es keine Wiederkehr. Nicht als Mensch und auch in keiner anderen Form. Denn das ist es, was die Spiegelwanderer mit Verrätern machen."

„Soll mich das jetzt beeindrucken?", fragte Elies und für einen kurzen Moment stellte sich James die Frage, ob sie ihren Verstand verloren hatte. Oder ob die Verletzungen an ihrem Kopf doch schlimmer waren, als ursprünglich vermutet.

„Ich bin nicht hier, um den leichten Weg zu gehen, sondern den richtigen."

„Außerdem bin ich davon überzeugt, dass wir erst handeln werden, wenn du und Helena einen wasserfesten Plan habt", fügte sie hinzu.

„Und jetzt erzähl mir alles, was ihr wisst", forderte Elies ihn auf, „wenn wir zusammenarbeiten, will ich die gleichen Informationen haben wie du und Helena. Ich will wissen, wer noch in dem Ganzen involviert ist und was Niko eigentlich so lange in der Welt der Menschen macht."

Einige Tage später lief James in seinem Schlafgemach nervös auf und ab. Heute war es so weit. Heute würden sie das Buch stehlen. Was immer es beinhalten würde, er hoffte, dass es das Risiko Wert war. Immerhin würde der heutige Tag sein Leben für immer verändern. James blickte zu der großen, altmodischen Pendeluhr, die zwischen zwei Bücherregalen stand. Es waren erst fünf Minuten vergangen, seit er das letzte Mal hingesehen hatte. Wieder lief er in seinem Zimmer auf und ab. Er hatte die ganze Nacht nicht schlafen können. Angst keimte in ihm auf bei dem Gedanken, was alles schief gehen könnte. Erneut blickte er zu der Uhr, sah für einige Momente dem Pendel beim Schwingen zu, doch die Pendeluhr zeigte sich davon unbeeindruckt und so verging die Zeit weiterhin in ihrem eigenen Tempo, wie Zeit es nun einmal tat. Für James fühlte es sich wie eine halbe Ewigkeit an, bis er endlich sein Quartier verließ. Langsam stieg er die Treppe hinab, die von den Privatgemächern der Ratsmitglieder zu Catwrens Studierzimmer führte. Es war noch früh und keiner der anderen Ältesten war wach. Als James den Korridor mit den Spiegeln betrat, blieb er unschlüssig stehen und betrachtete sich darin. Müde fuhr er sich durch die Haare. Schon zum hundertsten Mal lief der Plan in seinem Kopf wie ein Film ab. Es war ein sehr einfacher und effizienter Plan. Und genau darin lag die Gefahr. Einfache Pläne liefen selten so ab, wie man es erwartete. Wobei, der erste Teil war bereits problemlos verlaufen. James dachte daran zurück, wie Niko vor zwei Tagen endlich aus der Welt der Menschen zurückgekehrt war. Helena hatte ihn erleichtert umarmt, froh, dass ihr Freund sicher zurückgekehrt war. Auch James hatte ihm auf die Schulter geklopft: „Du hast dir ganz schön viel Zeit gelassen, alter Knabe!"

Sie hatten sich in Elies' Krankenzimmer getroffen. Die Schwellung in ihrem Gesicht hatte langsam abgenommen und auch die Wunden an ihrer Schulter schienen gut zu verheilen. Penelope und Jonathon hatten dort bereits auf sie gewartet. Ihre Gruppe war damit vollzählig gewesen.

„Und du hast nichts Neues erfahren?", fragte Jonathon. Die Enttäuschung war deutlich in seiner Stimme zu hören.

Niko schüttelte den Kopf: „Nichts außer Gerüchten. Ich habe erst viel zu spät von dem Vorfall mit den verschwundenen Jägern erfahren, aber auch diesbezüglich konnte ich nichts herausfinden. Alle haben Angst, aber keiner weiß etwas Genaues. Ich habe mich mit Sam aus Danielles Rudel getroffen."

„Werwölfe", erklärte Helena auf Elies' fragenden Blick.

„Das Rudel zieht weiter, sie wollen so viel Abstand zwischen sich und jedes andere Lebewesen bringen, wie nur irgendwie möglich", fuhr Niko fort. „Einen richtigen Grund dafür konnte mir Sam auch nicht sagen. Aber so ist das nun einmal in einem Rudel. Die Leitwölfin muss den anderen ihre Beweggründe nicht offenlegen."

„Was ist mit den Gestaltwandlern?", fragte Jonathon. „Irgendjemand von ihnen muss doch etwas wissen."

„Die meisten Gestaltwandler sind untergetaucht. So auch alle magischen Wesen. Es wird schwer werden, jemanden zu finden, der uns in diesem Kampf unterstützt."

„Alle glauben, dass die Dämonen etwas vorhaben und niemand sieht, dass eigentlich Catwren hinter all dem steckt", fasste Helena zusammen.

„Weil niemand in Betracht ziehen würde, dass eine Spiegelwanderin zu einem solchen Verrat fähig wäre", müde zog Penelope einen Stuhl zu sich und setzt sich. „Himmel, vor ein paar Wochen hätte ich euch die ganze Geschichte doch auch noch nicht geglaubt."

„Also haben wir nichts Neues", Elies atmete tief durch. „Wir müssen uns das Buch besorgen. Es gibt keinen anderen Weg."

„Aber bist du dir sicher, dass das Symbol identisch war?", fragte Jonathon. Seine Stimme klang fest, aber James wusste, dass auch er Angst hatte.

Helena nickte: „Es war das gleiche Zeichen."

„Wir kommen so nicht mehr weiter", Niko erhob sich. „Ob es uns gefällt oder nicht, wir brauchen das Buch. Also, was ist euer Plan?"

„Bevor wir uns überlegen, wie wir das Buch stehlen, muss ich mir zuerst die Schutzzauber ansehen. Ich werde dafür in Catwrens Privatbibliothek in ihrem Studierzimmer arbeiten", begann Helena.

„Dann werde ich nach Catwren schicken, sodass sie sofort auf die Krankenstation kommen muss", fuhr Penelope fort. „So hat Helena genug Zeit, um sich die Schutzzauber anzusehen, damit wir wissen, wie wir sie brechen können."

„Und wie hast du vor, Catwren lange genug auf der Krankenstation zu behalten?", fragte Jonathon.

„Sobald sie hier ist, wird Ryan eine Phiole mit eisenhaltiger Beifußessenz zerbrechen. Ganz unabsichtlich natürlich. Wir alle wissen immerhin, wie tollpatschig er sein kann. Die Wirkung der Essenz hält mindestens eine halbe Stunde an. So lange kann niemand den Krankenflügel verlassen oder betreten."

Penelope schien äußerst zufrieden mit ihrem Plan zu sein, doch James starrte sie entgeistert an: „Du hast Ryan in das alles mitreingezogen?"

„Natürlich nicht", winkte sie ab. „Ich habe ihm nur gesagt, dass er die Phiole fallen lassen soll, sobald Catwren eingetreten ist."

„Und er hat keine Fragen gestellt, warum er das machen soll?", James wünschte sich, er hätte dasselbe Vertrauen in Ryans Loyalität wie Penelope.

„Er vertraut mir", antwortete diese.

Auch Jonathon nickte: „Er ist ein guter Junge, er wird seine Aufgabe bestens erfüllen."

Helena berührte James leicht am Arm. Ohne hinzusehen wusste er, was sie sagen wollte. Natürlich, es hatte keinen Sinn über vergossene Milch zu weinen. Egal wie trivial seine Aufgabe auch sein mochte, Ryan war nun in ihr Unterfangen miteingebunden. Ob es James gefiel oder nicht.

James wandte sich von seinem Spiegelbild ab und ging ehrfürchtig den Korridor mit den verspiegelten Wänden entlang. Nach dem heutigen Tag wäre alles anders und er wusste nicht, wann er das nächste Mal durch die Hallen und Gänge der Spiegelwanderer laufen würde. Mit einer Hand strich er an dem kalten Stein des Gemäuers entlang. Für manche hätte die Kälte trostlos gewirkt, doch für James bedeutete die solide Steinwand Sicherheit. Er würde diesen Ort vermissen, immerhin war er für über hundert Jahre sein einziges zu Hause gewesen. Seufzend machte James sich auf den Weg in den Saal der Ältesten. Er brauchte eine Tasse Tee. Als er in den Saal trat, fand er Helena an einem der Tische sitzend. Ihr Blick war müde und unfokussiert. Offenbar hatte auch sie nicht schlafen können. Für einen Moment blieb James bei der großen Eingangstür stehen und beobachtete sie. Wer wusste denn schon, wann er Helena das nächste Mal sehen würde? Erst als er ihr gegenüber Platz nahm, sah sie auf. Sie lächelte ihn traurig an, wussten sie doch beide, dass es in unabsehbare Zukunft das letzte Mal sein würde, dass sie gemeinsam frühstücken würden. Helenas Anwesenheit wirkte beruhigend auf James und für einen Moment ließ er von seinen Sorgen ab und genoss ihre Gegenwart. Der erste Teil ihres Plans war problemlos verlaufen und so würde es auch der zweite Teil. Das hoffte James zumindest.

Als Helena in Catwrens Studierzimmer gearbeitet hatte, war es kein Problem gewesen, die Anführerin der Spiegelwanderer wegzulocken. Penelope hatte nach Catwren geschickt und so hatte Helena ausreichend Zeit gehabt, um sich mit den Schutzzaubern auseinanderzusetzen. Sie war lange fertig gewesen, bevor die Wirkung von dem Elixier, das Ryan versehentlich verschüttet hatte, überhaupt nachgelassen hatte und Catwren wieder in ihr Studierzimmer zurückgekehrt war. Später an diesem Abend hatte Helena ihnen erzählt, mit was für einer Art Schmutzmechanismus sie es zu tun hatten. Zugegeben, es sah nicht gut aus, aber sie waren entsprechend vorbereitet. Der Schutzzauber selbst konnte nicht unbemerkt aufgehoben werden. Aber er konnte gebrochen werden. Das Problem war nur, dass sie nach dem Zauber vielleicht fünf Minuten hatten, bevor Catwren ihr Studierzimmer erreicht hätte. Es war nicht viel Zeit, um das Buch zu finden und zu fliehen. An jenem Abend hatten alle Beteiligten lange darüber diskutiert, wer von ihnen gehen sollte. Auf der einen Seite wollte zwar jeder von ihnen im Reich der Spiegelwanderer bleiben, doch auf der anderen Seite sah sich jeder als die beste Wahl, um mit dem Buch zu fliehen.

„Ich will nicht unhöflich sein", begann Niko.

„Dann sag erst gar nichts", fuhr Penelope ihn an.

„Nikola hat recht", wandte sich auch Helena ihr zu. „Du bist keine Jägerin, du bist Ärztin. Die Spiegelwanderer brauchen dich hier."

Jonathon nickte unterstützend, doch Helena wandte sich sogleich ihm zu: „Dasselbe gilt auch für dich. Du hilfst uns mehr, wenn du hierbleibst."

„Und wer soll deiner Meinung nach gehen?", fragte Nikola an Helena gewandt, aber er kannte ihre Antwort bereits.

„Das steht vollkommen außer Frage", ließ James sie jedoch nicht zu Wort kommen, „Dort draußen würde nicht nur Catwren auf dich Jagd machen, sondern auch die Dämonen."

„Ich kann durchaus auf mich selbst aufpassen", funkelte sie ihn böse an.

„Das weiß ich doch", versuchte James sie zu besänftigen, „Aber trotzdem solltest du hier bleiben. Ich bin der Einzige, den Catwren wirklich loswerden will. Also sollte ich gehen."

„Ganz allein?", fragte Penelope.

„Er wird nicht allein gehen", Elies hatte dem Für und Wider lange zugehört und war zu einer einfachen Überzeugung gelangt. „Penelope wird hier gebraucht und auch Helena kann uns im Reich der Spiegelwanderer besser unterstützen, als es in der Welt der Menschen jemals möglich wäre. Jonathon und Nikola sind als Anwerber das perfekte Verbindungsrohr zwischen den zwei Welten. Es macht also nur Sinn, dass James und ich gehen."

„Das ist viel zu gefährlich", widersprach Niko, doch Elies ließ ihm nicht die Zeit, um weiterzusprechen und fuhr fort: „Niemand von euch ist ein Jäger."

„Und wenn ich dich daran erinnern darf, du auch noch nicht", Jonathon sah sie durchdringend an.

„Auch wenn ich noch nicht fertig ausgebildet bin, übersteigen meine Kampffähigkeiten jetzt schon die der meisten anderen Spiegelwanderern", Elies zog die Ärmel ihrer Strickweste zurecht. „Ich kann euch hier nicht helfen. Was ich aber machen kann, ist die Wanderer auf eine falsche Fährte zu locken, während James mit dem Buch verschwindet."

„Ihr könnt das doch unmöglich für eine gute Idee halten!", rief Niko und sah erschrocken von Jonathon zu James und Helena. Elies trat an den Empathen heran und nahm seine Hand: „Vertrau mir, Niko. Ich schaffe das."

„Ich denke, du verwechselst hier Mut mit Leichtsinn", murmelte er.

Schlussendlich hatte jedoch auch Niko nachgegeben und so war es beschlossen.

„James?", Helena sah ihn durchdringend an. Für einige Augenblicke hatte er sich in seinen Gedanken verloren. James sog hörbar die Luft ein, seine Sorgen hatten ihm bereits den Schlaf der vergangenen Nacht gekostet. Er schob seinen Teller von sich und schenkte sich stattdessen eine weitere Tasse Tee ein.

„Bist du bereit?", fragte Helena und schob ihm ein kleines Fläschchen über den Tisch, welches er diskret in seiner Jackentasche verschwinden ließ.

„So bereit wie ich es jemals sein werde", antwortete er. „Und du bist sicher, dass das funktionieren wird?"

Helena nickte: „Halte dich einfach an meine Anweisungen, dann kann nichts schief gehen. Ich habe das Elixier zweimal destilliert, um die Wirkung zu erhöhen. Du musst die ganze Flüssigkeit über die Laden leeren, die du öffnen willst. Sie wird alle magischen Schließmechanismen wegschmelzen wie Butter, die zu lange in der Sonne liegt. Danach kannst du die Fächer einfach aufbrechen. Aber sobald der Zauber aufhört zu wirken, wird Catwren es wissen. Ihr habt also nicht viel Zeit. Wenn ihr das Buch also nicht findet ..."

„Wir werden es finden", unterbrach James sie und klang dabei zuversichtlicher als er sich fühlte.

„Falls ihr es aber nicht finden solltet", fuhr Helena fort, „dann versprich mir, dass ihr rechtzeitig flüchtet. Geht kein unnötiges Risiko ein. Bitte, James."

„Könntet ihr hier bitte nicht so angespannt rumsitzen?", Jonathon nahm neben Helena Platz. „Hier herrscht eine Stimmung, als ob eine Hinrichtung bevorstehen würde."

„Das ist nicht der passende Zeitpunkt für derartige Witze", knurrte Helena, doch James musste lachen.

„Es ist alles vorbereitet", fuhr Jonathon fort und griff nach einer Scheibe Toast. „Ihr müsst euch keine Gedanken um den Professor oder die Wachen machen. Wenn alles nach Plan läuft, werden Nikola und ich mit euch in den nächsten Tagen Kontakt aufnehmen."

„Dann heißt es jetzt nur noch warten", seufzte Helena. Erneut musste James lächeln, denn Geduld war wirklich keine ihrer Tugenden. Dennoch hatte sie recht. James würde noch einen letzten Tag im Rat der Ältesten verbringen, bevor er sich mit einer noch auszubildenden Jägerin des Hochverrats schuldig machte.

Als James mit den anderen Ratsmitgliedern Seite an Seite arbeitete, schlich sich fast so etwas wie Normalität ein. Beinahe vergaß er die Aufgabe, die vor ihm lag. Aber nur beinahe. Denn das nagende Gefühl der Aufregung ließ niemals vollends von ihm ab. Zuerst zählte er nur die Stunden, dann auch die Minuten. Es würde nicht mehr lange dauern. Zu Beginn hatte Elies nicht verstanden, warum sie bis zum Dinner warteten. Für sie war es viel naheliegender, den Diebstahl im Schutz der Nacht zu begehen.

„Nachts sind vielleicht weniger regulär arbeitende Wanderer auf den Beinen, die Anzahl der Wachen bleibt aber gleich", erklärte James. „Außerdem, und das ist der wichtigste Punkt, liegen die privaten Gemächer der Ratsmitglieder direkt über Catwrens Studierzimmer. Der Saal der Ältesten liegt hingegen weit genug entfernt, um uns etwas mehr Zeit zu verschaffen."

„Warum warten wir dann genau bis zum Abendessen?", war sofort ihre nächste Frage gewesen.

„Einige der Ratsmitglieder frühstücken nicht und Catwren selbst neigt untertags dazu, in ihrem Arbeitszimmer zu essen. Während das Dinner aufgetragen wird, stehen unsere Chancen am besten, ungestört das Buch zu finden."

Sehnsüchtig dachte er an diese letzte Unterhaltung in Helenas Labor zurück. Helena hatte ihm und Elies noch letzte Anweisungen zum Brechen der Schutzzauber gegeben. Alles, was sie nun tun konnten, war zu hoffen, dass sie das Buch auch tatsächlich finden würden. Nach und nach beendeten die Ratsmitglieder ihr Tagwerk und machten sich auf den Weg in den Saal der Ältesten. James warf einen Blick auf seine Taschenuhr. Es war an der Zeit. Als er durch den verspiegelten Korridor trat, war alles ruhig. Es waren die besten Voraussetzungen für einen Diebstahl und doch zitterten James' Hände leicht vor Nervosität. Als Elies aus dem Schatten der Treppe trat, zuckte James unwillkürlich zusammen. Er hatte sie nicht bemerkt. In ihrer Jacke konnte er die Umrisse eines langen, dünnen Dolchs ausmachen.

„Bereit?", fragte sie. Ihre Stimme klang fest und zuversichtlich. James nickte. *Jetzt oder nie.*

Er trat an die große Tür aus Eichenholz heran, die zu Catwrens Studierzimmer führte und atmete ein letztes Mal tief durch. Seine Hand griff nach der Klinke. Aber die Tür war verschlossen. Überrascht blickte James zu Elies. Er hatte nicht erwartet, die Tür verriegelt vorzufinden. Jedenfalls hatte er noch nie gesehen, wie Catwren sie mit einem Schlüssel verschloss. Elies ließ dich davon jedoch nicht beirren. Sie zog ein kleines Säckchen aus ihrer Jackentasche und stopfte etwas von dem darin enthaltenen Pulver in das Schlüsselloch. Dann griff sie nach ihrem Dolch und setzte die Spitze wie einen Schlüssel an. Mit einer schnellen Bewegung drehte sie das Messer und die Tür sprang auf. Bevor James die schwere Eichentür hinter ihnen zuzog, vergewisserte er sich, dass sie niemand beobachtet hatte. Noch immer lagen der Spiegelkorridor wie auch die

Aufgänge zu den Quartieren verwaist vor ihm. *So weit so gut.* Ohne zu zögern, machte sich James an die Arbeit. Er tröpfelte die Flüssigkeit der Phiole, die Helena ihm gegeben hatte, auf die Frontseiten der Laden und Fächer. Nach einigen Augenblicken begann das Holz leicht zu rauchen, bevor die Schutzsymbole darauf sichtbar wurden. Elies reichte ihm ein kurzes Messer und gemeinsam begannen sie die Zeichen wegzukratzen. Spätestens jetzt sollte Catwren bemerken, dass sich jemand an ihren Schutzzaubern zu schaffen machte. Kleine Schweißperlen bildeten sich auf James' Stirn, als er begann, die Laden zu durchsuchen. Sie fanden allerhand wichtige Dokumente und Schriften. Verträge, die mit verschiedenen Werwolfrudeln und Vampirclans abgeschlossen worden waren, landeten achtlos auf dem Boden. Ihnen lief die Zeit davon. In der untersten Lade fand James eine Box aus Holz, gerade groß genug, um ein Buch darin zu verwahren. Trotz der delikaten Verzierungen wirkte die Box äußerst schlicht. Ohne auf mögliche Sicherheitszauber zu achten, klappte James den Deckel auf. Erleichtert atmete er laut aus. In der Box lag das Buch. Er erkannte sofort das Zeichen des Amuletts auf dem Umschlag wieder. Es war haargenau das gleiche, das John in Elies' Haut geritzt hatte.

„Das ist es", James sah zu Elies, die eine Ledermappe mit losen Blättern betrachtete.

„Wer ist das?", Elies verteilte die Papiere auf dem großen Schreibtisch. Erst jetzt konnte James sehen, dass es sich nicht um weitere Verträge oder Briefe handelte. Es waren Zeichnungen von immer derselben Frau. Ihre helle Haut bildete einen starken Kontrast zu ihren fast schwarzen Haaren. Sie hatte dunkle Augen, doch war auf den Zeichnungen keine genaue Farbe auszumachen. In manchen Portraits wirkten sie so dunkelblau wie die Tiefen des Meeres. Auf anderen Bildern sahen sie dunkelgrün aus und erinnerten James an einen düsteren Wald voller Tannen und Fichten. Auf wieder anderen Zeichnungen wirkten ihre Augen braun und lebendig, wie nasse Erde, die den Nährboden für alle Arten von Pflanzen bildete. Der Anblick hatte etwas Befremdliches und doch konnte James seinen Blick nicht abwenden. In allen Portraits war nur die Frau abgebildet, nie gab es einen Hintergrund. Meistens trug sie einfache Umhänge aus dunkler Wolle. Sie hatte ihre Lippen leicht geöffnet, als wollte sie mit den Betrachtern der Bilder sprechen.

„Wer ist sie?", fragte Elies erneut.

„Meine Tochter", antwortete eine Stimme an der Türe. Erschrocken blickten James und Elies auf.

„Ihr habt doch nicht ernsthaft geglaubt, dass die Schutzzauber an meinem Schreibtisch die einzigen wären?", fast musste Catwren lachen, als sie nähertrat. „Ich hätte dich wirklich für klüger gehalten, James."

Mit einer schnellen Bewegung wollte Elies nach ihrem Dolch greifen, der noch immer auf dem Tisch lag, doch Catwren war schneller. Mit einer kurzen Bewegung ihrer Hand wurde Elies' Arm nach hinten gerissen. Sie schrie schmerzerfüllt auf. Gegen Catwrens telekinetische Fähigkeiten hatten sie keine Chance.

„Das ist nicht deine Tochter", versuchte James sie abzulenken. Er musste sich etwas einfallen lassen. Irgendetwas und das schnell. „Du hast keine Kinder."

„Nicht in diesem Leben, nein", erwiderte Catwren und trat einen Schritt an sie heran. „Dennoch ist das meine Tochter. Ich zeichne sie gerne. Sie erinnert mich an das, was wirklich wichtig ist."

„Und was soll das sein?"

„Das Einzige, was wirklich zählt. Meine Familie", antwortete Catwren.

„Wir sind deine Familie! Die Spiegelwanderer", rief Elies und wollte einen Schritt nach vorne treten, doch kaum hatte sie sich bewegt, wurde sie von Catwrens Macht gegen die Wand gedrückt. Elies' Kopf schlug schmerzhaft auf dem harten Stein auf.

„Catwren", versuchte James ihre Aufmerksamkeit wieder auf sich zu lenken. „Elies hat recht. Die Spiegelwanderer sind deine Familie."

„Jahrhundertelang habe ich alles für die Wanderer und die Menschen getan" sie blickte James an. „Es ist an der Zeit, dass ich endlich etwas für mich tue."

„Das ist aber nicht der Grund, warum du eine Spiegelwanderin geworden bist", versuchte James sie zu erinnern. „Das ist nicht das, wofür wir stehen! Jeder von uns hat eine zweite Chance bekommen. Aber damit haben wir uns auch einer Aufgabe verpflichtet."

„Erzähl mir nichts von Pflichterfüllung, James!", schrie Catwren ihn an. „Ich habe mein ganzes Leben lang den Menschen geholfen und als ich eine Wanderin wurde, habe ich alles in meiner Macht Stehende getan, um ihnen weiterhin zu helfen. Ich habe alles versucht, um die Welt der Dunkelheit im Zaum zu halten. Aber seit hunderten von Jahren sehe ich immer nur das Gleiche. Schmerz, Elend, Gewalt und Tod, Betrug, Erpressung, Mord und Vergewaltigung. Die Menschen werden sich nie ändern. Ich habe ihnen mein ganzes Leben gegeben. Aber jetzt weiß ich, dass es etwas Wichtigeres gibt. Die Menschen haben mein Vertrauen verloren, denn sie werden sich nie ändern. Ich kann ihnen nicht helfen und ich kann sie nicht retten. Aber ich kann meine Tochter retten."

„Catwren, hör mir zu", James machte einen Schritt auf sie zu. „Selbst, wenn sie in einem früheren Leben deine Tochter war. Heute ist sie lange tot. Du kannst nichts mehr für sie tun."

„Genau da irrst du dich", sie blickte ihn an, fast so, als hoffte sie inständig, dass er sie verstehen würde. „Ich habe vor tausenden von Jahren die falsche Entscheidung getroffen und mein kleines Mädchen muss noch heute darunter leiden. Jeder hat ihr Opfer vergessen. Niemand wird sie retten, wenn ich es nicht tue. Sie ist noch immer gefangen."

James trat einen weiteren Schritt an sie heran: „Wir können ihr zusammen helfen."

„Ihr könnt mir nicht helfen", Catwren schüttelte ihren Kopf. „Nicht einmal Phyllis wollte mir helfen. Sie hat sogar gedroht mich zu verraten, wenn ich von meinem Vorhaben nicht ablassen würde."

„Wir werden dir helfen", James trat einen weiteren Schritt an sie heran. „Wir sind eine Familie."

Catwrens Blick verfinsterte sich: „Ich habe keine Familie. Die einzige Familie, die ich je hatte, hat sich für uns alle geopfert.

Auch wenn sich keiner an sie erinnert. Ich werde sie retten und wenn ich jeden einzelnen Spiegelwanderer dafür töten muss."
Sie hob ihre Hand. James wusste, was nun geschehen würde. Er hatte schon einmal gesehen, wie sie mit einer einfachen Handbewegung das Genick eines Dämons gebrochen hatte. Sein Atem wurde schneller und er machte einen Schritt zurück. Catwren würde ihn töten. Zuerst ihn und dann Elies. Sie waren verloren. James fixierte Catwrens Hand, wartete auf die unabwendbare Bewegung, die sein Ende bedeuten würde. Aber sie kam nicht. Auf einmal brach Catwren vornüber zusammen und blieb bewegungslos liegen. Dunkles Blut sickerte aus einer großen Platzwunde an ihrem Hinterkopf. Erst jetzt sah James auf und bemerkte Helena, die eine blutverschmierte Figurine in der Hand hielt. Es war eine von Catwrens Lieblingsstatuetten, in der Form der griechischen Göttin Athena.

„Wir müssen hier weg", Elies war die erste, die reagierte. Mit schnellen Schritten war sie neben James. Kurz zögerte sie, dann beugte sie sich jedoch zu Catwren und berührte ihre Hand. Im selben Moment bewegte sich Catwren und Elies sprang erschrocken zurück. James steckte das Buch in seine Jackentasche und folgte Helena, Elies war dicht hinter ihnen. Sie mussten hier weg, bevor Catwren die Verfolgung aufnehmen konnte.

„Was tust du hier?", fragte James, als sie mit schnellen Schritten die Korridore entlangeilten. „Das war nicht Teil des Plans."

„Wenn ich nicht gewesen wäre, wärt ihr beide jetzt tot", entgegnete Helena. „Als Catwren den Saal verlassen hat, bin ich ihr gefolgt. Ich wusste, ihr konntet noch nicht fertig sein."

„Wie viel hast du mitgehört?", fragte Elies.

Helena schüttelte den Kopf: „Nicht viel, aber eines nach dem anderen. Zuallererst müsst ihr von hier verschwinden. Die Ankunftshalle ist leer, Jonathon hat dafür gesorgt, dass niemand dort ist. Er und Nikola werden schnellstmöglich Kontakt zu euch aufnehmen, sobald es sicher ist."

„Helena", begann James, doch sie wusste, was er sagen wollte.

„Ich werde hier die Stellung halten und gut auf mich aufpassen."

Als sie die Ankunftshalle erreichten, war diese verwaist, so wie Jonathon es ihnen versprochen hatte. Elies hatte die große Halle mit den Säulen aus Marmor noch nie leer gesehen. Für einen Moment kam sie sich fast verloren vor.

„Wir haben nicht mehr viel Zeit", Elies konnte bereits die Rufe der Wachen hören. Ohne zu zögern, schritt sie auf den riesigen Spiegel zu und öffnete das Portal. Sie und James würden zusammen das Reich der Spiegelwanderer verlassen. Sollten sie danach verfolgt werden, würde sich Elies um die Wanderer kümmern, damit James mit dem Buch sicher entkommen konnte. Elies drehte sich noch ein letztes Mal zu Helena um, dann trat sie durch den Spiegel. Die Rufe der Wachen wurden lauter, sie hatten nicht mehr viel Zeit.

Ein letztes Mal sah James Helena an und seine Hand fand ihre. Sein Blick glitt für einen Moment von ihren Augen zu ihren leicht geöffneten Lippen. Es gab so viel Unausgesprochenes zwischen ihnen. Für einen Augenblick fragte sich James, ob er sie jemals wiedersehen würde. Der Lärm wurde lauter und James wusste, dass er nur mehr Augenblicke hatte. Vorsichtig strich er Helena eine Haarsträhne aus dem Gesicht. Seine Fingerspitzen berührten nur leicht ihre Haut und für einen Moment schloss Helena ihre Augen. Unausgesprochene Worte hallten laut in seinen Ohren nach, als James ihre Hand losließ und durch den Spiegel trat.

EPILOG

Catwren lehnte an ihrem Schreibtisch und beobachtete mich mit intensivem Blick. Ihre Lippen waren zu einem dünnen Strich zusammengepresst und sie hatte ihre Arme vor sich verschränkt. Unweigerlich fragte ich mich, ob die tatsächliche Entscheidung für Catwren weniger die war, ob sie mir glauben sollte oder nicht, sondern vielmehr, ob sie mich gleich in den Kerker werfen oder lieber sofort hinrichten sollte. Alles in meinem Körper schrie danach, soweit und so schnell wie möglich von Catwren wegzukommen. Stattdessen blieb ich ruhig vor ihr sitzen und versuchte meinen rasenden Herzschlag unter Kontrolle zu bekommen. *Reiß dich zusammen, Helena!* Ich straffte meine Schultern und setzte mich etwas aufrechter hin. Noch immer starrte mich Catwren ausdruckslos an.

„Nun gut", meinte sie schließlich und stieß sich von ihrem Schreibtisch ab, sodass sie direkt vor mir stand. Ihre stechenden Augen blickten misstrauisch zu mir hinab: „Du kannst gehen."

„Fürs Erste", fügte sie hinzu, als ich mich erhob.

Auf meinem Weg zur Tür fiel mir die Figurine der Athena auf. Sie stand wieder fein säuberlich an ihrem Platz. Als ob die Ereignisse des gestrigen Tages nie passiert wären. Erst als sich die schwere Eichentür hinter mir geschlossen hatte, blieb ich für einen Moment stehen und atmete tief durch. Alles war gut gegangen. James und Elies waren mit dem Buch entkommen und das war das Wichtigste. Natürlich vermutete Catwren, dass ich in den Plan eingeweiht gewesen war und wohl keine unwesentliche Rolle darin gespielt hatte. Glücklicherweise hatte mich aber niemand während des Diebstahls gesehen und solange Nikola und Jonathon mich deckten, hatte ich nichts zu befürchten. Vorerst. Ich rechnete fest damit, dass Catwren mich in Zukunft ununterbrochen beobachten lassen würde. Erst als ich die Tür zu meinem Labor schloss, ließ die Anspannung etwas ab. Zuallererst brauchte ich eine Tasse Tee, um meine Nerven zu beruhigen. Als ich mich setzte, glitt mein Blick zu dem leeren Sessel neben dem Teetischchen. Auch wenn ich es mir nicht eingestehen wollte, ich vermisste James. Seine Anwesenheit hatte immer etwas Beständiges und Sicheres für mich gehabt. Wie ein Fels in der Brandung. Mit James zusammen war die Stille friedlich gewesen, doch jetzt wirkte sie nur kalt und einsam. Mein einziger Trost war es zu wissen, dass James und Elies fürs Erste in Sicherheit waren. Aber Catwren würde die Jagd auf sie nicht so einfach aufgeben. Sie hatte einer Gruppe von Spiegelwanderern, angeführt von Dean, aufgetragen, sie zurückzubringen. Ich würde Catwren sogar zutrauen, dass die Worte „tot oder lebendig" gefallen sein könnten.

Mit jedem verstreichenden Tag wuchs meine Unruhe. Es war schwer, sich auf die eigene Arbeit zu konzentrieren, wenn ich keine Informationen über das Wohlbefinden meiner Freunde hatte. Catwren hatte durch das Verschwinden der Jäger nicht viele Möglichkeiten. Die Wanderer zu finden, hatte höchste Priorität, wenn Catwren ihr Gesicht vor dem Rat der Ältesten wahren wollte. Lediglich einer kleinen Gruppe unter Deans Kommando oblag weiterhin die Aufgabe, auf Elies und James Jagd zu machen. Alle anderen Spiegelwanderer, die regulär im Außeneinsatz waren, wurden der Aufgabe verschrieben, Informationen über den Verbleib der Jäger zu sammeln. Dies schloss auch Nikola und Jonathon mit ein, was es ihnen unmöglich machte, mit James Kontakt aufzunehmen. Zusammenfassend war es somit das Beste, so wenig wie möglich über James zu hören. Denn das hieß zumindest, dass er soweit in Sicherheit war. Für mich war es eine ermüdende Situation. Während James und Elies ihr Leben riskierten und Nikola mit Jonathon nach den Jägern suchte, saß ich in meinem Labor und kam mir absolut nutzlos vor. Noch nie in meinem Leben war ich dermaßen auf meine, zugegeben nur mäßig vorhandene, Geduld angewiesen gewesen. Ich konnte nichts tun und dieses Gefühl der Nutzlosigkeit ließ mich unruhig werden. Ich wusste, dass Catwren mich überwachen ließ. Mehr als einmal fiel mir auf, wie Richard mich beobachtete und einmal zu oft an der offenen Tür meines Labors mit viel zu langsamen Schritten vorüberging. Vielleicht wäre es besser gewesen, jemand anderem diese Aufgabe anzuvertrauen, denn Richard war nun wirklich kein subtiler Spion. Aber dass gerade Richard mit dieser Aufgabe bedacht worden war, ließ nur zwei Schlussfolgerungen zu. Entweder wollte Catwren, dass ich wusste, dass sie mich observieren ließ oder es gab schlicht keine anderen Wanderer, denen sie genug vertraute. Obwohl ich somit zwar in Kenntnis darüber gesetzt war, dass ich überwacht wurde, war ich dennoch überrascht, als ich eines Abends nach dem Dinner in mein Labor zurückkam und Catwren hinter meinem Schreibtisch sitzend vorfand. Sie blickte nur kurz von ihrem Buch auf, als ich die Türe laut hinter mir ins Schloss fallen ließ, machte jedoch keine Anstalt, sich von meinem Platz zu erheben. Noch immer sah Catwren nicht auf, als ich mit verschränkten Armen vor dem Schreibtisch Position bezog. Als hätte sie alle Zeit der Welt, las sie in Ruhe die Seite fertig, bevor sie das Buch zuklappte und zu mir aufsah.

„Eine gute Geschichte", sie deutete mir mit dem Buch in der Hand auf meinem eigenen Sessel Platz zu nehmen. „Aber genau das ist es. Eben nur eine Geschichte. Im echten Leben gibt es keine großen Helden. Nichts ist so schwarz und weiß, wie es zu Beginn vielleicht den Anschein hat."

Catwren sah mich an und ich starrte zurück. Ich wusste nicht, was sie von mir hören wollte. Da ich mich jedoch weigerte, als Erste wieder das Wort zu ergreifen, saßen wir einige Minuten in drückender Stille und schwiegen uns an. Seufzend stand Catwren schließlich auf und umrundete den Schreibtisch. Als sie vor mir stand, lehnte sie sich gegen den Tisch und betrachtete mich unruhig mit ihren stechenden Augen. Vor wenigen Tagen waren wir in dergleichen Position gewesen. Damals hatte ich mich gefragt, ob sie mich einfach in den Kerker werfen lassen würde. Heute fragte ich mich, was dieses falsche Biest wirklich mit mir vorhatte. Es war nicht Catwrens Art, zu Leuten zu kommen. Für gewöhnlich ließ sie die gewünschten Personen zu sich rufen. Ich kam nicht umhin zuzugeben, dass ich mehr als überrascht war, als sich Catwren auf einmal nach vorne lehnte und meine Hand in ihre nahm. Die Geste hätte etwas Mütterliches gehabt, doch ich vergaß für keinen Moment, wer vor mir stand. Etwas zu lange starrte sie auf meine Hände und ich begann, mich unwohl zu fühlen. Als würde sie einen Schatten über mich legen. Ihre Handcreme brannte unangenehm auf meiner Haut und ich versuchte sie wegzuziehen, doch Catwren hielt sie mit eisernem Griff fest umschlossen.

Was zum Teufel?

Doch genau in jenem Moment, als ich sie fragen wollte, was das Ganze sollte, ließ sie endlich meine Hand los. Als ich aufblickte, lächelte sie mich an.

„Ich möchte dich nicht zur Feindin haben, Helena", sie sah mich fürsorglich an und für einen Moment musste ich an meine ersten Jahrzehnte als Spiegelwanderin denken. In diesen ersten Jahren hatte mich Catwren wie eine Mutter geleitet und war für mich da gewesen, wenn niemand sonst meinen Schmerz verstanden hatte. Ich versuchte, meinen Atem zu beruhigen und schloss für einen kurzen Moment die Augen. In diesem Augenblick sehnte ich mich nach der Zeit, in der sie meine Mentorin gewesen war. Die Zeit, in der ich mir sicher war, dass die Spiegelwanderer und das Wohl der Menschen für sie an erster Stelle standen. Ich hatte ihr immer vertraut und zu ihr aufgesehen. Doch dann war dieser Moment vorbei und ich erinnerte mich daran, dass sie James fast getötet hätte, hätte ich sie nicht aufgehalten. Ich öffnete meine Augen.

„Ich bin nicht deine Feindin", antwortete ich und sah sie unverwandt an. „Wir stehen immerhin auf derselben Seite. Wir sind beide Spiegelwanderer und wir wissen beide, was unsere Aufgabe ist."

Obwohl meine Worte freundlich klangen, erkannte Catwren die Bedeutung dahinter. Für einen Moment bröckelte ihre Maske und ich konnte hinter die Fassade blicken.

Dann wandte sie sich ab: „Somit wäre alles geklärt."
Ohne sich noch einmal umzudrehen, verließ Catwren mit schnellen Schritten mein Labor. Als die Tür hinter ihr ins Schloss fiel, nahm ich langsam meine Arbeit wieder auf. Denn Arbeit war noch immer das beste Mittel gegen Unruhe. Jedenfalls wäre ich damit für ein paar Stunden von meinen Sorgen um James, Elies und das Tagebuch abgelenkt. Das war jedenfalls der Plan. Doch nach Catwrens mysteriösem Besuch konnte ich mich nicht einmal mehr darauf konzentrieren. *Es ist zum Verrücktwerden!*
Mit einem lauten Seufzer legte ich meinen Stift beiseite und ordnete die Papiere vor mir. Kurz spielte ich mit dem Gedanken, mir eine Tasse Tee zu machen, doch ich verwarf die Idee schnell wieder. Ich wollte nicht allein sein. Es war bereits spät, aber vielleicht war Penelope noch auf der Krankenstation.

Ich wollte Penelope eigentlich nur einen kurzen Besuch abstatten, aber schon in dem langen Korridor vor dem Krankenflügel hörte ich ihre Stimme, die den anderen Ärzten Befehle zurief. Kurz blieb ich wie erstarrt stehen. *Was ist hier los?*
Ich beschleunigte meine Schritte und schlüpfte durch die Tür in die Krankenstation. Eine Handvoll Ärzte arbeitete an drei Krankenbetten. Eine Blutlache hatte sich unter einem der Betten gebildet, aber ich konnte nicht sehen, wer darin lag. Ich stellte mich in eine Ecke, um den Ärzten nicht im Weg zu sein. Erst jetzt fiel mein Blick auf Catwren, die auf der anderen Seite des Saals stand. Ihr Gesicht hatte jegliche Farbe verloren und sie starrte mit einem Ausdruck schierer Verzweiflung auf eines der Krankenbetten. Hannah trat auf sie zu und wollte sie aus dem Raum führen, doch Catwren schüttelte Hannahs Hand von ihrem Arm ab. Sogar von meinem Platz auf der anderen Seite des Saals konnte ich deutlich erkennen, dass Catwren am ganzen Leib zitterte. Obwohl ich bereits vermutete, wer in einem der drei Betten liegen musste, machte ich einige Schritte nach vorne. Tiefe Schnitte und Blutergüsse bedeckten ihr gesamtes Gesicht. Beinahe hätte ich Phyllis nicht erkannt. Auf dem nächsten Bett lag ein weiterer Jäger, Thomas. Obwohl auch er übel

zugerichtet war, war er zumindest bei Bewusstsein. Ich wandte mich dem letzten Bett zu. Die Blutlache darunter war stetig größer geworden. Die sonst makellos weißen Kittel der Ärzte waren von dem tiefen Rot durchtränkt, während Penelope verzweifelt versuchte, die Blutung zu stoppen. Mit einem Schrecken wurde mir klar, wen sie hier versuchte am Leben zu erhalten. *Beryl.*

Beryls Augen waren leicht geöffnet, doch sie schien nichts um sich herum wahrzunehmen. Wie erstarrt blickte ich sie an. Einer der Ärzte schob mich unsanft aus dem Weg, aber ich konnte meinen Blick nicht von meiner Freundin abwenden. Für einen Moment vergaß ich, zu atmen.

Irgendwann wurde es ruhiger in dem Saal. Phyllis und Thomas waren einstweilen in Einzelzimmer verlegt worden und auch Penelope gab einige letzte Anweisungen, bevor sie ihre Handschuhe wegwarf und ihren Kittel auszog.

„Sie wird es überstehen", Penelopes Stimme klang erschöpft und nur langsam glitt mein Blick von Beryls beweglosem Körper zu ihr. Penelope zog mich sanft aus der Krankenstation und ich ließ mich bereitwillig von ihr wegführen.

„Was ist passiert?", fragte ich schließlich und suchte ihren Blick.

Penelope schüttelte den Kopf: „Ich weiß es nicht. Ich wollte eben für heute Schluss machen und Hannah die Nachtschicht überlassen, als die Wächter sie hereinbrachten. Alle drei sind gemeinsam angekommen. Ich nehme an, sie müssen entkommen sein, wo immer sie auch gefangen gehalten worden sind."

Ich wollte mir erst gar nicht vorstellen, welche Grauen sie in der Gefangenschaft der Dämonen erlebt haben mussten.

„Du solltest dich auch etwas ausruhen", riet mir Penelope. „Morgen werden wir mehr wissen. Ich musste Thomas ein Beruhigungsmittel geben, aber morgen Früh sollte zumindest er uns erzählen können, was vorgefallen ist und wo die anderen Jäger sind."

„Hoffentlich", ich nickte. Obwohl es bereits spät nachts war, war mir nicht nach Schlaf zu Mute. Zu viele Gedanken schwirrten in meinem Kopf umher. Ich lief durch die verlassenen Gänge, bis mich meine Beine schließlich wieder zu meinem Labor brachten. Ich brauchte erstmal eine Tasse Tee. Doch sobald ich mein Labor betrat, blieb ich wie versteinert stehen. Richard saß hinter meinem Schreibtisch und las in meinen Forschungsunterlagen. Seine Beine hatte er gemütlich auf meinem Schreibtisch hochgelegt, als wäre er ein Fußschemel. *Was bildet sich dieser Mistkerl eigentlich ein?*

„Was soll das werden?", fuhr ich ihn an und versuchte erst gar nicht, die Wut in meiner Stimme zu verstecken.

„Interessante Forschung", Richard sah auf und schien meine Wut förmlich zu genießen. Ich trat auf ihn zu und riss ihm meine Unterlagen aus der Hand: „Was willst du?"

„Du gehst hier wirklich ein paar interessanten Thesen zum Thema Bannflüche nach", fuhr er fort und ignorierte meine Frage. „Wirklich eine Schande, dass du deine Forschung nicht fortsetzen kannst."

Er stand auf und baute sich breitbeinig vor mir auf. Ein kaltes Lächeln umspielte seinen Mund.

„Was soll das heißen?", fragte ich verunsichert.

„Das soll heißen", er kam einen Schritt auf mich zu und stand nun unangenehm dicht vor mir. Ich konnte seinen Atem in meinem Gesicht spüren, doch widerstand ich dem Drang, einige Schritte zurückzuweichen. Dieses Maß an Befriedigung würde ich ihm nicht geben.

„Das heißt, dass du mit sofortiger Wirkung festgenommen bist."

„Was?", stieß ich überrascht aus, aber Richard grinste mich nur zufrieden an. Er genoss es, mehr zu wissen als ich.

„Catwrens Befehl. Du bist festgenommen und wirst ab sofort unter Arrest gestellt."

Ich trat einen Schritt zurück, aber Richards Lächeln wurde dadurch noch größer: „Bitte, Helena, wir können das auf die sanfte Art machen, oder auf die harte. Es ist deine Entscheidung."

Doch noch wollte ich nicht aufgeben: „Was wird mir vorgeworfen?"

„Da wären zum ersten Einbruch, Diebstahl und natürlich der Mordversuch an Catwren. Ich hätte dich eigentlich für klug genug gehalten, um mit James und der kleinen Auszubildenden zu fliehen. Aber deine Arroganz scheint keine Grenzen zu kennen. Das Ganze mündet natürlich in Verrat an den Spiegelwanderern. Ich an Catwrens Stelle würde dich sofort in den Kerker werfen lassen."

„Du weißt von dem Diebstahl?", fragte ich überrascht. Ich konnte mir nicht vorstellen, dass Catwren ihm die ganze Wahrheit erzählt hatte.

Doch Richard stieg nicht auf meine Frage ein: „Ich weiß, was ich wissen muss."

„Und wenn du jetzt so freundlich wärst, mich zu begleiten", er packte mich grob am Oberarm.

Fast musste ich lachen: „Weißt du, was schon immer dein Problem war, Richard?"

Ich trat etwas näher an ihn heran und legte meine Hand sanft auf seine, die meinen Oberarm festhielt.

„Du hast mich schon immer unterschätzt", damit verdrehte ich seinen Arm und war mit einer schnellen Bewegung hinter ihm. Noch bevor er vor Schmerz aufschreien oder um Hilfe rufen konnte, hatte ich meinen Arm um seinen Hals geschlungen und drückte zu. Ihm entfuhr nur ein überraschtes Grunzen. Nach einigen Momenten ließ ich ihn los und er brach nach Luft ringend vor meinen Füßen zusammen. Mit einem gezielten Tritt gegen seinen Kopf fiel er bewusstlos zur Seite und bewegte sich nicht mehr. Kopfschüttelnd stieg ich über ihn hinweg. Es war nicht das erste Mal, dass mich ein Mann unterschätzt hatte und es würde mit Sicherheit auch nicht das letzte Mal sein. Mit schnellen Schritten ging ich in Richtung der Ankunftshalle. Ich traf nicht auf einen einzigen Spiegelwanderer. Sogar in der Halle selbst hielt nur ein Wanderer Wache. Der Professor war in seiner Nische auf einem dicken Buch eingeschlafen und rührte sich nicht. Ich näherte mich dem Wächter und lächelte ihn freundlich an. Offenbar wusste außer Richard noch niemand von Catwrens Befehl, mich festzunehmen.

Eigentlich hätte gerade die Anführerin der Spiegelwanderer es besser wissen müssen und mit Richard mindestens einen Jäger mitschicken müssen. Kurz keimte in mir der Gedanke auf, dass sie möglicherweise wollte, dass ich entkam. Der Wächter fragte mich zuvorkommend, ob er mir helfen könnte. Fast tat er mir leid, als ich mit einer schnellen Bewegung seinen Kopf gegen die Steinwand schlug. Ich blickte ein letztes Mal zurück, bevor ich das Portal öffnete und floh.

DANKSAGUNG

Mein Dank gilt meinen Eltern, die mich schon als Kind zum Lesen und Schreiben motiviert haben. Ebenso wäre ich ohne die Unterstützung meiner Seelenverwandten Andrea nie so weit gekommen, denn sie hat mir die Schönheit des Schreibens noch nähergebracht. Außerdem danke ich meinen Lieblingsmenschen Basti, der immer für mich da ist und Jesz, die mich immer unterstützt. Aber der meiste Dank gilt meiner Freundin Andi, die mein erster und größter Fan war und ohne deren Liebe zu meinem Werk es noch immer in einer Schublade liegen würde.

Bewerten Sie dieses Buch auf unserer Homepage!

www.novumverlag.com

Die Autorin

J. E. Überacker wurde 1994 in Krems an der Donau, Österreich, geboren. Sie studierte Germanistik und Geschichte an der Universität Wien, arbeitete mit Leidenschaft in verschiedenen Kulturinstitutionen und war auch im Theater tätig. „Spiegelwanderer" ist ihr Debütroman. Die Leidenschaft am Schreiben begleitet J. E. Überacker seit ihrer Jugend. Während ihrer Studienzeit begann die Autorin, wöchentlich für ein Onlinemagazin zu schreiben und Artikel für die Rubriken Literatur und Film zu veröffentlichen. Neben der Literaturwelt begeistert sich Überacker für das Theater und Horrorfilme.

novum VERLAG FÜR NEUAUTOREN

Der Verlag

> Wer aufhört
> besser zu werden,
> hat aufgehört
> gut zu sein!

Basierend auf diesem Motto ist es dem novum Verlag ein Anliegen, neue Manuskripte aufzuspüren, zu veröffentlichen und deren Autoren langfristig zu fördern. Mittlerweile gilt der 1997 gegründete und mehrfach prämierte Verlag als Spezialist für Neuautoren in Deutschland, Österreich und der Schweiz.

Für jedes neue Manuskript wird innerhalb weniger Wochen eine kostenfreie, unverbindliche Lektorats-Prüfung erstellt.

Weitere Informationen zum Verlag und
seinen Büchern finden Sie im Internet unter:

w w w . n o v u m v e r l a g . c o m